글쓰기에 대하여

글쓰기에 대하여

찰스 부코스키 지음 / 박현주 옮김

BUK

시공사

일러두기

1. 이 책은 찰스 부코스키가 쓴 편지들 중 글쓰기에 관련된 부분을 부코스키 연구자인 아벨 드브리토(Abel Debritto)가 엮어 편집한 것이다.

2. 본문 하단의 주는 모두 옮긴이의 주이며, 엮은이 아벨 드브리토의 주는 본문 중에 이텔릭체로 표시해 넣었다.

차례

서문

　찰스 부코스키의 편지는 다수가 그림과 낙서를 잔뜩 그려놓아 충실하게 재현하기란 실상 불가능하다. 그와 비슷하게, 1945년부터 1951년 사이의 편지들도 모두 손으로 쓴 것이라—우연하게도 그 시기는 부코스키가 술에 취해 보낸 10년으로 악명 높던 시절로, 그때에는 전혀 글을 쓰지 않았다고, 본인이 오해를 살 만한 말을 했다. 손으로 쓴 글들은 잊어버려도 좋다는 듯한 말이다—그런 작품들은 여기서 제대로 재현할 수가 없다. 그러나 몇몇 눈에 띄는 편지들은 팩시밀리로 중판되어서 부코스키의 의도대로 감상할 수 있게 되었다.

　부코스키의 특별한 편지 글쓰기를 좀 더 잘 보존하기 위해서 편집상의 수정도 최소한으로만 가했다. 부코스키의 맞춤법은 꽤 정확했지만, 철자는 좋은 말로 하면 들쑥날쑥

했고 부코스키 또한 그 정도는 인정했다. 이 작품집에서는 의도하지 않은 오타는 따로 표기하지 않고 정정했지만, 고의로 틀리게 쓴 경우에는 가능한 한 그의 목소리를 보존하려는 시도에 따라 그대로 두었다. 마찬가지로, 안부 인사와 작별 인사도 대체로 유사한 경우에는 생략하였다. 부코스키는 편지를 많이 보내는 사람이었고, 편지들은 보통 글쓰기 기술과 관련 없는 주제들을 논의하며 길게 이어졌다. 편집상 생략이 있는 곳은 〔……〕로 표기했다. 또 문장 중에 약자나 생략이 있는 경우는 엮은이가 단어를 추가하고 〔 〕로 표시했다. 부코스키가 강조하고 싶어 한 부분은 모두 고딕체로 강조했고, 책과 신문, 잡지명은 《 》로, 시와 단편 제목은 〈 〉로 표시했다. 일자나 제목도 표준화해서 통일했다. 이런 수정 이외에는 부코스키가 쓴 편지 그대로이다.

1945

할리 버넷은 부코스키가 1944년에 첫 작품을 발표한 잡지 《스토리》의 공동 편집자이다.

〔할리 버넷에게〕
1945년 10월 말

귀사로부터 〈휘트먼: 시와 산문〉을 거절한다는 통지와 함께 원고 검토자들이 보낸 간단한 논평을 받았습니다.

꽤 근사하게 들리는 말인데요.

혹여나 원고 검토자가 더 필요하면, 저한테도 말씀 주십시오. 뭐가 되었든 일자리를 구할 수가 없으니, 여기라도 문을 두드려보는 게 어떨까 싶습니다.

1946

[커레스 크로스비*에게]

1946년 10월 9일

PHILA, PA
Oct. 9, 1946

DEAR MRS. CROSBY:

1 I WAS WORKING IN A PICTURE FRAME FACTORY

2 AND DRINKING, WHEN YOU ACCEPTED ONE OF MY STORIES

3 IN THE LETTER YOU SAID, IT "WAS PUZZLING AND PROFOUND.

4 I LOST MY JOB,

5 MY FATHER BOUGHT ME A NEW SUIT AND SHIPPED ME TO PHILADELPHIA

6 I LIVED ON SOCIAL SECURITY, HAD TOO MUCH TIME TO THINK AND DRINK —

7

I KEPT WONDERING ABOUT PORTFOLIO.

8 I WROTE DIVERS CONTUMELIOOS NOTES, LOOKING UP FRENCH WORDS IN THE BACK OF MY DICTIONAIRY. I WANTED A COPY OF PORTFOLIO, WITH MY STORY IN IT. I HAD THE CRAZY BLUES, THE SUICIDIAL MANIA, THE WINE DREAMS. I NEEDED A SPIRITUAL LIFT. I WAS ENTHUSASTIC IN MY DEMANDS. AFTER SEVERAL INTERCHANGES, I GOT IT (PORTFOLIO)

9

I AM NOW WORKING IN A TOOL WAREHOUSE —

10

AND DRINKING

11

YET I KEEP WONDERING. WHERE ARE THOSE STORIES AND SKETCHES I SENT HER IN MARCH 1946? IS SHE ANGRY? IS THIS HER REVENGE? DID SHE BURN MY THINGS? DID SHE MAKE THE PAGES INTO PAPER BOATS FOR THE BATHTUB? OR DOES HENRY MILLER SLEEP WITH THEM UNDER HIS MATRESS?

I CAN WAIT NO LONGER.

IF I RECEIVE NO ANSWER, I'LL HAVE MY ANSWER,

TRULY,
Charles Bukowski
603 N. 17 TH. ST.
PHILA, 30, PA.

크로스비 부인께

1 귀사에서 제 단편을 받아주었을 때 저는 액자 공장에서 일했고

2 술을 마시고 있었죠.

3 편지에서 부인은 말씀하셨습니다. 작품이 "당혹스럽고 심오하네요."

4 저는 직장에서 잘렸습니다.

5 제 아버지는 새 양복을 한 벌 사주시고 저를 필라델피아로 보냈습니다.

6 저는 사회보장연금을 받아서 살았습니다. 생각하고 술 마실 시간이 너무나 많았죠.

7 저는 《포트폴리오》는 어떻게 됐나 계속 궁금했습니다.

8 저는 사전 뒤편에서 프랑스 단어를 찾아가며 다양하고 오만불손한 단어를 썼습니다. 제가 원한 건 제 단편이 실린 《포트폴리오》 한 부였습니다. 미친 블루스, 자살 마니아, 와인에 젖은 꿈들이 있었죠. 전 영적인 고양이 필요했습니다. 저는 욕구가 있는 만큼 열정이 넘쳤죠. 몇 번의 교환 끝에, 저는 해냈습니다(《포트폴리오》요).

9 저는 이제 도구 창고에서 일합니다.

10 그리고 술을 마시죠.

11 그래도 난 계속 궁금했죠. 내가 1946년 3월에 보낸 단편

*출판사 '블랙선 프레스'를 설립해 어니스트 헤밍웨이, 헨리 밀러, 아나이스 닌 등의 초기작을 출간했고, 찰스 부코스키도 그중 한 명이다.

과 스케치는 어디 있지? 그 여자 화났나? 그게 그 여자의
복수일까? 내 작품을 다 태워버렸나? 종이배로 접어서 욕
조에 띄웠나? 아니면 헨리 밀러가 그걸 매트리스에 깔고 자
고 있나?

더는 기다릴 수 없습니다.

아무런 답장을 못 받으면, 그게 답장이 되겠죠.

존경을 담아,

찰스 부코스키

펜실베이니아, 필라델피아 30

17번 스트리트 603호

[커레스 크로스비에게]

1946년 11월

그 맛깔 나는 사진―1946년 로마―과 편지를 받고 얼마
나 기뻤는지 말씀드리려고 한 번 더 편지를 써야겠다 싶었
습니다. 잃어버린 원고에 관해서는―망할 것들―어쨌든 별
로 좋지도 않았던 거니까요. 다만 로스앤젤레스에서 부모
님 등골 빼먹으며 살 때 그렸던 격렬한 스케치들은 좀 아쉽
지만. 하지만 그런 것들은 개나 주라 하죠. 나는 시인 나부
랭이니까.

술 때문에 아직도 흔들흔들합니다. 타자기는 없어졌죠.

하지만 하하, 직접 손으로 잉크를 찍어 적습니다. 괜찮은 단편 세 편과 만족스럽지 못한 시 네 편을 《매트릭스》로 처분해버렸습니다. 《매트릭스》는 약간 구식인 필라델피아 "소규모 잡지"죠.

저는 신경이 너무 예민한 사람이라서 워싱턴까지 히치하이크를 해서 부인을 보러 갈 수는 없습니다. 몸이 네 조각으로 작게 부서져버릴 테니까요. 그래도, 정말로, 고맙습니다. 무척 점잖게 저를 대해주셨지요, 무척.

뭔가 곧 보내드릴지도 모릅니다. 하지만 금방은 아니고요. 그게 무슨 뜻이든 간에.

1947

〔휘트 버넷*에게〕
1947년 4월 27일

편지 고맙습니다.

제가 장편을 쓸 수 있을 것 같진 않군요—그런 욕구가 없어요, 생각은 해봤지만. 언젠가는 시도할지도 모르죠. 《축복받은 팩토텀》이 그 제목이 될 거고, 하층 계급의 노동자에 대한 소설이 될 겁니다. 공장과 도시, 용기와 추함, 만취에 대한 이야기죠. 하지만 그걸 쓴다고 딱히 좋은 작품이 될 것 같진 않습니다. 속 좀 제대로 썩어봐야죠. 게다가 지금 당장은 개인적 걱정이 너무 많아서 책을 쓰는 건 고사하고 거울을 들여다볼 몰골도 못 됩니다. 그러나 관심을 가져줘서 놀랍고 기쁩니다.

지금 당장은, 이야기 없는 다른 펜 스케치는 없습니다. 《매트릭스》가 그런 식으로 그린 유일한 작품을 가져갔죠.

최근에 세상이 꼬맹이 찰스의 불알을 꽉 쥐고 기운을 다 빼버려서 작가 정신이 얼마 남아 있지 않아요, 휘트. 그래서 당신에게 편지를 받은 건 정말 멋진 일이었죠.

*작가이자 1940년대의 주요 문예지였던 《스토리》의 발행인.

1953

8-7-53

Hello mrs. Crosby:

Saw in book review (never really read one, but) your name, "Dial Press."

You printed me sometime back in "Portfolio", one of the earliest (1946 or so?). Well, one time came into town off long drunk, forced to live with parents during feeble clime. Thing is, parents read story ("20 TANKS FROM KASSELDOWN") and burnt whole damn "Portfolio." Now, no longer have copy. Only piece missing from my few published works. If

you have an extra copy ????? (and I don't see why
in the hell you should ~~have~~ have) it would do me a
lot of good if you would ship it to me.

I don't write so much now, I'm getting on to 33,
pot-belly and creeping dementia. Sold my typewriter to
go on a drunk 6 or 7 years ago and haven't gotten
enough non-alcoholic $ to buy another. Now print
my occasionals out by hand and point them up with
drawings (like any other madman). Sometimes I just
throw the stories away and hang the drawings up in
the bathroom (sometimes on the roller).

Hope you have "20 TANKS". Would apprec.

Love,

Charles Bukowski
268 4/6 S. Coronado St.
Los Angeles, Calif.

(205 1/6 S. CORONADO ST.)

20

안녕하세요, 크로스비 부인

《데일 프레스》책 리뷰에서(실제로는 읽은 건 아니지만요) 부인 이름을 보았습니다.

언젠가 오래전에《포트폴리오》에 제 글을 실어주신 적이 있죠. 초기작 중 하나였습니다(1946년쯤이었나). 뭐, 한참 술에 절어 시내에서 살다가 경기가 안 좋을 동안은 부모님이랑 같이 살아야만 했던 때가 있었죠. 문제는, 부모님이 단편을 읽어보고(〈케셀다운에서 온 20대의 탱크〉)《포트폴리오》를 싸그리 태워버렸다는 겁니다. 이제는 잡지의 해당 호가 없습니다. 몇 안 되는 제 발표작 중에 하나가 사라진 거죠. 혹시 남는 잡지 있을까요?????(물론 그렇게 해줄 이유 따위는 없겠지만요.) 하나 부쳐주시면 저한테는 정말 좋은 일 하시는 겁니다.

지금은 별로 많이 쓰지 않습니다. 저는 이제 서른세 살이 되어가고, 배불뚝이에 서서히 치매가 옵니다. 타자기는 술주정뱅이의 삶을 이어가려고 6년인가 7년 전에 팔아버렸고, 하나 더 사기에는 술값 말고는 돈이 별로 없습니다. 이제 이따금씩 손으로 작품을 쓰고 그림으로 강조를 합니다(여타 다른 미친 자들처럼요). 이따금은 이야기는 버리고 그림만 욕실에 걸지요(가끔은 커튼 롤러 위에요).

부인이 〈20대의 탱크〉를 가지고 계셨으면 좋겠네요. 그러면 감사.

[저드슨 크루스*에게]

1953년 후반

크루스 씨는 미국에서 유일하게 명랑한 거절 편지를 보내 주신 분입니다. 이렇게 맛깔 나는 사진 뒤에 소식이 있다니 좋네요! 정말 좋은 분일 것 같은 생각이 드는데요.

《네이키드 이어(Naked Ear)》의 지난 호를 읽고 깊은 감명을 받았습니다. 생생함과 예술 정신이 엿보이던데요. 굳이 비교하자면, 《케니언 리뷰》의 최신 호보다도 훨씬 더요. 그건 '옳은' 것을 출판하는 대신에 '하고 싶은' 것을 출판하니까 오는 결과입니다. 계속 정진해주십쇼.

어제 재닛 너프를 만났습니다. 당신을 만난 적 있다던데요. 경마에 데려가줬다면서.

———————————

[저드슨 크루스에게]

1953년 11월 4일

솔직하게 말하죠. 그 시들은 원하는 만큼 갖고 있어도 돼요. 내게 반송해봤자 난 내던져버릴 테니까.

*미국의 시인이자, 소규모 잡지 발행인.

그래도 맨 위에 있는 새 시들은 빼고요. 이 시들은 《포에트리》*와 신생 매체 《엠브리오》에서 거절당했습니다. 호의적인 평과 기타 등등이 있었지만, 내 작품이 시라고는 생각하진 않는다나. 그 사람들이 무슨 뜻으로 그랬는지 압니다. 착상은 있는데, 표면을 깨고 들어갈 수가 없어요. 다이얼을 돌릴 수가 없는 겁니다. 나는 시에는 관심이 없어요. 뭐에 관심이 있는지도 모르겠네요. 지루하지 않음, 정도일까. 형식을 갖춘 시는 좋아 보일진 몰라도 죽은 시죠.

이것들 좋을 대로 가지고 있어요. 당신이 그나마 유일하게 흥미를 보여준 사람이니까. 더 쓰면, 더 보내도록 하죠.

*1912년 시카고에서 창간된 권위 있는 시 잡지. 정식 명칭은 《포에트리: 운문 잡지》이며, 《포에트리, 시카고》로 불리기도 한다.

1954

6 - 10 - 54

Dear Mr. Burnett:

Please note change of address (323½ N. Westmoreland Ave
L.A. 4.), if you are holding any more of my weird
masterpieces.

rejected by Esquire

This piece is an expanded version of a short
sketch I sent you some time ago. I guess it's
too sexy for publication. I don't know exactly
what it means. I just got to playing around
with it and it ran away with me. I think
Sherwood Anderson would enjoy it but he can't
read it.
                              — Mr. Bukowski

제가 쓴 술주정뱅이의 걸작을 계속 받아보고 싶다면, 바뀐 주소를 확인해주세요(로스앤젤레스 4, 웨스트모어랜드 애비뉴, 323 1/2 N.).

《에스콰이어》에서 거절당한 이 작품은 얼마 전에 보낸 짧은 스케치의 확장 버전입니다. 출판하기엔 너무 성적(性的)이어서 그랬던 것 같습니다. 그건 무슨 뜻인지 잘 모르겠습니다. 나는 그저 이걸 좀 갖고 놀려고 한 것뿐인데, 나와 같이 도망간 거죠. 셔우드 앤더슨이라면 좋아할 것 같은데, 그는 이젠 읽을 수 없으니.

〔휘트 버넷에게〕
1954년 8월 25일

스미스타운에서 두 달 전에 온 편지를 통해서 《스토리》가 이제는 나오지 않는다는 소식을 접하고 유감스러웠습니다.

그즈음 〈강간범의 이야기〉라는 또 다른 단편을 보냈는데, 소식을 듣지 못했습니다. 그런 일 때문인가요?

하얀 띠가 있는 오래된 주황색 잡지를 언제나 기억하겠습니다. 어쨌건 내가 원하는 건 뭐든 쓸 수 있고, 작품이 그럭저럭 괜찮으면 거기 실릴 수 있다는 생각은 항상 하고 있었거든요. 다른 잡지는 살펴볼 생각도 하지 않았습니다. 특히 오늘날, 모두가 다른 사람의 기분을 거슬리거나 반대하는 말을 하는 걸 되게도 무서워하는 때에는요. 정직한 작가는 지옥 구덩이에 빠져 있죠. 제 말은, 자리에 앉아 그걸 쓰고 있지만, 아무 짝에도 쓸모없다는 걸 안다는 거예요. 이제 용기가 많이 사라져버렸어요. 배짱도, 명확함도, 그리고 예술적 기술도요.

돈 문제는, 2차세계대전과 함께 모든 게 다 엉망진창이 되었습니다. 예술만 그런 게 아니죠. 담배 맛도 예전 같지 않아요. 타말리.* 칠리. 커피. 모든 게 플라스틱으로 되었죠. 빨간 무도 예전처럼 알싸한 맛이 안 나요. 달걀을 까면 늘 달걀이 껍질에 붙어 나오죠. 포크찹은 모두 기름지고 분홍색이에요. 사람들은 새 차를 사지만 다른 건 안 사요. 그게 사람들 삶이죠, 바퀴 네 개에 매달린 삶. 도시에서는 전력을 아끼기 위해 가로등 3분의 1만 켜죠. 경찰들은 미친 사람들처럼 딱지를 뗍니다. 술에 취해 돌아다니면 어마어마한 액수의 벌금을 받지만, 술이 있는 사람은 거의 다 술주정뱅이예요. 개들은 목줄에 매어두어야 하고, 예방접종을 놓아야죠. 자기 손으로 직접 색줄멸이라도 한 마리 잡을라치면 낚시 허가가 있어야 하고, 만화책은 애들에게 위험하다고 해요. 남자들은 팔걸이의자에 앉아서 권투 경기를 봐요, 권투 경기가 뭔지 하나도 모르는 사람들이. 그러다가 판정이 자기 생각하고 다르면, 분개해서 항의하겠다며 악의 가득한

*옥수수 가루 반죽 속에 닭고기, 치즈 등을 채우고 옥수수 잎으로 싸서 찐 멕시코 음식.

시끄러운 편지를 신문사에 보내죠.

그리고 단편들. 아무것도 없습니다. 생명이 없죠. 〔……〕 《스토리》는 제게 큰 의미였습니다. 세상이 어떻게 흘러가는지 보는 방식의 일부라고 생각합니다. 그럼 앞으로는 뭐가 나올지 궁금하네요?

제가 한 달에 열다섯, 스무 편 이상 단편을 써서 당신에게 보냈던 때가 기억납니다. 나중에는 대체로 일주일에 한 번 '적어도' 서너댓 편을 보냈죠. 뉴올리언스와 프리스코, 마이애미, 엘에이, 필라델피아, 세인트루이스, 애틀랜타와 그리니치 빌리지와 휴스턴, 그 외 곳들에서요.

나는 뉴올리언스의 열린 창문 옆에 앉아 밤에 여름 거리를 내려다보며 타자를 치곤 했습니다. 그리고 프리스코에서 술값을 대려고 타자기를 팔았을 때도 글쓰기를 끊을 순 없었어요. 그렇다고 술을 끊을 수도 없어서 몇 년 동안 그 쓰레기들을 손으로 직접 썼고, 나중에는 버넷 씨 눈에 띄려고 그 쓰레기에 그림을 그려 장식했죠.

뭐, 사람들 말로는 이제 나는 술을 마실 수 없다고 하고, 다른 타자기도 생겼어요. 이젠 일자리 비슷한 게 있지만, 얼마나 오래 할지는 모르겠네요. 난 몸이 약하고 쉽게 앓는 체질이라서, 게다가 항상 신경이 날카롭고 어딘가 두어 군데 회로가 끊어진 데가 있는 거 같아요. 그래도 그런 걸 안고도 타자기 자판을 다시 두드리고 싶더라고요. 자판을 두드리고 대사를, 무대를, 배경을 만들고 인물들을 걷고 말하고 문을 닫게 하고 싶었습니다. 그런데 지금, 《스토리》는 없네요.

하지만 버넷 씨에게는 감사드리고 싶습니다, 나를 참아주어서요. 제 작품 대다수가 형편없다는 것 저도 압니다. 하지만 그때는 좋은 시절이었죠, 포스 애비뉴 438번가 16호에서 보낸 날들. 이제는 다른 모든 것들, 담배와 와인과 반달 속 눈을 치켜뜬 참새들처럼 모두 사라졌습니다. 타르보다도 더 진한 슬픔, 안녕히, 안녕히.

〔커레스 크로스비에게〕
1954년 12월 9일

일 년 전쯤 (제 편지에 대한 답장으로) 이탈리아에서 보내주신 편지를 받았습니다. 저를 기억해주셔서 감사드리고 싶습니다. 부인에게서 소식을 들으니 좀 기운이 났습니다.

아직 출판을 하십니까? 그렇다면 보여드리고 싶은 게 있습니다. 아직 하신다면, 제가 보낼 수 있는 주소를 알고 싶습니다. 어떻게 부인에게 연락해야 할지 알 수가 없어서요.

저는 이제 다시 쓰고 있습니다, 조금씩. 《악센트》지의 〔찰스〕 섀턱 씨는 제 작품을 출간해줄 출판사를 어떻게 찾아야 할지 알 수 없다고 했지만, 언젠가는 "대중의 취향이 귀하를 따라잡을지도 모르겠습니다"라고는 했습니다. 맙소사.

지난해 보낸 마지막 편지에서 이탈리아어로 쓰인 팸플릿

낱장 같은 것을 보내주셨죠. 저를 학식 있는 사람으로 오해 하신 것 같습니다. 그걸 읽을 순 없었어요. 심지어 저는 진 짜 예술가도 아닙니다. 제가 일종의 가짜라는 건 알아요. 내 장 깊은 곳에서 혐오로 글을 쓴다고나 할까요, 거의 전적으 로 말이지요. 하지만, 다른 사람들이 하는 것을 보면, 저도 계속해나갑니다. 달리 할 게 뭐 있습니까? (……)

  이 잡역부는 천한 일을 하나 더 합니다. 그 일이 싫지만 생애 처음으로 신발이 두 컬레 생겼습니다. (경마장에 갈 때 는 차려입고 싶거든요. 진짜 경마광을 연기하는 거죠.) 5년 전부터 저보다 나이가 열 살은 많은 여자와 살고 있습니다. 하지만 그녀에게 익숙해졌고 너무 피곤해서 다른 사람을 찾 거나 관계를 깰 수는 없습니다.

  아직도 출판을 하시면 편집부 주소를 부디 알려주세요. 그리고 저를 기억해주시고 답장을 써주신 친절한 마음에 다시금 감사드립니다.

1955

[휘트 버넷에게]
1955년 2월 27일

옛날 단편들을 돌려주어서 고맙습니다. 동봉한 편지도요. 지금은 좀 더 나아졌습니다. 비록 종합병원 자선병동에서 거의 죽을 뻔했지만요. 거기는 정말 엉망진창인데, 그곳에 대해 들으신 소문이 있다면 다 사실일 겁니다. 거기 아흐레 있었는데, 나한테 하루에 14.24달러 청구서를 보냈어요. 자선병동 좋아하네. 〈맥주, 와인, 보드카, 위스키: 와인, 와인, 와인〉이라는 단편을 써서 《악센트》에 보냈습니다. 도로 반송하더군요: "······피바다로군요. 어쩌면, 언젠가, 대중의 취향이 귀하를 따라잡을지도 모르겠습니다."

맙소사. 그럴 리가 있을까요. [······]

그건 그렇고, 편지에 제 작품을 한 번도 실은 적이 없다고 했는데요. 혹시 《스토리》 1944년 3·4월 호 한 부 갖고 있습니까?

뭐, 나는 이제 서른네 살입니다. 내가 예순 살이 될 때까지 성공하지 않으면, 나 자신에게 10년은 더 줘볼 생각입니다.

1956

이 글에 등장하는 〈칼 샌드버그에게 보내는 편지〉라는 시는 출간되지 않았다. 《그날 밤 잠잘 곳》은 더블데이 출판사가 몇 장(章)을 거절한 후에 버려졌다.

[캐럴 엘라이 하퍼*에게]
1956년 11월 13일

언급하신 시들은 여전히 사용할 수 있습니다. 전 먹지 사본은 보관하지 않고, 그래서 시들을 완벽하게 기억하지는 못하는데, 〈칼 샌드버그에게 보내는 편지〉를 받아주셔서 특히 기쁩니다. 이것은 나 자신을 향해 쓴 시입니다. 이걸 출판하려는 용기가 있는 사람이 있을 거라고는 생각하지 않아요.

저는 서른여섯 살이고(1920년 8월 16일생이죠), 1944년 휘트 버넷의 《스토리》지에 처음 글을 발표했습니다(단편이었죠). 같은 시기쯤 《매트릭스》 3호인가 4호인가에 단편 몇 편과 시가 실렸고, 《포트폴리오》에는 단편 하나가 실렸습니

---

*시인이자 문학 출판업자. 1940년대 후반 출판사 '엑스페리먼트 프레스'를 설립, 당시 드문 시 잡지를 출판했다.

다. 아시겠지만, 이 잡지들은 이제 폐간 상태입니다. 그리고, 아, 그렇지, 단편 하나와 시 두 편이 《라이트(Write)》라는 뭔가에 나왔습니다. 한 호나 두 호 내고 그만둔 잡지지만요. 그다음 7, 8년 동안 저는 거의, 거의 쓰지 않았습니다. 꽤 술에 절어 살았죠. 그러나 배에 구멍이 몇 개 생겨서 피가 폭포수처럼 쏟아지는 바람에 병원 자선병동에 가는 신세가 되었습니다. 총 600밀리리터 피를 지속적으로 수혈받고 살아났죠. 나는 과거의 내가 아니지만, 이제 다시 글을 쓰고 있습니다.

어제 힐스 부인이 스페인에서 보낸 편지를 받았는데, 제 시 중 하나가 《키호테》에 실리게 되었다는 소식을 전했습니다. 그리고 단편 몇 편과 시가 《할리퀸》 다음 호에 실릴 예정입니다. 텍사스에서 창간호를 내고 지금은 엘에이로 옮긴 신생 잡지지요. 그쪽에서 제게 편집위원으로 참여해달라고 해서 해보았습니다. 대단한 경험이었죠. 그리고 저는 이런 것들을 배웠습니다. 전혀 글을 쓸 수 없는데 쓰고 있는 작가들이 너무, '너무' 많다는 것. 그들은 온갖 클리셰와 평범한 이야기, 1890년대식 플롯, 봄에 대한 시와 사랑에 대한 시들, 속어나 스타카토 문체로 썼거나 "나(I)"를 모두 소문자(i)로 써놨거나 하는 등등의 이유로 스스로 현대적이라 생각하는 시들을 계속 쓰고 있다는 것!!!…… 뭐, 아시다시피, 저는 '엑스페리먼트 동인'에 참여할 수는 없습니다만, 제안해주셔서 영광스럽습니다. 그저—신경 쇠약을 직접 겪어보시면 아시겠지만—시간이 없습니다. 하찮고, 지루하고, 임금도 낮은 일을 일주일에 마흔네 시간이나 해야 하고, 일주일에 나흘은 야간학교에 가서 하룻밤에 두 시간씩 수업을 듣고 한두 시간은 숙제를 해야 할 것 같습니다. 꾸준히 다닌다면 앞으로 2년 동안(이게 야간학교와 맺은 조건입니다) 상업예술과에서 수업을 하나 들어야 하고, 이 외에도 첫 소설 《그날 밤 잠잘 곳》을 막 시작한 참입니다. 이런 얘기들을 모두 주절주절 늘어놓았군요. 그러니 제가 1분짜리 대본 두 개를 보내지 않는다고 해도 왜인지 이유는 아실 것입니다. 그래도, 제가 스스로를 제대로 알고 있다면, 몇 번 시도하는 모습은 보여드릴 것 같네요. 대본 형식이 생각만큼 저를 자극하지는 않는 것 않습니다만. 두고 봐야죠.

1958

여기 언급된 네 편의 시는 1959년《노마드》창간호에 실렸다.

[《노마드》의 편집자들에게]
1958년 9월

마음에 드는 시 네 편을 찾으셨다니 무척 기쁩니다. 이건 꽤 대단한 도매급의 숫자고 앞으로 한동안은 팔뚝에 주사 맞은 효과가 있을 것 같습니다. 시단(詩壇)이 문을 연 것인지, 제가 그런 건지. 우리 둘 다 그런 걸 수도 있겠죠. 어쨌든 근사한 일이고, 잠깐은 이 근사한 기분을 만끽해야겠네요. [……]

저로 보면, 꽤 늦은 나이에 시에 뛰어든 것으로 보일 것입니다. 저는 지난 8월 16일로 서른여덟 살이 되었고, 느끼기도, 보이기도, 행동하기도 되게 늙은 것 같죠. 저는 10년 공백기를 보내다 2년 전부터 시를 쓰고 있습니다. 그동안은 자기를 괴롭혔다고 해야 하나, 그리고 약간 불행하기도 했지만 좋았던 순간이 없었던 것은 아닙니다. 저는 흥청망청 낭비한 시간을 돌아보고 완전히 버렸다고 생각하는 사람은 아닙니다. 모든 것에는 음악이 있으니까요, 심지어 패배에도 말이죠. 하지만 자선병동에서 죽음 목전까지 갔던 지라 삶의 속도도 느려졌고 돌아볼 겨를이 생겼어요. 어쩌다 보니 시를 쓰고 있더란 겁니다. 그런 망할 처지에 빠져서도. 초창기에는 단편을 썼었고, 휘트 버넷에게서 꽤 격려를 받기도 했었어요. 그 사람, 〔윌리엄〕 사로얀과 다른 유명한 사람을 찾아내고 그때 유명했던 잡지 《스토리》의 창간인이죠. 휘트는 마침내 한 편을 받아주었어요. 그 사람에게 한 달에 열다섯에서 스무 편을 보내고 반송되어 오면 찢어버리곤 했죠. 그때가 1944년이니 내가 부드러우면서도 불 같았던 스물네 살 때였어요. 《매트릭스》에 서너 편을 실을 수 있었고, 당시에 《포트폴리오》라고 불리던 잡지에서 국제 리뷰란에 한 편이 실렸죠. 그런 후에는 모든 것을 내던져버리다시피 살다가 일 년 전에야 시만 쓰기 시작했어요. 첫해는 아무도 덥석 물지 않았지만, 그 후에는 《키호테》, 《할리퀸》, 《이그지스타리아》, 《네이키드 이어》, 《벨로이트 포에트리 저널》, 《허스(Hearse)》, 《어프로치》, 《컴퍼스 리뷰》, 《퀵실버》에 제 작품이 실렸습니다(여기까지가 근황입니다). 작품이 수락되어 출간될 잡지로는 《인서트》, 《키호테》, 《세미나》, 《올리번트》, 《엑스페리먼트》, 《허스》, 《뷰스》, 《코어션 리뷰》, 《코스트라인》, 《갤로》, 《샌프란시스코 리뷰》가 있습니다. 《허스》는 제 시를 모은 소책자 《꽃, 주먹, 그리고 짐승의 울부짖음》을 내년 초에 발간합니다…… 저는 어렸을 때 로스앤젤레스 시티칼리지에 다니면서 신문방송학 수업을 들었습니다만, 제가 신문에 가장 가까이 갔던 건 이삼 일에 한 번씩 딱히 흥미도 없이 후르르 넘겨볼 때 정도였어요. 일 년 전 야간학교에 복학해서 예술 수업들을 좀 들었습니다. 상업적인 것도 있었고 아닌 것도 있었는데 그것도 나한테는 진도가 너무 느렸고, 존경을 너무 많이 요구해서. 확실한 재능이나 일도 없는 내가 아직까지 살아 있는 건 대체로 마술 같은 일입니다. 대충 그렇죠. 필요한 몇 줄을 여기서 뽑아낼 수 있을 겁니다.

1959

〔앤서니 리닉*에게〕
1959년 3월 6일

〔……〕 내 생각에 우리 시인 중 여럿은, 정직한 시인들은 아무런 선언도 가져본 적 없다고 고백할 것 같습니다. 고통스러운 고백이긴 하지만, 시의 기술이란 자신의 힘을 비평적 목록으로 쪼개지 않고서도 전달할 수 있지요. 시가 허공에 말을 던지는 경박하고 무책임한 광대가 되어야 한다는 뜻은 아닙니다. 그렇지만 좋은 시의 바로 그 느낌은 존재를 위해 자신만의 이유를 전합니다. 저는 '신비평'이나 '최신비평'이나 '블루 기타 사조'나 패리스 리어리**가 이끄는 '영국 사조'라든가, 《에포스》나 《플레임》지의 강한 이미지 사조 등등이 있다는 건 알고 있습니다. 하지만 이 모든 것들은 내용보다는 문체와 양식, 방법론에 대한 요구인 거죠. 물론 우리도 여기서 어떤 제한은 있습니다만. 하지만 주로 예술이라는 것이 자기 자신을 위한 변명이고, 그건 예술이거나 다

---

*《노마드》의 편집자이자 작가. 《노마드》는 1959년 창간된 아방가르드 문예지로, 부코스키의 초기 시들과 비트 작가들의 글을 소개했다.
**미국의 시인이자 학자.

른 것이거나 둘 중 하나입니다. 시일 수도 있고, 치즈 조각
일 수도 있는 거죠.

────────

부코스키의 〈선언: 우리 자신의 비평에 대한 요구〉는 1960년
《노마드》5·6월 호에 발표되었다.

[앤서니 리닉에게]
1959년 4월 2일

[……] 편지를 쓰는 와중, 어제 보낸 (것 같은) 〈선언〉에
세이가 이제는 왠지 불편해졌다는 말을 해야 할 것 같습니
다. 그 원고를 돌려받자는 건 아니지만, "우리가 공정할 수
있게 가만두라"는 말을 쓴 것 같은데요. 이 때문에 나는 뜨
겁고 외로운 요 위에서 잠을 자지 못하고 깨어 있을 수밖에
없었죠(창녀들은 지금 이 시점에는 마음이 좀 덜 복잡한 바
보들과 누워 있겠죠). "우리가 공정할 수 있도록 하라"는 표
현이 더 정확한 것 같습니다. 그럴까요?《노마드》에는 문법
교정자가 없습니까? 내가 젊었을 때는(아, 슬프네요, 쏜살
같이 흘러버린 세월!) 그 전통 깊은 로스앤젤레스 시티칼리
지의 영어 수업에 매일 아침 숙취에 시달리면서도 7시 30분
에 출석했는데 D를 받았습니다. 사실상 숙취는 그렇게 문
제가 되지 않았죠. 그보다는 이 수업이 보통 아침 7시에 시

작하는데, 그때마다 길버트와 설리번*의 음악을 쾅쾅 틀어
댔다는 겁니다. 그거 듣고 있었다면 아마 죽었을걸요. 영어
2에서는 A나 B를 맞았는데, 선생님이 여성이었기 때문이
죠. 내가 계속 선생님 다리를 훔쳐보다가 딱 걸렸었지만. 이
모든 말을 하는 건, 나는 문법 따위에는 별로 신경 쓰지 않
는다는 말을 하기 위해서죠. 글을 쓸 때는 캔버스 위에 페인
트를 흩뿌리듯, 그 단어, 그 색깔을 사랑하기 때문입니다.
많이 주워듣고, 여기저기서 조금씩 읽다 보니 대체로 그럭
저럭 괜찮은 걸 씁니다만 기술적으로는 뭐가 어떻게 되고
있는지도 모르고 신경도 쓰지 않습니다. 우리가 공정할 수
있도록 하라. 공정할 수 있도록 하라. 공정할 수……

————————

〔앤서니 리닉에게〕
1959년 4월 22일

〔……〕 첫 번째 경마를 보려면 지금 서둘러 가야겠네요.
대학 나온 친구들도 문장 구조에 문제는 있다는 말로 문법
에 약한 내 단점의 충격을 완화시켜준 것 고맙습니다. 어떤
작가들이 이런 운명으로 괴로워하는 것은, 그들은 마음속
에서는 반항적인데도 우리 세계의 많은 규칙처럼 문법 규

*영국 빅토리아 여왕 시대 오페라 극작가 W. S. 길버트와 작곡가 아서 설
리번.

칙 역시 무리짓기와 확신을 요구하기 때문이죠. 타고난 작가라면 본능적으로 혐오하는 것들이에요. 더욱이 작가의 흥미는 더 넓은 범위의 화제와 영혼에 있으니…… 헤밍웨이, 셔우드 앤더슨, 거트루드 스타인, 사로얀은 규칙을 재형성한 소수의 작가들이죠. 특히 구두점과 문장 흐름과 나누기 같은 분야요. 그리고, 물론 제임스 조이스는 그보다는 훨씬 더 나아갔죠. 우리는 색과 형태, 의미, '힘'…… 영혼을 강조하는 안료들에 관심이 있습니다. 그러나 문법 무시자가 되는 것과 무식자가 되는 것 사이에는 차이가 있다고 느낍니다. 책을 읽지 않아 무식하고 준비되지 않은 사람들, 너무 성급히 작품 출간에 뛰어든 사람들은 제가 지금 과업으로 삼은 심오하고 기초적인 도약대에 다다르지 못한 자들이죠. 그리고 대부분의 《케니언 리뷰》 동인들은 여기 우리에게 날을 세우고 있습니다만, 그들은 이 점에서는 도를 넘다 못해 곤두박질쳐서 창작의 날이 무뎌져버렸죠.

제임스 보이어 메이는 《트레이스》를 편집하고 출간했으며, 《트레이스》 몇몇 호에는 부코스키가 보낸 서신 발췌문이 실렸다.

〔제임스 보이어 메이에게〕
1959년 6월 초

〔……〕저의 심리 건강에 대해 의구심을 가진 몇몇 사람들이 있나 본데, 이런 의심은 제 시적 의도를 오해한 데서 비롯한 것 같습니다. 저는 주의 깊은 의도를 가지고 시 작업을 한다기보다 무턱대고 맹목적으로 어휘를 형성하는 쪽에 가깝습니다. 더 새롭고 생생한 길을 찾고자 하는 희망에서 나온 더 유동적인 개념이죠. 가끔은 개인적인 필요에 따라 변형하는 게 맞지만, 이건 오직 춤의 우아함과 기백을 위한 것입니다.

―――――――

《노마드》1호에 발표된 부코스키의 시 네 편은《트레이스》32호 (1959년)에서 윌리엄 J. 노블에게 악평을 받는다.

〔앤서니 리닉에게〕
1959년 6월 15일

지금부터 사적으로,《트레이스》32호에 글을 쓴 노블 쌍년에 대해 몇 마디 합시다. 어째서 이 돼지새끼가, 우상 숭배자와 광신도 전당 출신의 보수주의자가, 론도체* 난봉꾼, 백합 냄새 피우는 놈이, 어째서 이 건달이 문학의 방법론을 아는 특별한 비평가 행세를 하고 다니는지. 그런 미묘한 논

*두 개의 운을 맞추는 10행 혹은 13행의 단시.

점은 내겐 아무 짝에도 쓸모없는 건데요. 나에겐 더 강한 항생제가 필요합니다.

이 분야에는 문예지가 끓어 넘쳐요. 그들이 영지주의자든 동성애자든 카나리아와 금붕어를 기르는 할머니든 간에 계속 잘난 척하고 싶어 하는 자들을 위한 거대한 시궁창과 설거지물이죠. 어째서 이런 반동분자들은 자신의 몫에 만족을 못 하는 걸까요? 어째서 그들은 관절이 노래진 자기 영혼, 신 같은 머리를 달고 있는 기다란 괴물로 우리를 찢어놔야 성이 풀리는 건지를 대체 알 수가 없습니다. 그들이 '자기들' 잡지에 뭘 출판하든지, 허풍 같지만 난 눈곱만큼도 관심이 없습니다. 나는 현대 시 좀 봐달라고 자선을 구걸하는 게 아닙니다. 그래도 그 사람들은 우리에게 와서 시비를 걸었어요. 왜? 생명의 냄새를 맡았는데 그걸 참을 수가 없기 때문입니다. 그들이 퀴퀴한 1890년대 시의 이신론(理神論)에 미쳐 있도록 붙들어놓는 바로 그 물거품과 가래 속으로 우리도 빠뜨리고 싶기 때문입니다.

노블 씨는 내가 "납작한 젖가슴을 더듬는다"는 말을 썼을 때 뻔뻔하고 섹시한 척한다고 믿는 것 같던데요. 그만큼 섹시한 건 없죠. 그보다 덜 뻔뻔한 건 있기야 하겠지만. 이것은 시와 인생, 이 납작한 젖가슴의 비극입니다. 그리고 삶에 대해서 글을 쓸 뿐 아니라 직접 '살아가는' 우리들이 이에 대한 감정을 너무 질질 끌면서 묵힌다면 로마의 몰락을 모른 체하는 거나 마찬가지일 겁니다. 암을 모른 체하거나 쇼팽의 피아노 작품을 모른 체하는 거나 다름이 없지요. 공기 중에 보라색 불꽃이 작렬하고 산이 아가리를 벌려 포효하고 화려한 로켓은 고작 지옥으로 착륙할 운명일 때 "신과 함께 똥을 쏘기"만이 유일하게 할 수 있는 게임일 것입니다.

어쩌면 내가 노블 씨의 말을 소화하지 못하고 무분별하게 굴고 있는지도 모르겠군요. 하지만 그 사람이 유사해 보이지 않는 것들을 보면 동요하는 건, 이기심이 어디에나 있다는 표시인지도 모릅니다. 나는 보수적인 시로 보수적인 잡지를 만들어본 적도 있지만, 사람들에게 "어이, 나를 유혹해 봐!"라고 명령을 내린 적은 없습니다. 나는 그저 미소를 짓고, 생각하고, 적들의 진지에 내려서 그들의 여자랑 자고, 납작한 가슴이든 맛깔스럽게 납작하지 않은 가슴이든 희롱하고 달아났던 것뿐이죠. 눈에 띄지도 않고, 우리에 갇히지도 않고, 여전히 천성적으로 탐욕스러운 수사슴, 으르렁거리고 기발하죠. 나는 이게 바로 노블 씨가 말한 "부코스키 씨는 재능이 있다"라는 말의 뜻이라고 생각합니다. 참도 친절한 말이었죠. 그리고 나는 덜 납작한 가슴을 좋아합니다.

———————

〔제임스 보이어 메이에게〕
1959년 12월 13일

이전 날 밤, 편집자와 작가가 저를 방문했습니다(《갤리

세일 리뷰》의 스탠리 맥네일과 알바로 카도나하인이었어요). 그 사람들이 왔을 때 제가 너저분하고 엉망진창인 상태였다는 건 결코 제 잘못만은 아니죠. 수소폭탄 폭격처럼 예고도 없는 방문이었으니까요. 제 질문은 이겁니다. 작가는 출판에 관해서라면 예고도 없이 약탈당해도 싼 공공재가 되는 겁니까? 아니면 세금을 내는 시민으로서 사생활을 보호받을 권리가 아직도 있는 겁니까? 많은 예술가의 유일한 성찬은 (여전히) 너무 빨리 폐쇄되는 사회로부터의 고립이라고 말하면 너무 역겨운가요? 아니면 이건 그저 유행에 뒤진 것뿐인가요?

수없이 많은 우리의 소위 아방가르드 출판물을 지배하는 파벌주의와 거머리-형제주의로부터 자유를 요구하는 게 너무 현학적이거나 비열하다고 느끼진 않습니다.

……뭐, 그 편집자는 적어도 저랑 맥주를 같이 마셨지만 작가는 한 잔도 안 하려 들더군요. 그래서 제가 두 사람 몫을 마셨습니다. 우리는 비용(Villon)과 랭보, 보들레르의 《악의 꽃》에 대해 얘기를 나눴습니다. (무척이나 프랑스적인 밤이어서, 손님 둘 다 보들레르 작품을 이야기하면서 조심스레 프랑스어 제목을 쓰더라고요.) 또, J. B. 메이와 헤들리, 푸츠, 카도나하인, 찰스 부코스키 얘기도 나눴죠. 우리는 비방하고 중상하고 포위했습니다. 마침내 진이 다 빠지자, 편집자와 작가는 일어섰습니다. 저는 거짓말을 하면서 만나서 반가웠다고 했죠. 곡마단 차와 곰보버섯, 김렛과 눈

길, 루시퍼의 어르는 불빛. 그들이 떠나고, 저는 현대 미국 잡지 편집의 세련된 난봉꾼 같은 태도에 한 대 얻어맞은 기분으로 맥주 한 캔을 땄습니다…… 이게 글쓰기라면, 이게 시라면, 구충제 좀 먹어야겠습니다. 저는 20년 동안 글을 써오며 47달러를 벌었으니 일 년에 2달러꼴이겠죠(우표, 종이, 봉투, 리본, 이혼과 타자기 비용은 생략합니다). 그러니 그 액수면 특별한 광기의 특별한 사생활을 보장받을 자격 정도는 있다고 생각합니다. 그리고 제가 하찮고 비실대는 시를 홍보하기 위해 출판의 신들과 악수를 해야만 한다면, 차라리 거절의 포낭과 낙원을 받아들이겠습니다.

〔제임스 보이어 메이에게〕
1959년 12월 29일

〔……〕 저는 종종 중요한 것은 시의 창작, 순수한 예술 형태라는 고립주의자의 입장을 고수했습니다. 내 성격이 어떤지, 내가 얼마나 많이 유치장이나 병동, 벽이나 술잔치에 빠져 있었는지, 내가 얼마나 많이 외로운 자들을 위한 시낭독회에 달려들었는지는 논점 외입니다. 한 인간의 영혼, 혹은 영혼 없음은 그가 하얀 종이 위에 무엇을 새길 수 있는지에 역력히 드러나겠죠. 그리고 내가 라벤더 운율의 연기 가득한 방에서보다 바나나 나무 아래 술 취해 있거나 샌

타아니타 경마장에 있을 때 시를 더 많이 볼 수 있느냐 하는 것은 내게 달려 있는 문제고 어떤 분위기가 적절한지는 오로지 시간만이 판단할 뿐입니다. 인쇄소 청구서가 두려워 정기구독이나 얻으려 과장된 연기를 하고 기부금을 구걸하는 2급 편집자 나부랭이가 아니고. 걔들이 백만 달러를 벌려고 한다면, 시장이야 항상 있죠, 존 딜린저*식으로 접근할 수 있는 외로운 과부라든가.

언젠가 딜린저의 시가 우리 시보다 낫다거나 《케니언 리뷰》가 맞았다거나 할 날이 올 거라며 찾아 헤매진 맙시다. 지금 당장은 바나나 나무 아래, 한때는 매를 보았던 곳에서 참새들을 보고 있으니까. 새들의 노래는 제게는 그렇게 쓰라리지도 않아요.

*대공황 시절 악명 높던 은행 강도.

1960

〔……〕 그래요, "좀생이들"은 대학물을 먹은 젊은 남자들이 이끄는 무책임한 무리입니다(대부분은요). 고료는 한 푼이라도 깎으려고 하고, 불같은 이상과 거대한 사상으로 시작했지만 긴 거절 편지를 받고 점점 졸아들어서 마침내는 원고 뭉치를 소파 뒤나 벽장 속에 쌓아두는 치들이죠. 그런 원고 중 몇 개는 영원히 사라지고 답장도 못 받고 있다가 끝끝내는 한데 뒤죽박죽 섞여서 불쌍한 활자 뭉치 실패작 모음이 되어버리죠. 그리고 결혼하고 나서는 "지지가 부족하다"는 논평과 함께 현장에서 사라져버립니다. 지지가 부족하다? 대체 지들이 뭐라고 지지를 받는다는 겁니까? 예술이라는 전면 뒤에서 위장하는 것 말고는 뭘 했다고? 잡지 이름 지어서 목록에 올리고, 스물두 살짜리 애송이가 50달러 한 장을 주고 요란히 찬사를 떠들면서 최악의 시를 받아주었다고 자기들이 미국의 시인이라고 생각하는 이삼백 명의 지친 이름들한테서 투고를 기다리는 것 말고?

―――――――――

〔가이 오웬*에게〕
1960년 3월 초

"보수적"이라 해도 좋은 시를 발표할 수는 있을 겁니다. "현대 시" 중 많은 시는 딱딱한 껍질 같은 노골적인 성질이 있는데, 이는 배경이나 감정이 없는 젊은이들만 할 수 있는 것이죠(《허스》를 봐요). 모든 사조에 자리 잘못 찾은 시인들, 그저 거기 포함되지 않는 사람들이 있습니다. 그렇지만 궁극에는 삶의 힘이 그들을 다른 것으로 흡수해버릴 것이므로, 점차 사라지겠죠. 대부분이 아직 그들을 따라잡은 후배들이 없다는 이유만으로 젊은 시인 행세를 하죠. 옛 시인 이름만 하나 대보세요. 그럼 내가 보여주죠. 꽤 높은 확률로 그 사람은 광인 아니면 거장일걸요. 그리고, 내 생각엔, 화가들도 마찬가지예요. 여기서는 약간 망설여지는데, 내가 그림을 그리긴 하나, 내 분야는 아니니까요. 하지만 유사하다고는 생각합니다. 마지막으로 일했던 곳 중 하나에서 일하던 늙은 프랑스 수위가 생각나네요. 시간제 수위였죠, 등이 굽고, 와인을 마시는. 나중에 알고 보니 그림을 그리더란 겁니다. 수학 공식과, 삶을 철학적으로 계산하는 방법으로 그림을 그려요. 그림을 그리기 전에 미리 적어놓더라고요.

*미국의 소설가, 시인, 비평가. 문예지 《임피터스》를 창간했다.

거창한 계획이고 그에 맞춰서 그림을 그렸습니다. 그는 피카소와 대화를 했어요. 난 웃음을 터뜨릴 수밖에 없었죠. 그렇게 우리가 있었던 겁니다. 배송 사무원과 수위가 미학 이론을 토론하면서. 한편 우리 주위에는 우리 월급보다 열 배는 더 많이 받는 남자들이 썩은 과일을 손에 넣으려고 팔다리가 빠져라 내뻗고 있었죠. 이게 미국의 삶의 방식에 대해서 뭘 말해주는 걸까요?

───────────

〔존 E. 웹에게〕
1960년 8월 29일

〔……〕 약력을 원할 경우를 대비해서…… 이 잡동사니를 걸러서 써요. 1920년 8월 16일, 독일 안더나흐 출생, 독일어는 한 마디도 못하고, 영어도 잘 못함. 편집자들은, 별이유도 없이, 이렇게 말하곤 함. 부코스키, 당신은 철자도 제대로 쓰지 못하고 오타도 많네요. 게다가 거지같은 똑같은 타자기 리본을 계속 쓰고 있어요. 뭐, 편집자들은 그 리본이 내 탯줄에 꼬여 있었던 것이고 그 후로 내가 엄마에게 계속 되돌아가려고 했다는 것을 모르겠죠. 게다가 나는 철자법은 별로 맞추고 싶지 않다고요…… 나는 단어들은 틀리게 쓸 때 더 아름다운 대포가 된다고 생각합니다. 어쨌든 이제 나도 늙은이가 되었어요, 마흔 살. 열네 살 때보다 비

명과 어지러운 역경이 회반죽처럼 더 많이 섞여버렸고, 잡다한 비(非)클래식 음률에 맞춰 엉덩이를 채찍질하는 늙은이. 어디까지 말했죠? 이 맥주를 다시 좀 기울여보고…… 《타깃츠》에서 오늘 아침에 소식을 들었습니다. 12월 호에 시 여섯 편을 싣겠다고…… 〈불붙은 말〉, 〈나를 끌고 사원을 지나요〉 그리고 다른 쓰레기들이죠. 또 다른 시 〈일본인 아내〉는 9월 호에 싣겠다고 합니다. 좋은 일이고, 그 덕에 나는 서너 주 더 살 수 있을 것 같아요. 이 얘기를 하는 건 이런 일로 내가 나름 행복해지기 때문이고 지금 맥주를 마시고 있기 때문이죠. 작품을 발표해서 유명해져서라기보다는 내가 그렇게 정신 나간 게 아니고 내가 한 말 중에서 어떤 건 이해받고 있다는 느낌을 주기 때문일 겁니다. 이 맥주는 햇빛 가득한 창문 너머에서는 끝내주게 멋지게 보이네요. 호, 호, 망할 여자는 근처에 하나도 없지만. 간발의 차로 이길 말도 없고, 암도 없고, 랭보도, 매독으로 썩어가던 드마스도 없어요. 그저 벌도 없는 주황색 꽃들과 썩어가는 캘리포니아 뼈 위를 덮은 썩어가는 캘리포니아 풀뿐. 잠깐 기다려요. 맥주 하나 더 따고. 델마르 경마장에 사나흘 동안 가서 이길 수 있는 말 번호를 궁리하면서 집세 좀 벌어야 하니까.

새로 문단을 시작해봅시다. 거〔트루드〕 스타인이라면 그렇게 말했겠지요. 하지만 거 스타인이 뭔지는 다른 얘기고. 우리는 모두 나름의 방식대로 옳아요. 다만 우리 중 누구는 벌과 신과 달과 호랑이의 도움을 받는 거지요. 세르〔게이〕 라흐마니노프와 세자르 프랑크의 음악이 흐르고, 쏟아진 와인을 두고 〔D. H.〕 로런스에게 이야기하는 〔올더스〕 헉슬리의 사진들이 가득 넘치는 거대하고 어두운 동굴 속에서 하품하면서. 제기랄. 약력, 약력, 약력이라…… 난 나 자신이 싫어요. 하지만 계속 하긴 해야겠죠. 이건 횡설수설하는 부코스키, 음, 젠장, 모르겠네요. 열일곱 살이던 어느 날 밤, 나는 술에 취해서 시내로 나갔다가 늙은 남자 한 명을 때려눕혔어요. 그 사람은 반격을 하지 않았고 나는 구역질이 났어요, 그것도 나의 일부분이었으니까…… 소파에 앉아 올려다보고 있는, 연약한 겁쟁이. 나는 이 썩어빠진 미국 방방곡곡을 다니며 무보수로 일을 해줬으니, 누군가는 뭔가를 얻었겠죠. 나는 공산주의자 나부랭이도 아니에요. 내겐 정치적인 데는 하나도 없지만, 환경이 나쁘긴 했어요. 도살장에서, 개 비스킷 공장에서, 마이애미 해변의 디피나에서, 뉴올리언스 《아이템》에서 원고 심부름 급사로, 프리스코의 혈액은행에서 일했죠. 하늘 밑 13미터 아래의 뉴욕 지하철, 술에 취해 아름다운 황금 철로 위를 콩콩 뛰어다니면서 포스터도 붙였죠. 베르도에서는 면화를 땄고, 토마토 농장에서도 일했죠. 배송 사무원, 트럭 운전사, 일상적인 경마꾼, 지루한 자명종 시계의 나라에서 술집 붙박이 단골, 매춘부의 기둥서방, 뉴욕에 있는 미국 신문사의 창고 십장, 시어스로벅 백화점의 창고 직원, 주유소 직원, 집배원…… 다

기억도 할 수가 없네요. 다 우중충하고 평범한 일이었고, 실업급여 수령 줄에서 옆에 선 남자들이라면 똑같은 일들을 했겠죠. 〔……〕

어디까지 썼더라??? 젠장, 어쨌든 이 모든 일을 하는 동안에 나는 시를 한두 편 써서 《매트릭스》에 발표했고 그 후에는 시에 흥미를 잃어버렸어요. 그리고 단편과 고군분투하기 시작했죠. 그건 그렇고 제 시 중에서도 좀 더 화사하고 고전적인 시들을 여럿 출판해준 〔이블린〕 손에게서 편지를 받았어요. 젠장, 나도 옛날 방식으로 쓰려면 쓸 수 있다고, 시가 후져서 그렇지. 아무튼, 나한테 엉망진창인 언어를 썼다고 욕을 하지 뭡니까. 잠깐만요. 어디 보자. 단편 얘기를 했었지. 옛날 《스토리》지의 휘트 버넷이 1944년에 내 첫 단편을 잡지에 실었어요. 스물네 살 때였는데, 그리니치빌리지에서 살았었죠. 첫날부터 이 동네는 죽었다는 걸 깨달았어요, 그저 이전에 누군가 거기 있었다는 표지판일 뿐이지. 젠장, 엉터리 모조 같으니. 어떤 여성 에이전트가 점심과 술을 같이하자는 편지를 보냈어요…… 나와 얘기하고 내 작품을 대리하고 싶다나. 그 여자에게 난 만날 수 없다고 했어요. 아직 준비가 안 됐다고, 쓸 수가 없다고, 그렇게 작별 인사까지 쓰고, 침대 밑에 와인 병이라는 형태로 술을 두었죠. 결국 아침 6시에는 디바인 신부의 자선운동본부에 가는 꼴이 되었어요. 술에 취했고, 열쇠가 없어서 방에 못 들어가는 신세인데 셔츠 바람이라 얼어 죽을 뻔했죠. 웹, 당신이 약력을 요구한 건 아니죠, 그런가요? 사실, 대체 어쩌다가, 내 시시껄렁한 시 한 편을 받아주기로 한 거요?

뭐, 어쨌든, 여기저기 단편을 내는데 별로 많이 통과되진 않아요. 《애틀랜틱 먼슬리》에 항공 우편을 보낼 겁니다. 안 받아주면 찢어버릴 거고. 내가 몇천 편의 걸작을 찢어버렸는지 모르겠네. 하나도 없으려나. 그 와중에 여러 사람들이 나를 꾀어서 장편을 쓰라고 하더라고요. 좆까라 해요. 나는 흐루시초프를 위해서 소설을 쓰진 않을 거요. 모든 거 잠시 잊읍시다. 10년, 15년은 글을 쓰지 않았으니까. 군대에 들어가려 했는데, 잘렸어요. 기분은 좋네요. 4주 동안 술을 마신 후에 팬티를 거꾸로 입었는데, 고의적인 건 아니었어요. 사람들은 내가 미쳤다고 생각했죠, 미친 개쉐이들!

뭐, 여기 좀 봐요, 웩, 아니, 웹. 맥주 한 캔 더 깔게요. 당신이 술을 안 마시고 스무 날이나 버틴다니 궁금하긴 한데, 이런 건 그만둬야 해요. 한번은 결국 종합병원 자선병동에 가는 꼴이 되었는데…… 엉덩이와 입에서 피가 분수처럼 콸콸 쏟아져서…… 병원에서는 나를 이틀 동안 가만 놔두고 손도 안 대다가, 내가 지하세계와 연결됐다는 생각을 했는지 피를 3리터, 글루코스를 4리터 쉬지 않고 집어넣던데요. 의사들은 내가 다시 술을 마시면 죽는다고 했어요. 13일 후, 나는 트럭을 몰면서 22킬로그램짜리 택배 소포를 들고 황이 가득 들어 있는 싸구려 와인을 마셨죠. 의사들이 요점을 놓쳤어요. 나는 '죽고' 싶었던 겁니다. 그리고 자살 시도를 해본 사람들은 경험하죠. 인간의 뼈대는 강철보다 강할 수도 있다는 것.

어 잠깐 웹, 무슨 얘기 하고 있었죠?

어쨌든 나는 불 꺼진 어둠과도 같았던 10년, 15년 동안의 숙취, 잡일, 공포, 시트에 떨어진 호두, 호두 껍질, 방마다 로켓처럼 뛰어다니는 쥐들, 3주 밀린 방세, 술에 전 꿈, 녹색 감자, 보라색 빵, 나를 커다란 감자 같은 배에 기대 울게 해주었던 뚱뚱하고 칙칙한 여자들과의 사랑, 건조한 사랑, 베개 밑에 넣어둔 묵주, 순수하지 못한 아이들의 사진……이 모든 것을 떨치고 나왔습니다. 그 어느 하나 한 남자가 사납고 대담한 기분을 느끼게 하는 데는 도움이 안 되는 것들이죠. 그 남자는 그저 자기 목을 조르고 싶을 뿐이니까. 여자들은 우리보다 낫습니다. 어떤 여자라도요. 매춘부 같은 건 없어요. 나는 다른 여자들에게 돈을 빼앗기고, 얻어맞고, 할퀴어졌죠. 내 말은 매춘부 같은 건 없다는 거예요. 여자들은 그런 식으로 구성되지 않습니다. 남자들은 그렇죠. '사통'*이라는 말이 있죠. 내가 바로 그런 사람이었어요. 아직도 그래요. 하지만 넘어가죠.

어쨌든 10년에서 15년 후 나는 다시 글을 쓰기 시작했습니다…… 서른다섯 살에. 하지만 이번에는 모두 시로 나왔어요. 내가 바라보는 방식이 그래요. 그게 단어들을 구원하

*원문 'whoredom'에는 '매춘', '사통'이라는 뜻 이외에 '배신행위'라는 뜻도 있다.

죠…… 거트루드라면 좋아했을 거예요. 비록, 내가 여기서 많은 단어를 낭비하고 있긴 해도, 나는 분명히 구원받을 거예요…… 왜냐하면 누군가 자기 잔디깎기 기계를 켜고 **드르르르르 끽드르르르르르** 돌리고 있으니까요. 이렇게 햇살이 들어오고 있을 때는 다 괜찮아요. 라디오에서는 무슨 곡이 나오네요…… 뭔진 모르겠어요…… 이전에 한두 번 들은 적 있는 거 같은데. 같은 건 너무 지겨워서…… 베토벤, 브람스, 바흐, 차이콥스키, 등등……

어쨌든, 나는 시시한 시를 써냈어요. 시를 쓰는 게 좋기도 하고, 괜찮아 보이기도 해서. 이젠 좀 지쳐가서 뭘 어떻게 해야 할지 잘 모르겠습니다.

어쨌든, 여기저기 작품을 발표하면서 원래 셔츠를 넣어야 할 서랍에 잡지만 가득 차네요.

내게도 신이 있다는, 아니 '있었다'는 말을 하고 싶습니다. 에즈라 파운드가 그랬는데, 내가 그 사람 전 애인〔셰리 마르티넬리〕과 서신 교환을 하기 전까지였죠. 하지만 그래도 〔로빈슨〕 제퍼스는 아직 남아 있어요. 엘리엇은 내가 보기엔 기회주의자 같아요. 가장 번드르르한 신들이 가장 조용한 선물을 주는 곳으로 가는 거죠. 뭐 그것도 위대하고 비유대인답습니다만, 인간답진 않은 거죠. 그리고 피의 포효나 4주 동안 빨지도 않은 속옷 바람으로 빈민굴에서 죽어가는 건달 같지도 않고. 엘리엇을 깎아내리는 건 아닙니다. 교육과 그의 틀니를 깎아내리는 거지. T. S.와 얘기하는 것보다는 쓰레기 청소부와 얘기하는 편이 삶에 대해 더 많은 지식을 얻을 수 있었고, 지금도 그래요. 그 문제로 말하자면 당신과 얘기하는 것도 뭐 T. S.에게 하는 거나 마찬가지죠, 존, E. W. 무슨 얘기 하고 있었죠? [……]

이봐요, 존, 당신이 시를 찾을 수 있었으면 좋겠네요. 이 피투성이 음률 속 어딘가에서…… 모르겠어요, 피곤하네요…… 어디에서든 사람들이 잔디에 물을 주고 있어요…… 좋아요, 자, 이게 바로 내 약력입니다.

펜이 없어졌네.

알카트래즈 횡설수설로 그들을 다 때려눕혀 죽여버립시다……

———

스테파닐은 《스패로》 14호(1960년)에 부코스키의 시를 한 편 실었다.

[펠릭스 스테파닐에게]
1960년 9월 19일

저는 "책벌레도 계집애 같은 사내"도 아닙니다……

당신의 비평은 맞아요. 투고한 시는 느슨하고 허접하고 반복적입니다. 그렇지만 여기에 핵심이 있죠. 나는 시에서는 작업을 할 수 없습니다. 너무 많은 시인들이 그들 작품을 너무 의식적으로 작업해서, 출판된 그들 시를 보면 이렇게 말하는 것 같죠…… 이거 봐요, 아저씨, 이 시를 보라고. 나는 심지어 시는 시가 '아니라' 어쩌다 보니 제대로 나오게 된 어떤 덩어리에 더 가까워야 한다고 말할 수 있습니다. 나는 기술도, 사조도, 계집애 같은 남자들도 믿지 않아요…… 나는 술 취한 수도승처럼 커튼을 붙잡는 것을 믿지요…… 그리고 그걸 찢어버리고 찢어버려서……

스테파닐 씨에게 다시 투고하고 싶습니다, 믿어주세요. 저는 "죄송하지만"이나 "안 됩니다" 내지는 "게재 예정 원고가 많아서"보다는 비평 쪽이 훨씬 고맙습니다.

───────────

〔존 웹에게〕
1960년 9월 말

〔……〕 오늘 새 명함을 받았어요. 시를 말로 떠들어버리는 것은 삶을 말로 떠들어버리는 것이라는 의견에 동의합니다. 그리고 나는 보통 사람들 옆에서 더 많은 것을 얻습니다, 굳이 뭔가 얻어야 한다면. 딜런 토머스나 셰익스피어, 프루스트, 바흐, 피카소, 렘브란트, 색상환 같은 건 들어본 적도 없는 사람들이죠. 권투선수 두 명을 알고(그중 한 명은 8연승을 거뒀죠), 경마기수도 한둘 알고, 매춘부 몇 명, 전직 매춘부들, 그리고 알코올중독자들도 알아요. 그렇지

만 시인은 소화 능력과 감수성이 나쁘고, 나는 그 부분을 강화할 수는 있었지만, 그래봤자 다른 사람들이 나보다 더 나을 것이고, 내게는 뭔가 잘못된 점이 많아요. 〔······〕

"시적 시"라고 한 말에 동의하고, 과거든 현재든 이제까지 쓰인 거의 모든 시가 거의 실패라는 기분이에요. 그 의도, 편향된 관점, 강조점은 돌 같은 것을 조각하거나 좋은 샌드위치를 먹거나 좋은 술을 마시거나 하는 게 아니라 누가 이렇게 말하는 거나 같죠. "봐, 내가 시를 한 편 썼어······ 내 시를 봐!"

─────────

〔W. L. 가너*에게〕
1960년 11월 9일

〔······〕 개념 대신에 "시"로서 쓰인 시가 너무 많다는 생각입니다. 이 말이 무슨 뜻인가 하면, 우리가 이런 것들을 시처럼 '들리게' 하려고 너무 안간힘을 쓴다는 겁니다. 시인들에 대해서 질문을 받자 니체가 이런 말을 했죠. "시인? 시인들은 거짓말을 너무 많이 해!" 전통적인 시-형식으로 우리는 적은 공간에서 많은 말을 할 수 있게 되었지만, 우리 대다수는 느낌보다 '더 많은' 말을 해왔습니다. 혹은 우리가

---

*《타깃츠》지의 편집자.

58

보거나 조각할 능력이 부족할 때, 우리는 시 어법으로 대치
해버리죠. 거기서 별이라는 단어는 통치자이고 최고 책임자
입니다.

───────────

〔존 웹에게〕
1960년 12월 11일

〔……〕 오래전에 나한테 "이름난 자"는 좌우간 거절한다
고 말한 적이 있었죠. 그러면 편집자로서 당신이 좋아한다
는 것을 고른다는 뜻 같던데, 다른 편집자들이 할 수 있는
것도 그뿐이겠죠. 나도 이전에 《할리퀸》의 편집자였고, 시
라는 형식으로 뭐가 나타나는지에 대한 개념이 있었습니
다. 형편없이 써서 독창성도 없고 가식적이기만 한 아마추
어 시들이 우편함에 많이도 오니까요. "이름난 자"를 출판한
다는 것이 좋은 시를 출판한다는 뜻이 되면…… 잡지에 실
릴 만큼 좋은 시를 써내는 건 이름 없는 자의 일이 되겠죠.
"이름난 시인"은 그저 거절하고, 이름 없는 시인들의 2급 작
품만 출판한다면…… 그게 사람들이 원하는 걸까요? ……
일종의 새로운 열등감의 형태로? 우리는 아무도 이름을 모
른다는 이유로 길 건너에서 노래 쪼가리나 부르고 쫑알거
리는 여자를 위해 베토벤이나 반 고흐를 내던져야 하는 겁
니까? 예전에 《할리퀸》에서 일할 때 우리는 이전에 출간작

이 없는 시인은 오로지 딱 한 명만 출판할 수 있었습니다. 내 기억이 맞다면 브루클린 출신의 열아홉 살 소년이었어요. 그리고 이건…… 걔가 보낸 서너 편의 시의 전체 부분을 잘라버린 후에야 실을 수 있었죠. 그 후에는 심지어 부분이라도 가치가 있을 만한 걸 다시 보낸 적이 없어요. 그리고 우리도 우리에게 보내는 편지를 받았습니다. 유명도 무명도 불평을 담은 신랄한 편지를 보내죠. 내가 왜 이 시는 안 된다고 생각하는지를 늘어놓으며 두세 장짜리 거절 편지를 쓰느라 늦게까지 못 자고 있었던 적도 많아요. "죄송합니다, 안 되겠습니다"라고 쓰거나 미리 인쇄해놓은 거절 편지를 보내는 대신에 이 짓을 했단 말입니다. 하지만 그렇게 잠 못 자고 해봤자 다 허사입니다. 그 시간에 내가 쓰지 않은 시들을 썼어야 했죠. 놓쳐버린 술, 연극, 경마들, 다 놓치지 말았어야 했다 이겁니다. 오페라, 교향악…… 그런데 그렇게 노력한 대가, 점잖고, 따뜻하고, 솔직하게 대답해주려고 노력한 대가라고는…… 악의를 품고 따지는 편지들뿐이었어요. 욕설과 허영과 전쟁이 가득 찬 편지들. 내가 뭘 잘못했는지 확고한 분석 따위를 보냈다면 신경 쓰지 않았을 겁니다. 그러나 징징거리고 으르렁대는 편지들은, 아, 정말 싫어요. 무척 이상한데, 난 생각했죠, 어째서 사람들은 그렇게 "똥같이"(자기들의 표현을 빌리면) 굴면서도 시도 쓸 수 있는가. 하지만 이제, 몇몇을 만나본 후에는, 충분히 그럴 수 있다는 것을 압니다. 깨끗한 싸움, 반항, 용기를 말하는 게 아닙니다. 얄팍한 정신으로 명예나 좇고 돈이나 따르는, 영적으로 왜소한 자들을 말하는 것입니다.

———————

1960년 《타깃츠》 4호에 발표된 〈불붙은 말〉에서 부코스키는 에즈라 파운드의 연작시 《캔토스》를 깎아내린다.

〔W. L. 가너와 로이드 알포에게〕
1960년 12월 말

〔……〕 에즈〔라 파운드〕 영감은 〈불붙은 말〉을 읽으면 잇새로 침을 뱉겠지만, 아무리 위대한 자라고 해도 가끔은 실수하면서 살고, 그들의 식사 예절을 교정하는 건 우리 하찮은 인간들 아닙니까. 그리고 셰리 마르티넬리가 징징대며 투덜거리긴 하겠지만, 캔토 시를 두고 질질 짠 건 자기들인데 뭐 하러 그 얘길 나한테 했답니까?* 나는 타자기 앞에서는 발포할 준비가 되어 있는 위험한 사람입니다.

*에즈라 파운드와 그의 애인인 셰리 마르티넬리가 에즈라의 〈캔토 90번〉을 두고 울었는데, 당시 셰리와 부코스키는 서신 왕래를 하던 사이라서 셰리가 그 이야기를 부코스키에게 했다.

1961

〔……〕 단순히 시를 하나 '짓기' 위해 시에서 나 자신에게 거짓말을 하기 시작하면, 실패하고 맙니다. 그게 바로 내가 시들을 퇴고하지 않고 처음 앉힌 대로 놔두는 이유죠. 내가 원래부터 거짓말을 했다면, 그 쇠못을 똑바로 박아봤자 소용이 없고, 거짓말을 하지 않았으면 제길, 걱정할 것도 없잖습니까. 몇 편의 시를 읽고 그 시들이 어떻게 깎이고 못을 박고 윤을 냈는지 감지할 수는 있습니다. 이제 《포에트리, 시카고》 같은 데서 그런 시를 많이 볼 수 있죠. 페이지를 넘기면, 나비들, 거의 피도 흐르지 않는 나비들뿐입니다. 이런 잡지들을 훑어보면 실제로 충격을 받습니다. 아무 일도 일어나지 않기 때문이죠. 그게 바로 그들이 생각하는 시라는 것 같더군요. 말하자면 일어나지 않는 무엇이 있다고 해야 할까. 깨끗하게 행을 맞춘 무엇, 너무 미묘해서 느낄 수조차 없죠. 이것이 모든 것을 지성적인 예술로 만듭니다. 헛소리! 좋은 예술에서 지성적인 것이 있다면 우리를 살아 있게 흔드느냐 아니냐인 것뿐이죠. 그렇지 않다면 헛나발일 뿐.

어떻게 헛나발이 시의 '기(氣)'에 들어갈 수 있겠습니까? 얘기 좀 해봐요.

1956년, 비실비실한 서른다섯 살의 나이에 입과 엉덩이로 내 위가 침을 뱉어내기 시작한 이후에 처음으로 시를 쓰기 시작했죠. 이제는 위스키 이상은 마시지 않을 정도로 정신은 차렸습니다만, 어떤 여자는 내가 지난 금요일 밤에 포트와인을 마시고 자기네 집 주변을 비틀비틀 돌아다녔다더군요. 1956년에 《엑스페리먼트》에 시를 몇 편 보냈는데, 그 사람들이 받아줬어요. 그리고 5년 지난 지금 와서 그중 한 편을 출간하겠다고 합디다. 거참 그렇게 한참 있다 반응하는 건 또 처음이네. 그 사람들 말로는 1961년 6월에 나올 거라는데, 그걸 읽으면 마치 묘비명 같은 기분이 들 것 같아요. 그러더니 그 여자가 나한테 10달러를 보내고 '엑스페리먼트 그룹'에 참여하라고 제안하지 뭐요. 당연히, 나는 거절했죠. 젠장, 중간급 경기에 함께하는 비용으로 오늘 10달러를 내라니 그건 항문으로 딕시 노래를 휘파람 불라는 거나 같지.

코링턴은 코르소와 펄링게티*가 괜찮은 것 같다고 말하더군요. 나는 필요한 만큼의 공부를 많이 하진 못했어요. 그렇지만 현대의 시인이라면 그 자신 안에 현대적 삶의 흐름을 가져야 한다고 생각해요. 그리고 우리는 더는 프로스트나

*미국의 시인인 그레고리 코르소와 로런스 펄링게티. 1960년대 비트 계열의 멤버들이다.

파운드, 커밍스나 오든처럼 쓸 순 없어요. 그들은 발을 헛디딘 듯 궤도에서 벗어난 것처럼 보이잖아요. 내 생각으로는, 프로스트는 항상 헛다리를 짚고 허튼소리를 너무 많이 하고도 빠져나가는 것 같아요. 그리고 확실히, 사람들은 그를 무슨 죽은 허수아비 인형이라도 되는 것처럼 눈 속에 세워놓고, 다 죽어가는 시력과 통찰력을 가지고 취임식에서 헛소리를 지껄이게 했죠.* 사실, 무척 괜찮긴 했는데. 그런 비슷한 걸 보려면 공산당원증이나 오래된 검은 상장(喪章), 혹은 자기 마음껏 나를 망쳐놓을 동성애자를 찾아봐야 할 거요. 나는 기억이 온전하지 못한 나이까지 살지는 않았으면 좋겠어요. 하지만 물론 프로스트는 항상 사람들이 제일 좋아하는 역을 연기하죠. 그가 1대 60 승률의 승산 없는 말처럼 살아봤다면, 입을 다물었겠지. 〔……〕

애틀랜타에서 살 때는 전등 전선의 끝을 제대로 볼 수 없었어요. 선이 잘려 나간 데다 전구도 없었으니까. 다리 위 판잣집에서 살았는데 집세가 일주일에 1달러 25센트였어요. 얼어붙게 추웠고, 글을 쓰고 싶었지만 대체로는 술을 마시고 싶었죠. 나의 캘리포니아 햇빛은 너무 멀리 있었고, 나는 생각했어요. 이런, 젠장, 온기가 좀 필요하군. 그래서 손

*로버트 프로스트는 1961년 존 F. 케네디의 대통령 취임식에서 시를 암송했다. 당시 프로스트의 나이가 86세였고 원래는 시 〈무조건적인 선물〉을 낭독할 예정이었으나 당시 겨울날 눈에 비친 햇빛이 너무 강해서 글씨가 보이지 않았으므로 기억력에 의존해서 암송했다는 말이 있다.

을 뻗어서 전선을 쥐어보았는데, 죽어 있지 뭡니까. 그래서 밖으로 나가 얼어붙은 나무 아래에 서서 따뜻하게 김이 서린 유리 창문 너머 식품점 주인이 한 여자에게 빵 한 덩이를 팔고 있는 광경을 구경했죠. 그들은 거기 서서 별것도 아닌 얘기를 10분씩이나 나눴습니다. 나는 그 사람들을 구경하며 혼잣말을 했죠. 욕하고 욕했습니다. 제기랄, 다 '지옥'에나 가라! 그러다 얼어붙은 하얀 나무를 올려다보았는데, 나뭇가지들은 그 어디도 가리키지 않고 오로지 하늘로만 뻗어 있었어요. 내 이름도 모르는 하늘. 그때 그 하늘이 나한테 말하는 겁니다. 난 너를 모르고, 너는 아무것도 아니야. 그게 바로 내가 느낀 기분이었어요. 만약 신이 있다면, 그들의 일은 우리를 고문하고 미래에 적합한지 알아보려고 시험하는 게 아니라 현재에 뭔가 끝내주게 좋은 일을 해줘야 하는 게 아닙니까. 미래는 나쁜 예감일 뿐이잖아요. 셰익스피어가 우리에게 그런 말을 했죠. 그게 아니라면 우리는 모두 미래로 날아갔을 거 아뇨. 하지만 한 사람이 자기 입에 총구를 집어넣을 때 그는 비로소 머리 안에서 온 세계를 볼 수 있는 거죠. 그 외에는 다 추측일 뿐이에요, 추측과 헛소리와 선동 팸플릿뿐.

[존 웹에게]
1961년 3월 25일

〔……〕 옛날 파리(Paris) 그룹, 혹은 예전에 누군가를 알았던 누군가에 대해서 읽을 때면 마음이 심란해지는 게 있습니다. 그때 그 사람들도 그렇게 했구나, 과거와 현재의 이름들이. 헤밍웨이가 지금 그런 주제로 책을 쓰고 있지 않을까요. 하지만 그 모든 것에도 불구하고, 나는 받아들일 수가 없어요. 작가든 편집자든 예술에 대해서 말하고 싶어 하는 사람은 누구든 참을 수가 없습니다. 3년 동안 나는 빈민굴 호텔에서 살았어요. 출혈이 일어나기 전이었죠. 매일 밤 전과자, 호텔 여급, 인디언, 가발 쓴 것처럼 보이지만 자기 머리카락이었던 여자, 떠돌이 서너 명과 함께 술을 마셨어요. 쇼스타코비치와 셸리 윈터스를 구분하는 사람은 하나도 없었지만, 눈곱만큼도 신경 쓰지 않았습니다. 중요한 건 술이 떨어지면 누굴 주자로 보내 술을 사 오냐는 것뿐이었죠. 우리는 먼저 가장 못 뛰는 사람부터 낮게 시작을 했어요. 그가 안 된다고 하면—이해하겠죠, 대부분 돈이 거의 없었으니까—더 파고 들어가 다음으로 되는 사람을 보내는 식으로 계속해요. 이런 말 하면 내 자랑 같지만, 내가 제일 유력한 우승 후보였죠. 마지막 사람이 창백하고 부끄러운 얼굴을 하고 비틀비틀 문밖으로 나가면, 부코스키는 욕설을 퍼부으면서 너덜너덜한 외투를 걸치고 분노와 확신을 품은 채 밤 속으로 걸어 나가 딕 주류판매점까지 가곤 했어요. 나는 주인에게 사기를 치고 강요하고 그가 어지러울 때까지 쥐어짰습니다. 비굴하게 구걸할 마음이 아니라 어마어마하

게 화를 내며 걸어가서 내가 원하는 걸 요구했죠. 딕은 내가 돈이 있는지 없는지 알지 못했습니다. 가끔은 그를 속였고 돈도 있었죠. 하지만 대부분은 없었습니다. 그렇지만 어쨌든 그는 내 앞에다 술병을 탁 내려놓고 봉투에 넣어줬어요. 그러면 나는 화를 내며 봉투를 집곤 했죠. "내 앞으로 달아 둬요!"

그러면 딕은 오래 묵은 춤을 또 추기 시작하는 겁니다. 하지만, 젠장, 나한테 벌써 얼마얼마 줘야 하는데, 한 달 동안 아무것도 안 갚았고 등등.

그러면 예술 행위가 나오는 거죠. 나는 벌써 한 손에 병을 들고 있어요. 그냥 걸어 나가는 건 별것 아니에요. 하지만 나는 그 병을 다시 그의 앞에 내려놓고 봉투를 찢어서 꺼낸 후 들이밀면서 이러죠. "자, 이거 갖고 싶소? 그럼 앞으로는 딴 가게에서 사면 되지, 망할!"

"아니, 아닙니다." 그가 말해요. "가져가요. 괜찮아요."

그러고는 그 슬픈 종이 쪼가리를 꺼내서 외상 액수를 더 하죠.

"어디 좀 봐요." 난 요구해요.

그런 후에는 이렇게 말하죠. "망할! 이렇게나 많이 줘야 해? 여기 이 항목은 뭐지?"

이런 모든 행위로 그는 내가 언젠가 돈을 갚을 거라고 믿게 되죠. 그러면 되레 나한테 사기 치려 합니다. "손님은 신사분 아닙니까. 다른 사람들과는 다르죠. 손님을 믿습니다."

그는 마침내 병에 걸려서 가게를 팔았고, 새 주인이 오면 나는 새롭게 외상을 지는 거고……

그러곤 어떻게 됐냐고요? 어느 일요일 아침 8시에—8시라니!!! 젠장—누가 문을 두드렸어요. 문을 열어보니 편집자가 한 명 서 있더라고요. "아, 저는 뭐시기인데요, 뭐시기 잡지의 편집자입니다. 보내신 단편 받고서 정말 남다른 작품이라고 생각했어요. 그 작품을 우리 봄 호에 싣고 싶은데요." "뭐, 들어오쇼. 하지만 병에 걸려 넘어지진 말고." 나는 이렇게 말할 수밖에 없었죠. 그런 후에 나는 앉았고, 앉아 있는 동안 편집자는 자기 생각을 많이 해주는 아내와 《애틀랜틱 먼슬리》에 한 번 실렸던 자기 단편 얘기를 해요. 그 사람들이 한도 끝도 없이 늘어놓는 것 잘 알죠. 마침내 그 사람은 갔는데, 한 달쯤 후에 복도 전화가 울리더니 누가 부코스키를 찾는대요. 이번에는 어떤 여자 목소리더라고요. "부코스키 씨, 우리 생각에는 부코스키 씨 소설이 무척 남다른 것 같아서 모임에서 토론을 했어요. 그런데 한 가지 약점이 있는데, 우리는 부코스키 씨가 그 약점을 수정하고 싶지 않을까 생각했거든요. 바로 이겁니다. 어째서 중심인물이 처음부터 술을 마시기 시작했던 거죠?"

나는 말했죠. "죄다 없었던 일로 하고 단편 도로 보내요." 그러고는 전화를 끊었죠.

그런 후에 내가 도로 들어가자 인디언이 술을 마시다 말고 고개를 들고 물었어요. "누구였어?"

나는 말했죠. "아무도 아냐." 내가 할 수 있는 가장 정확한 대답이었어요.

〔존 윌리엄 코링턴*에게〕
1961년 4월 21일

우리의 편집자 중 많은 이들이 자기 선임들은 어떻게 했는지 여전히 규정집을 엄지손가락으로 넘겨가며 보고 있는데. 규칙의 신성한 성역이란 순수한 창작자에겐 아무런 의미도 없어. 우리가 변장에 막혀 머뭇거리거나 술이 응시하는 눈을 통해 흘러내린다면 허접한 창작에 대한 변명이 있겠지. 하지만 학교와 유행의 명령이나 '형식, 형식, 형식!! 그걸 우리에 집어넣어!'라고 외치며 건전함을 유지하려고 전전긍긍하는 기도서에 발목 잡힌다면 변명이 없는 거야.

우리에게 공간과 오류, 신경증과 슬픔을 허용하도록 하자고. 속임수처럼 깔끔히 굴러가는 공을 갖기 전에는 칼날을 무디게 둥글리지 말고. 세상엔 별별 일이 많아. 신부가 화장실에서 총에 맞는다거나, 말벌들이 체포도 당하지 않고 헤로인을 불어 마시거나. 그들은 당신 전화번호를 적어두지. 아내는 카프카라고는 읽어본 적도 없는 백치랑 도망가

---

*미국의 영화작가, 소설가, 시인, 변호사.

고. 납작하게 짜부러진 고양이, 창자와 두개골이 길바닥에 달라붙고 몇 시간 동안 차가 그 위를 지나가지. 꽃들은 연기 속에서 자라지. 아이들은 아홉 살과 아흔일곱 살에 죽고. 파리들은 방충망에서 파리채로 얻어맞아 납작해져…… '형식'의 역사는 확연하지. 우리가 무에서부터 시작해야 한다고 말하는 사람으로는 내가 마지막이겠지만, 8이나 9에서 빠져나가 11로 올라가자고. 우리는 이제까지 해온 대로 무엇이 진실인지에 대해 반복할 거고, 그걸 꽤 잘해왔다고 생각하네. 하지만 나는 우리가 좀 더 신경질적으로 진실이 아닌 것, 또한 형식이 없는 것과, 절대 형식을 갖출 수 없는 것에 관해 비명을 지르는 모습을 보고 싶기도 하군. 우리가 충분히 인간답다면 그럴 수 있겠지. 정말로 우리는 촛불이 타오르도록 놔둬야 해. 필요하다면 거기 휘발유를 부어야지. 일상성이라는 감각은 언제나 일상적이지만, 창문에서 비명이 들려올 수도 있어…… 공동묘지 안 호흡으로부터 태어난 예술적 신경증이지…… 이따금 음악이 멈추고 고무나 유리, 돌로 된 네 벽 안에 남을 때가 있어. 더 심각하게는 벽이라는 게 하나도 없이 마음의 애틀랜타 속에서 가난하게 얼어붙어 있지. 형식과 논리에 집중하기 위해서는 "구(句)의 전환"은 광기의 한가운데에서 정신박약처럼 보이네.

그 세심한 자들이 자신들이 계획해서 이룬 창작물들로 내 옷을 얼마나 갈기갈기 찢어서 발가벗겼는지 말해줄 수는 없어. 창작은 우리의 재능이고, 우리는 그 병 때문에 앓고 있지. 그건 내 뼈 주위에서 철벅거리며 나를 잠에서 깨워 새벽 5시에 벽을 쳐다보고 있게 하지. 그리고 사색은 텅 빈 집에 봉제 인형과 같이 있는 개 같은 광기로 이어져. 봐, 어떤 목소리가 말하지. 공포의 안을, 그 너머를 봐. 케이프 캐너버럴.* 케이프 캐너버럴은 우리보다 나을 게 없어. 젠장, 잭, 이건 지혜의 시간이야. 우리는 계속 변장을 하고 있어야 한다고 주장해. 그들이 우리에게 가르쳤어. 신들은 불분명한 산문의 연기 속에서 살아서 기침하지. 봐, 또 다른 목소리가 말해. 우리는 새로운 대리석을 새겨야 해…… 그게 뭐가 중요해? 세 번째 목소리가 말하지. 그게 뭐가 중요해? 옅은 노란색 얼굴의 엄마들은 다리의 가터 밴드를 높이 끌어올리고 사라져버렸어. 열여덟 살의 매력은 여든 살이 되고, 키스는—흐물흐물한 은을 쏘아대는 뱀, 그 키스는 멈춰버렸어. 어떤 사람도 마법을 오래 살려낼 수 없어…… 어느 날 새벽 5시까지는, 그게 당신을 사로잡을 거야. 당신은 불을 붙이고 텅 빈 찬장의 쥐처럼 영혼이 기어갈 때 성급히 한 잔 따르겠지. 당신이 그리스인, 하다못해 물뱀만 됐어도 뭔가 할 수 있었을 텐데.

또다시 한 잔. 자, 두 손을 문지르고 살아 있다는 것을 증명해봐. 진지함만으로는 충분하지 않아. 바닥을 걸어.

이게 재능이지, 이게 재능이야……

*미항공우주국의 발사 기지가 있는 곳.

확실히 죽어간다는 것의 매력이란 아무것도 잃어버릴 수
없다는 사실에 있는 거겠지.

―――――――――

[힐다 둘리틀*에게]
1961년 6월 29일

셰리 M.에게서 무척 편찮으시다는 소식을 들었습니다.
당신은 우리에게는 전설이나 같은 분이었어요. 최근 시선
집(《에버그린》)을 읽었습니다. 쾌차해서 다시 글을 쓰셨으
면 한다는 말이 바보같이 들리지 않기를 바랄 뿐입니다.
　사랑을 보내며.

―――――――――

[존 웹에게]
1961년 7월 말

[……] 요전 날 밤 내 시 몇 편이 라디오에서 낭독되는
걸 들었어요. 그런 방송이 있다는 것도 모를 뻔했는데, 그런
일들을 잘 확인해두는 [조리] 셔먼이 전화로 말해줘서 술
취한 채로 들었죠. 내가 쓴 단어들을 뉴스 보도, 도로 사정

*미국의 시인, 소설가. 에즈라 파운드와 같은 20세기 이미지스트 시인 집
단과 교류가 있었다. 1961년 9월 27일 사망.

소식, 베토벤, 프로 풋볼 경기를 전해주던 라디오 스피커를 통해 듣자니 기분이 묘하던데. 열다섯 편 중 첫 번째 시는 《아웃사이더》에 실렸던 장미 시였어요. 또한 편집자, 시 낭독회, 비평가와 그런 것들에 대해 썼던 편지도 낭독되었는데, 방청객들이 그걸 듣고 가끔씩 웃더라고요. 시 두 편 정도도 그랬고. 그래서 그렇게 기분이 나쁘진 않았어요. 하지만 맥주 하나 더 가지러 가려고 일어나다가 바닥에 떨어져 있던 8센티미터 정도 되는 유리 조각을 밟아서(집 안이 엉망진창이었거든요) 유리가 발꿈치를 뚫고 들어갔어요. 유리를 뺐더니 피가 두 시간이나 납디다. 일주일 동안은 절뚝거리면서 다녔고, 어느 날 밤에는 땀에 젖고 몸이 불덩이가 되어 깨어나 다 토했어요…… 잠시 동안은 숙취인가 했는데, 잠시 후 그게 아니라는 결론을 내리고 차를 타고 할리우드 대로로 가서 랜더스인가 뭔가 하는 의사를 만나 주사를 맞았어요. 다시 와서는 맥주를 따고, 곧장 다른 유리 조각을 밟았죠.

맙소사, 《아웃사이더》에서 초기의 〔헨리〕 밀러는 자기 작품 먹지 사본을 만들어서 사람들에게 부쳤다는 글을 읽었어요. 나로서는 정말 생각도 할 수 없는 일이지만, 밀러는 자기를 위한 자리가 없었으니까 스스로 자기 자리를 만들 수밖에 없었나 싶죠. 모든 사람은 각각 다르게 그걸 공략하겠고. 그로브 출판사에서 그의 《북회귀선》에서 어떤 점을 보고 발간해주었는지도 알겠고 그게 안전한 처사였다는 것도 알지만, 대체로 모든 부분에서 꽤 단조롭게 떨어져요. 그리고 《라이프》지나 다른 잡지에서 헴〔헤밍웨이〕에게 알랑방귀 뀌는 거 봐요. 그 사람이야 그런 대접 받을 만하죠. 초기작 이후에는 작품도 꽤 많이 팔았고. 나는 항상 알았는데, 그가 자살하기 전까지는 누구 하나 그런 말 해주는 걸 못 들었어요. 사람들은 왜 그가 죽을 때까지 기다린 거죠?

포크너는 본질적으로 헴과 훨씬 비슷해요. 대중은 그를 한입에 꿀꺽 삼켰고, 비평가들은 뭔가 좀 더 미묘하게 행동하면서 안전함을 느끼고 대중을 부추겼죠. 하지만 많은 포크너 작품은 순수한 똥덩이예요. 그래도 영리한 똥이죠, 영리하게 차려입은 똥. 그리고 포크너가 가버리면, 사람들은 수월하게 죽여버리진 못할 거예요. 그를 제대로 이해하지 못하니까. 그리고 그를, 지루하고 텅 빈 부분들을, 이탤릭체의 덩어리를 이해하지 못하니까, 그들은 이게 천재성을 의미한다고 생각하겠죠.

〔존 윌리엄 코링턴에게〕
1961년 8월 말

〔……〕 알겠지만, 난 매우 엉성해. 먹지 사본을 보관하는 법이 없지. 보내서 수락된 작품은 사본이 없어. 보냈는데 돌아오지 않은 작품도 사본이 없고. 가끔은 뭔가 써두었

거나 타자를 쳐둔 종이를 발견하기도 하는데, 그게 수락이 된 건지, 아니면 보내기나 한 건지 기억이 안 나. 심지어 어디다 시를 보냈고, 어디에 시가 수락되었는지를 적어두었던 종이도 잃어버렸고. 그 시들 제목이 뭐였는지도 몰랐지만. 지금은 제목 적은 종이도 잃어버렸네. 이전에 아내〔바버라 프라이〕가 있었는데, 그 여자한테 정말로 감탄한 점이 있었어. 그 여자 시를 써서 보내면 시 제목이랑 날짜, 수신처를 다 적어두거든…… 커다란 장부책이 있었는데, 정말 예뻤지. 그 안에다 잡지 목록을 만들어놓고는, 회오리 모양으로 줄을 긋든가 주황색 위에 푸른 선을 긋기도 하고, 어떤 것에는 작은 별표 ****를 붙여서 이 모든 게 거미줄처럼 한데 얽혀 있었어. 죽이게 아름다운 것이었지. 전처는 똑같은 시를 스무 군데, 서른 군데 보내면서 *****************로 표시를 해놓았고, 같은 잡지에는 두 번 보내지 않았어, 만세. 나한테도 장부를 하나 만들어줬었는데, 난 내 것에는 음란한 그림이나 그런 것들을 그렸지. 그리고 전처는 시를 하나 공들여 써내면 쓴 것 하나하나를 다시 특별한 종이에 예쁘게 쳐서 공책에 (날짜와 함께) 붙여놓았어. 나도 이런 투지를 약간 발휘할 수 있었겠지만, 정말이지 이런 짓을 했다면 몸에 딱 맞는 브래지어를 집집마다 팔러 다니는 기분이 너무 많이 들지 않았을까.

1962

〔……〕 프라이는 한때 나를 꼬여서 설명이 있는 만화, 농담 종류를 그리게 했지. 그래서 나는 밤새 술 마시고 이 만화를 그리고, 나 자신의 광기를 비웃었네. 아침이 되면 만화가 어찌나 많이 쌓여 있는지, 봉투에 다 넣을 수도 없었어. 그만큼 큰 봉투가 없어서 내가 마분지로 큰 걸 만들어서 만화를 넣고 다른 마분지 봉투에 또 넣은 후 적당한 우편 요금을 내고 《뉴요커》나 《에스콰이어》로 부쳤지. 그런데, 망할, 그들은 아마도 내가 아마추어거나 미쳤다고 생각했나 보더군. 한 번도 반환되는 법이 없었어. 마흔다섯 편의 만화에 대해서 편지를 썼는데도 돌아오지 않았지. "그런 작품은 받은 적이 없습니다." 어떤 편집자가 그렇게 답장했던데. 그렇지만 두 달 후 이발소에 앉아 있는데, 내가 쓴 농담 하나가 어떤 잡지에 실린 걸 본 거야. 〈맨〉이었나, 한 남자가 나와. 기수인데, 사슬 한쪽 끝에 톱니가 있는 둥근 공이 달린 그런 채찍을 말에게 휘두르지. 그러면 난간에 기댄 한 남자가 다른 남자에게 말해. "저 친구 아주 무례하지만, 어쨌든 유

능하거든." 단어만 조금 바꾸고, 그림도 조금 바꿨지만 분명
히 내 것과 비슷해 보였어, 뭐, 젠장, 뭐든 상상하기로 하면
뭐든 상상할 수 있지. 하지만 모르겠네, 자세히 보지를 않아
서. 보통 난 잡지를 쳐다보지도 않거든. 아니면 보긴 보는
데 잘 알아보지도 못하든가. 하지만 아직도 내 아이디어와
그림이랑 똑같은데 약간만 바꾼 걸 우연히 보는 일이 계속
생기는군. 모두 너무 비슷하고, 너무나 똑같아서 내 게 아
닐 수가 없는 거야. 그러다가 《뉴요커》 표지에서 내가 그린
것 중에 가장 크고 설명이 없는 그림을 우연히 보게 됐는데
(그러니까 구상이 같다는 거지, 내 그림이었던 건 아니었지
만), 그때 내 거라는 걸 알았지. 망할 똑같은 거던데. 달빛
이 비치는 밤에 커다란 호수가 있고 남자와 여자들이 꽉꽉
들어찬 카누가 수십 개 떠 있어. 카누마다 남자는 기타를 연
주하며 자기 여자에게 세레나데를 부르지. 호수 정 가운데
에 있는 배 딱 하나만 빼고. 이 카누에 탄 남자는 일어서서
아주 커다란 트럼펫을 불고 있지. 내가 그 카누에 여자를 그
렸는지 안 그렸는지는 잊어버렸는데, 아마 그랬을걸. 그런
데 이젠 더 나이가 드니까 여자는 빼버리는 게 더 웃기지 않
았겠나 싶네. 어쨌든 그거 다 헛된 짓이었지. 그러고는 만화
를 그리지 않았는데, 벤 팁스가 《롱샷 폼즈》*의 표지랍시고
아주 개떡을 만들어놨기에 내가 〔칼〕 라슨에게 차라리 내가

*1962년 출간된 부코스키 시집.

하는 게 낫겠다고 했지. 내 말뜻은 만화도 그렇고 소설도 그렇고 나는 그 기술도 잘 모르겠고 모든 걸 속속들이 알아내자고 수많은 단어를 낭비하고 싶진 않다는 거야. 그래봤자 어떤 아첨꾼이 그걸 살짝 꼬아서 자기 맘대로 써먹기만 하겠지. 나는 예술계나 그런 건 깨끗해질 거라고 생각했어. 완전 헛다리였지. 어떤 업계에서보다 예술계에는 더 사악하고 양심의 가책도 느끼지 않는 문어 같은 인간들이 많아. 왜냐하면 어떤 업계에서 한 사람의 피라미 같은 상상력은 더 큰 집, 더 큰 차, 더 많은 창녀들을 얻는 데만 쏠리니까. 그런데 보통 자기 인정이 어떻게 얻어지는진 상관하지 않고 모든 품위와 솔직함을 뛰어넘어 그걸 달라고 외치는 충동은 배배 꼬인 내면에서만 나오는 게 아니거든. 그게 바로 이런 편집자 중에 몇 명이 망할 새끼들인 이유야. 그들은 자기 자신을 조각할 수 없으니까 작고 깨끗한 대리석을 부수고 조각할 수 있는 자들에게 자기들을 연결시키지…… 그래서 많은 편집자들이 투고한 작품에 대한 문의 편지에 대답을 안 하는 거네. 그들 안의 모든 불빛이 그들 스스로를 산산조각으로 망가뜨리고 끝장내지.

예전에 야간학교를 다닌 적이 있어. 프라이가 우겨서, 뭐라더라? 상업예술을 들었지. 그 과목을 가르쳤던 남자는 상업예술을 한다나 하는 회사에 다니고 밤에는 학교에서 가르쳤어. 우리가 작품을 수업에 가지고 오면 그는 그걸 칠판에 쭉 늘어 세웠어. 크리스마스 시즌 직전에 한번은 이러지 뭔가. "지금 우리 회사가 텍사코 주유소 간판 제작 일을 하는데, 이걸 여러분에게 과제로 주고 싶군요. 크리스마스 광고 같은 걸 만들어 와요." 뭐, 때가 돌아오자 그는 칠판 앞의 그림들을 지나가며 하나하나씩 보다가 내 작품에 이르렀지. 그러더니 노발대발하면서 학생들을 돌아보며 고함을 지르더군. "이거 누가 한 거죠???!!!" "전데요." 난 인정했지. "텍사코 별을 생각한 건데, 텍사코 별과 로고를 크리스마스트리에 얹으면 좋아 보일 것 같았거든요." "크리스마스트리는 안 돼요. 이건 아무 짝에도 소용없어요. 다른 거 그려 와요." 그러고는 지나쳐버리더군.

2주 후 그 사람이 학생들 앞에 섰어. "뭐, 우리 회사와 텍사코 임원들은 우리 크리스마스 광고를 골랐습니다." 그러고는 선정작을 들어 보였어. 그 사람이 그렇게 하면서, 직후에 눈으로 나를 찾아보는 걸 알 수 있었지. 그럼 그 자식이 뭘 들었는지 알 만하지 않나. 텍사코 로고가 꼭대기에 꽂힌 크리스마스트리였어. 다만 트리 안에다 조그맣게 주유소 직원을 끼워 넣은 것뿐이지…… 난 아무 말도 안 했어. 그자를 망신 줄 수도 있었지만. 그래도 난 말싸움하고, 투덜대는 걸 좋아하지 않으니. 그도 내가 안다는 걸 아는 것 같았고, 그걸로 충분했지. 나는 그 수업을 그만두고 술을 마셨어. 나중에, 크리스마스 때, 텍사코 주유소 앞을 지날 때 프라이에게 말했어. "봐, 자기, 내 그림이야…… 내가 자랑스럽지 않아?"

내 말은 내가 휴지에 소설을 쓰면 누가 그걸로 엉덩이를 닦을 거란 말이지. 나는 이 원숭이 얘기를 15년 전쯤에 단편으로 썼어. 그런데도 **결코 돌아오지 않았어.** 먹지 사본도 없는데. 하지만 존 콜리어가 그걸 베낀 게 아닌가 하는 생각이 들어. 그 친구 나보다 재능이 더 많을 테니 그런 짓을 할 필요는 없었을 텐데. 하지만 이 원숭이 이야기는 내게 이득을 줬어. 보통 그 얘기를 침대에서 일을 마친 후에 여자들에게 해주거든. 그럼 약간 느긋해진달까. 프라이는 이 얘기가 근사하다고 생각했고, 다른 여자는 이렇게 소리쳤지. "아, 나 울 것 같아. 울 것 같아. 정말 슬프고 아름다운 이야기야." 그러더니 울더군. 그게(단편이) 돌아오지 않은 이유는 내가 그때 빈털터리에 술주정뱅이여서 작품을 잉크로 직접 썼기 때문이 아닐까 싶어. 내가 마침내 필기체로 쓰는 것보다 활자체로 더 빨리 쓸 수 있게 되자, 뭐든 쓸 때마다 활자체로 썼고, 사람들은 이렇게 말하곤 했어. "대체 어디가 어떻게 됐나? 글 쓰는 법 몰라?" 대답할 수가 없군. 내가 글을 쓸 수 있는지 없는지 몰라서. 하지만 오늘 밤은 반드시 볼로냐소시지를 저녁으로 먹을 거야. 푸른색 진짜 볼로냐를 배터지게.

———————————

　이 《토일렛 페이퍼 리뷰》는 《발코니에서 들리는 비명소리》에 실린 판본보다 이전이다.

〔존 윌리엄 코링턴에게〕
1962년 4월 말

　내게 생각이 있어, 윌리. 당신이랑 나랑 잡지를 내자고.
그걸 《토일렛 페이퍼 리뷰》라고 하는 거야. 복사기도 필요
가 없어. 그냥 두루마리 화장지를 하나 이 타자기에 껴놓
고 치면 되는 거지. 우리가, 그냥 당신과 나 둘이서 처리하
지 못한 우리 옛날 시를 《토일렛 페이퍼 리뷰》에 다 실어버
리는 거야. 한 부는 《트레이스》에 주고, 다른 한 부는 하느
님에게, 다른 하나는 셔먼을 주고, 하나는 그걸 받을 셔먼의
매춘부에게 주면 되지. 어디든, 어쨌든.

《토일렛 페이퍼 리뷰》
윌리엄 코링턴, 찰스 부코스키 편집
1호, #I
　　당신이 텔레비전을 보고 싶다고 해도
　　우린 눈곱만큼도 상관 안 할 것입니다.

〈나는 무릎 꿇는다〉
―윌리엄 코링턴

이 다리는 뛰어야 하지만

나는 여성의 꽃 앞에

무릎 꿇는다―

망각의 향기를

맡고 꽉

붙잡는다

그리고 저녁

저녁의 시간

회색 머리카락의 저녁이

고개를 끄덕이고

그리고 그 후에는

〈조각〉

―찰스 부코스키

해리, 습관, 그리고 우리는 이런 얼굴을

만들었지, 그 얼굴에서 이런 것들이

나왔어: 물고기, 느티나무, 버터호두 캔디

그리고 우리는 밖으로 나갔어

그리고 우리는 밖으로 나갔지

그리고 우리는―마약을 끊고

아니면 테이프를 끊었지, 나는 더는

견딜 수가 없어,

나는 18블록을 걸어갔다가
다시 돌아왔어, 그랬더니 얼굴이
방만 한 크기로 커져버렸어
그래서 나는 그게 진실이라는 걸 알게 된 거야,
내가 미쳤다는 걸.

〈우리를 기다리는 뒷골목〉
─윌리엄 코링턴

우리는 계속 나아가야 한다고 생각한다,
패배 또 패배가 이어져도,
우리는 계속 나아가야 해,
최후의 실패까지,
가령, 어떤 뒷골목에서,
넥타이처럼 피가
흘러내리고, 하하, 우리는
속임수에 넘어가고 죽도록
뺨을 얻어맞는다고 하자, 어떤 이득,
어떤 사랑, 어떤 안식을 거래한다,
벽에 손을 대고, 와아 와아아!
지나가는 차들(으으으!!)
추잡한 연인의 맹세를 하는

추잡한 연인들, 아픈 물고기,

파도를 타고 밖으로 나아가는 물고기,

와아 와아아!! 내 머리가 이제

떨어져, 우리는 거의

검은 꿈속으로 빠져드네,

이제 결코 천재가 될 수 없어,

태양은 튤립을 끌어내고, 비는 벌레를

끌어내네, 신은 천재를 끌어내고

천재와 튤립과 벌레를

없애버리지, 그리하여 모든 것은 다시 시작

영원히 새로운 것들을 생각하기엔

너무 피곤해 피곤해

이제 몸은 납작해져

앗 작은 쥐가 내 신발을 향해

뛰어왔다 다시 도망가고

그때 내 모습을 보는 작은 소년

그리고 개도

뛰어가 뛰어가

하지만 사람들이 그 애를 따라잡지

튤립처럼

아빠처럼*

*원문의 '아빠(Poppa)'는 헤밍웨이의 별명 'Papa'를 지칭하는 것으로 보인다.

벨몽테처럼*

산산이 부서져 모래 알갱이가 된

커다란 돌처럼

벤 상처에서 피가

흐르네

우리가 어디에 있든

패배 또 패배.

(그리고 우리는 당신이 텔레비전을 보든 말든 여전히 눈곱만
큼도 신경 쓰지 않습니다. 우리는 구독자가 필요해요. 도와주십
시오.)

———————

〔존 윌리엄 코링턴에게〕
1962년 5월

〔……〕 오늘 어떤 여자에게 편지를 받았어. 나한테 니체
의 말을 해주더라고. "우리가 하는 일은 결코 이해받지 못한
다, 그저 칭찬받거나 비난받을 뿐이다." 그러더니 이러더군.
"당신이 편지에서 칭찬의 나쁜 영향을 말했을 때 말뜻이 이
거였겠죠. 그러나, 생각해봐요. 칭찬도 받고 이해도 받을 수

*스페인의 유명한 투우사이자 헤밍웨이의 절친한 친구 이름이 '후안 벨몽
테(Juan Belmote)'였다.

있다면! 자, 내 친구여, 작가나 화가, 작곡가에게는 이게 유일한 유형의 현실적 낙원이겠죠……" "정말 사실이에요. 예술가는 분명 하나의 창작물에서 다음의 창작물로 옮겨 가죠. 하지만 그중의 어떤 것도 진정으로 새로운 시작이진 않아요. 정말로 새롭게 시작하는 건 아무것도 없죠. 하나의 창작은 다른 것에서부터 진화하는 거예요. 한 가지 목적은 만 개의 다른 목적으로 바뀌죠. 영감을 받은 생각이 머릿속에 하나 떠오르면, 그게 숨이 막힐 정도로 새로운 생각이라고 믿을 수는 없잖아요? 그건 수 세기 동안 잠겨 있었던 창작의 착상에서 우러나는 거죠. 하지만 저는 오랫동안 끌어왔던 '에세이'를 시작할 마음은 없어요……"

뭐, 그건 주님에게 감사해야겠더군.

참으로 망할 선입관에 사로잡힌 무리들에, 인습에 얽매인 절망적인 세계관이야. 이 지성적인 사람들은 내 불알을 갖고 놀지 뭔가. 내게(내게!!!) 모든 시작은 **새로운 시작**이지. 맙소사, 그렇다니까. 그렇지 않고서는 어떻게 내가 죽었는지 아닌지 알겠어? 씰룩씰룩 움직이는 것. 주는 것. 계집들. 난 계집들을 봐야만 해. 모든 꽃은 각각 다 새로운 꽃이야. 다른 것들은 죽었지. 좋았었는데, 죽었어. 나는 다리나 건물을 보면 이게 소위 지식의 **편집 모음**이라는 것을 알지. 그러니 망할. 시를 쓸 때는 나사를 더해. 쓰린 배와 피 묻은 엉덩이에 빨간 코 나사를 붙여. 혹은 어쩌면―그게 더 나을지도 모르겠는데―나는 **나사를 빼버려.** 하지만 이런 의도 있는 에

세이들로 방해받고 싶진 않아. 이 쌍년이 와가지고 나와 떡을 치고 싶다면, 좋아. 그게 아니고서야 내 생각이 "영감"을 받진 않지.

누가 그러는데, 노먼 메일러가 TV에 나온 걸 보았다는 군. 신경이 아주 날카롭고 문장 하나도 제대로 끝내지 못하더라고. 메일러가 별것 아닐 수도 있겠지만, 그게 글쓰기랑 무슨 상관이야. 어떤 사람이 아주 신경이 날카롭고 문장 하나 못 끝낸다면 그가 그 반대보다는 더 좋은 작가일 가능성이 높은 거지. 뭐가 문제겠어? 모든 사람이 다 뒤를 보는데. 〔⋯⋯〕

난 당신 편지가 헨리 밀러의 편지보다 더 좋아. 밀러의 편지는 마치 월터 로〔웬펠스〕*를 어딘가로 기어 올라가게 하고 싶은 건지 불평과 짜증이 흐르는 거 같아서. 그리고 이 헉슬리 얘기. 헉슬리가 밀러를 너무 많이, 그저 너무 열심히 모방한다고 하더라고. 헉슬리가 그럭저럭 좋은 작가니까 그를 약간 짓밟아서 끌어내려야겠다고 밀러가 생각한 것 같은데. 헉슬리를 그냥 헉슬리로 받아들이면 그렇게 거슬릴 리가 있나. 피가 어디서 흐르는지 잊어버릴 정도로 책을 너무 많이 읽고, 교육을 너무 많이 받아서 총명하다 할 친구일 뿐이지. 하지만 재미있는 작가야. 13일간의 공연 후 브로드웨이에서 내려간 연극을 보러 가는 것 같지. 셰익스피어를 기

*미국의 시인이자 언론인. 《데일리워커》라는 공산주의 잡지 편집인이다.

대하진 않는 거야. 그러니 뭐 하러 굳이 창으로 찌르나?

———————

〔존 웹에게〕
1962년 9월 14일

"수락 편지" 쓰는 법은 모르겠습니다. 사퇴 편지는 쓸 수
있죠. 혹은 이런 편지라거나.

자기
이젠 더 이상 소용없다는 거 알아. 당신이 출근한 동안 나는
걸어 다니면서 생각해봤어. 술병 하나를 끝장내는 중이야. 서랍
에서 10달러짜리를 하나 찾아서 떠나. 내가 갖고 있던 제노 바
크세이가 쓴 《예술가를 위한 해부학》과 밀턴 크로스가 쓴 《위대
한 작곡가 대백과》 두 권을 당신을 위해 놓고 가. 개를 돌봐줘.
참, 그 개를 내가 얼마나 사랑했다고!
당신의,
부부(Bubu)……

그러니 이 상이 내 목에 들이댄 칼날이 아니길 바랍니다.
그러고도 남을 것 같긴 하지만. 그래도 나보다 더 좋은 사람
들도 마른 딜리아 속에 자신들의 피를 남겼죠. 나는 그저 나
자신과 모든 것을 더 환히 비춰주는 것들은 다 깔아뭉갤 수

있지 않을까 생각합니다.

　물론 미치지 않으려는 노력 외에는 이것이 예술가의 목적이겠죠. 대체로, 우리가 그에 대해서 얼마나 비관적이고, 분석적이고, 수학적이 되든 간에 그 전투에 고귀함이 있다는 생각을 하지 않을 수 없습니다. 죽음은 약간 그에 적응되어 있죠. 우리의 울음과 우리의 웃음, 우리의 분노 속에서 우리는 어떤 자국, 어떤 길, 매달릴 무엇을 만들어왔습니다. 연인과의 침대에서의 사랑 외에도, 밤과 무덤의 조각 외에도. 〔……〕

　이 상 얘기를 듣고 아직도 몽롱한 기운에 휩싸여 있는데요, 그 소식을 혀끝으로 맛보며 돌아다니고 있죠. 내 안에는 참 아이 같은 구석이 많아요. 당신이 그걸 그대로 받아들인 채로 나아가 편지들이나 편지의 일부를 쓰고 싶다고 하면, 괜찮아요. 그 편지는 일종의 형식으로 시의 형식과 똑같이 중요하다고 생각하니. 그건 시의 형식이란 그렇지 않다, 혹은 그 반대도 마찬가지다, 라는 것을 말해주는 방법이죠. 참 이상한 날인데. 기분이 좋을까 말까 하는군요. 〔……〕

　당신이 아는 단 한 가지가, 내가 아는 거요, 존. 예술은 예술이고 의미는 두 번째란 겁니다. 우리는 문학계의 정치가가 아닙니다. 블랙마운틴,* 신비평주의, 《폴더》, 서부, 동부,

*블랙마운틴 사조(Black Mountain School). 노스캐롤라이나의 블랙마운틴 대학에서 시작된 시 사조로, 현대 미국의 포스트모던 시파를 의미한다. 로버트 크릴리, 에드 돈, 찰스 올슨, 필딩 도슨 등이 대표적 시인이다.

A와 함께하는 G, X와 함께하는 L. 우리는 누가 누구랑 붙어먹은들 아무 관심도 없어요. 대체 왜 이들은 무리 지어 자위를 한답니까? 왜 불평하죠? 망할 연놈들은 자기들 말고는 모든 목소리들을 다 쓸어버리려고 하죠. 그건 자연스러워요. 생존. 하지만 그걸 으스대는 놈들 말고 누가 잡놈으로 생존하고 싶기나 하답니까? 알겠지만, 나는 나 자신이 직접 편집을 좀 하기 때문에 그 엄청난 압박을 알아요. 당신이 내 작품을 출간하니, 내가 당신 작품을 출간하죠. 난 J. B.의 친구예요(맥레이시의 그 J. B. 말고). 모두가 《트레이스》를 두려워해요. 〔제임스 보이어〕메이는 이 나라의 잡지 반이나 거의 4분의 3에 작품을 내고 있어요. 그의 시가 훌륭해서가 아니라, 그가 《트레이스》의 편집자이기 때문이죠. 이건 잘못됐죠, 분명히. 그리고 더러운 때처럼 이 업계로 슬금슬금 기어드는 다른 잘못들도 있어요. 예술은 예술이고 예술은 자기 나름의 망치를 가져야 해요.

내가 정말로 미쳐간다고 생각합니까? 어째서 나는 이렇게 긴 편지를 쓰고 있을까요? 뭔가가 여기서 새어 나오고 있는데.

우리가 시를 조각하려고 하면 이런 식이 되나? 모든 게 무너지는 건가? 직업, 삶, 아내, 나라, 정신. 사랑과 단어의 소리를 제외한 모든 것, 조각, 조각, 조각, 조각…… 아, 맙소사, 그렇죠.

반 고흐가 어떤 기분일지 알아

바지 속에 피똥을 지린 채로

베고니아 위에서 그림을 그렸던 게 아니었을까?

이 애들이 어떻게 기회를 잡을 수 있지? 망할 털투성이

시인들과 현역들.

염소젖을 마시고, 출근표에 시간을 찍고,

가족들을 부양하고, 글렌데일로 이사하고, 닉슨에 투표하고,

차에 왁스칠을 하고, 할머니를 묻고, 비타민을 먹고,

어떻게 살아남을 수 있지? 어떻게 살아남을 수 있지???

불 '바깥'에 서서?

　말해보쇼, 당신은 안전책을 마련하고 광인의 아름다운 노래를 부를 수 있나? 아니, 말해주죠. 그런 건 불가능해. 그 다음에는…… 다른 유형들이 있어요. 그만큼 구역질나는 자들로 예술가를 '연기'하지만 예술은 없는 자들. 턱수염. 메리. 샌들. 재즈. 차(茶). H. 커피숍. 동성애자들. 신발 끝에 매달린 열반. 시 낭독회. 시 동호회. 윽, 그만둬야겠군. 모든 게 다 질려서.

　부코스키가 《아웃사이더》 편집자들에 의해 '올해의 아웃사이더'로 선정되자, 시 잡지 《스패로》의 편집인 펠릭스 스테파닐이 반응을 보였고, 부코스키가 이에 대해 편지를 쓴다.

〔존 웹에게〕
1962년 10월 말

〔……〕 스테파닐로 말하자면. 펠릭스 같은 사람들은 당
황하는 거요. 그들은 모두 시란 무엇이어야 한다는 개념과
선입관을 가지고 있으니까. 대부분은 아직도 19세기에 머
물러 있어요. 시가 바이런 경처럼 보이지 않는다면, 완전히
망한 거지. 정치가들과 신문들은 자유를 떠들지만, 그걸 인
생이든 예술 형식이든 간에 적용하는 순간, 감옥에 가거나
비웃음이나 오해를 받겠죠. 이따금 타자기에 하얀 종이를
끼울 때 생각해요…… 넌 곧 죽을 거야, 우리는 모두 곧 죽
게 되겠지. 이제 죽어봤자 그렇게 나쁠 것도 없지만 사는 동
안에는 내 안에 있는 원천을 누리며 사는 게 최선이겠죠. 그
리고 솔직히 터놓고 말하면, 열다섯 번에서 스무 번은 주정
뱅이 유치장 신세를 질 거고, 일자리를 몇 번 잃을 거고, 마
누라 한둘을 놓치고, 누군가를 거리에서 때리거나 이따금
공원 벤치에서 잠을 자는 꼴이 되겠죠. 그러니 시를 쓰면 키
츠나 스윈번, 셸리처럼 써야 하거나 아니면 프로스트처럼
행동해야 할까 걱정은 안 하게 되죠. 강강격이나 음절 수나
각운 같은 것도 걱정하지 않게 되고. 그냥 시를 써 내려가
길 바랄 겁니다. 거칠게, 혹은 조잡하게, 혹은 다른 방식으
로. 진정으로 전달할 수 있는 어떤 방식이 되었든 간에. 이
게 내가 "좌익에서 신이 나서 뛰어다닌다"거나 "두 손으로

연주한다"라는 뜻은 아니라고 생각합니다. 그리고 S씨의 표현으로 하자면 내가 목청껏 소리 지르며 "자신의 시를 깃발처럼 휘두른다"는 뜻도 아니겠죠. 이건 어떤 대가를 치르고라도 듣고 싶은 존재의 감각을 암시해요. 이건 명성을 위한 나쁜 예술을 암시하는 거요. 어느 정도 연극과 가짜를 암시하죠. 그래서 이런 비난들은 모든 예술 분야에서 수 세기 동안 전해 내려왔고 지금도 여전히 회화와 음악, 조각과 소설에서 이어지고 있어요. 대중은, 실제 대중이든 예술적 대중이든 간에(대체로 실천하는 사람들이라는 의미로만 말하자면) 항상 뒤처져 있어요. 물질적이나 경제적인 삶에서뿐만 아니라 소위 영혼의 삶에서조차 안전을 추구하죠. 만약 12월에 밀짚모자를 쓰고 다닌다면 죽은 목숨이죠. 만약 19세기식 매끄럽고 부드러운 시의 대중 최면을 탈출한 시를 쓰면 글솜씨가 형편없다고 사람들은 생각해요. 제대로 된 시처럼 들리지 않으니까. 그들은 자기가 항상 들어왔던 것만 듣고 싶어 해요. 그러나 사람들은 진부함과 죽음을 벗어나서 앞으로 나아가려면 매 세기에 대여섯 명의 위인이 필요하다는 것을 잊고 있죠. 내가 그런 사람이라는 뜻은 '아니지만' 내가 그 외 다른 부류가 아니라는 건 확실하게 말할 수 있어요. 그래서 나는 **바깥**에 매달려 있는 꼴이 된 거요.

　뭐, 존, 자리가 남으면 스테파닐이 쓴 걸 실어도 좋소. 그것도 하나의 관점일 테니. 나는 시인이라기보다 벽돌공이나 권투선수로 묘사되는 편이 훨씬 좋아요. 그러니 모든 게 그렇게 나쁘지만은 않아요.

[《코스트라인》의 편집자들에게]
1962년 후반

전기(傳記)요? 나는 정신 나갔고 늙었으며 헛소리나 지껄이고 지옥의 숲처럼 담배를 피우지만 줄곧 기분은 더 좋소. 즉 더 나쁘고 더 좋다는 거지. 그리고 타자기 앞에 앉아 있으면 마치 암소의 젖통을 저미는 거나 같지. 대단히 엄청난 일이오. 또한 내가 라틴어와 침착함, 스노비즘과 파운드와 셰익[스피어]의 작품 및 이런저런 잡동사니를 익혔어야 한다는 것을 깨달았죠. 시가 앞으로 달려갈 수 있게 하는 건 뭐든지 말이오. 만세! 그러나 나는 얄팍한 가짜고, 누구 다른 사람이 쓴 좋은 시보다는 내가 쓴 나쁜 시가 훨씬 많죠. 그렇지만 물론, 이걸로 맹세할 수는 없어요. 점검하고 재점검을 해야죠. 뭐 하러 애씁니까? 음악당에 줄곧 앉아 있는 사람들은 창작을 숭배하지만 창작을 할 순 없어요. 경마장에 가면 거기도 장애물이 있죠. 모두 이렇게 근사한 회전체들을 창조한 미친 신들을 찬양합시다.

1963

〔존 윌리엄 코링턴에게〕
1963년 1월 20일

〔……〕 당신이 C. P. 스노와 라이오넬 트릴링, T. S. 엘리엇이고, 좌절한 비녀들의 세속적 욕망들이 실릴 거라면, 나는 당신의 최선의 쪽, 좋은 쪽, 신과 같은 쪽에 남아 있겠어. 당신이 357구경 권총을 꽂고 사라방드 춤을 추는 광경을 상상할 수 있는 쪽이지. 이 모든 게 참 흥미롭군. 당신은 비평가라기보다는 끝내주게 좋은 시인이니까. 그리고 당신이 다른 사람에 대해 말하는 동안에는 다른 사람이 당신의 글을 읽겠지. 산베르도 고속도로 위에 드라이아이스를 가득 싣고 달리는 트럭처럼 증기를 풀풀 내뿜고 있는 거야. 어쨌든, 그거야 저절로 알아서 잘될 거고…… 〔로버트〕 크릴리 얘기를 하자면, 그래, 그건 다소 속임수지. 시는 (그의 시는) 너무 하얗고 건조하고 텅 비어 있어서 중요해, 그래, 맙소사, 나는 그게 정말로 대단한 작품이라고 생각은 해. 왜냐면 거긴 아무것도 없고, 이 남자는 분명 엄청 미묘하고 지성적일 테니까. 맙소사, 그래, 나는 그 사람이 뭘 하는지 잘 이해하지 못하나 보군. 그건 마치 10년 치 집세를 미리 낸 햇

빛 비치는 방 안에서 하는 체스 게임 같아. 아무도 승자를 모르지. 승자가 규칙을 만들고 별로 노력을 하지 않으니까. 셔츠가 찢긴 채로 잠에서 깨고 뒷골목을 뛰어서 벽돌벽을 따라 오르고 앉았을 때, 차가운 바람이 무릎과 불알 새로 들어올 때, 입 안에는 피가 가득 차 있고, 머리에는 두어 개 피딱지가 앉았을 때, 뒷주머니에 손을 넣어보니 엉덩이에 텅 빈 느낌만 있을 뿐 지갑과 500달러, 운전면허증, 예수님 전화번호도 다 사라지고 없을 때, 그렇다면 당신은 시인이 아니지. 그저 어울리지 않는 자리에서 딱 걸린 거고, 어떻게 행동해야 할지 모르는 거야. 젖통이 커다란 계집이 당신이 하는 농담마다 웃어준다면, 당신은 여자의 거시기에 물건을 끼워 넣어야지. 크릴리 무리들은 절대로 죽음을 몰라. 자기 코앞까지 온대도 다른 사람 몫인 줄 알 거야. 〔그레고리〕코르소는 적어도 죽음에 대해서 생각하긴 했지. 그리고 코르소. 만약 이름이 하마체크였다면 절대 유명해지지 못했을걸. 예술계란 어디서나 자라는 빌어먹을 담쟁이덩굴 같은 거라. 비와 행운, 건물, 지나가는 사람, 하는 일이 있으면 되는 거야. 그건 어떤 담쟁이덩굴과 같이 기어오를 것인가의 문제, 어떤 담쟁이와 잘 것인가의 문제지. 블랙마운틴 무리든 신이든. 그만둬야겠어. 속이 메슥거리는군.

―――――――――

〔존 윌리엄 코링턴에게〕
1963년 3월 9일

　〔……〕《아웃사이더》 3호 같은 건 없을 것 같군. 내가 고
등학생이었던 때와 같은 기분이네. 학교에서는 나한테 전
화 부스에 앉아서 교장 선생님을 볼 때까지 기다리라고 했
지. 교장은 외모가 눈에 확 띄는 새끼였어. 긴 회색 머리카
락, 코안경, 빅토리아 시대 사람 같은 목소리. 그리고 나를
한 시간 동안이나 《레이디스 홈 저널》을 읽으며 기다리게
한 후에는 혼을 냈지. 내가 무슨 짓을 했던 건지는 잊어버렸
어. 뭐 살인 같은 엄청난 짓을 한 것만 같았지. 2년 후에 그
할배가 공금 유용으로 잡혔다는 기사를 읽었어. 어쨌든, 나
는 《아웃사이더》 3호를 들고 전화 부스에 앉아 기다리고 있
어. 내가 뾰족하게 군다고 비난하진 못할 거야. 내가 망할
벼랑 끝에 앉아 면도날로 시험차 엄지손가락 끝을 베어보
던 게 8개월도 지나지 않았거든.

―――――――――

　코링턴은 〈찰스 부코스키: 세 편의 시〉라는 글을 《아웃사이
더》 3호에 게재했고, 또한 부코스키의 《그것은 두 손으로 내
심장을 잡는다》(1963년)의 서문으로 〈비행 중의 찰스 부코스
키〉라는 글을 썼다.

〔존 윌리엄 코링턴에게〕
1963년 3월 19일

《아웃사이더》 3호와 꼭두각시 포도를 받았네. 만세!!! 거기 표지에 내가 나왔던데. 쥐와 유아들과 노부인의 고문자로. 과분한 영광이군. 거, 너무 과분해서 견딜 수가 없는데. 알겠지만 나는 쉬운 일을 했을 뿐이거든. 술에 잔뜩 취해서. 하지만 정말로 그 일은 아직 현실의 형태를 띠고 있지 않아. 이런 종류의 얘기가 무척 피곤해진다는 건 아는데, 이런 일들은 정말로 다시 실감 나지가 않아. 이건 두 사람이 가장 힘들게 해낸 거고, 그들이 《아웃사이더》에 흥미가 있다는 건 놀랍지도 않아. 모르겠나? 그게 바로 **그들의** 진짜 모습이라는 걸? 그중에서도 가장 즐거운 건 그들이 나를 훼손하지도 않고 겁을 주지도 않은 채로 그저 있는 그대로 떨어지게 놔두었다는 거야. 이게 바로 편집자들이 **영혼**이 있을 때 생기는 일이지. 그리고 평생 편집자들과 전투하고 증오한 끝에 결국은 이런 일이 생겼군. 이 두 사람의 장인 정신, 예의, 기적에 거의 경이감을 느꼈어. 나를 표지에 실어주고 편지를 출판해줘서가 아니고. 하지만 아주 웅장한 태도로 자긍심도 명예도 잃지 않은 채로 그걸 해냈기 때문에. 내 정신이 술과 나이 때문에 결국에는 말랑말랑해질 거라는 거 나는 잘 알고 있어. 그때까지 살아 있기나 하려나. 하지만 죽음 바깥의 그 무엇도 내게서 이 시간을 빼앗아 가지는 못할 거야. 벽과 창녀와 지옥의 낮과 밤은 내게 이런 걸 가져다주지 못해. 나는 운이 좋았지. 그리고 내가 운이…… 나빴던 이후로는…… 나는 이 3호를 받아들이지. 내 삶의 세월이 갔고, 거의 모든 것이 갔지만, 그래도 이것만은.

편집자들이 너무 잘해서 마음이 벅찬데. 그들은 내가 나 자신을 이해하는 것보다는 나를 훨씬 더 잘 이해하고 있는 게 분명해.

그리고, 무엇보다도 존 [웹]에게서 이런 편지들을 받았지. 파란 종이에다 쓴 건데, "우리는 곧 책 작업에 들어갑니다…… 코링턴 착수, 바쁨, 바쁨, 바쁨……"

이 모든 와중에서도 책이라니 불가능한 것 같지만, 내가 말랑말랑해졌다고 생각하지 않는다면—기쁨이 여기까지 스며드는군—이해하게나. 그 두세 명 정도 받아줬다고 해서 내가 (아직은?) 머리까지 말랑해졌다는 뜻은 아니니까. 나는 프로스트 같은 사람은 아니야. 그는 세상과 연인처럼 싸웠고 이겼지. 나는 세상과 권투선수처럼 싸웠고 졌어. 나는 계속해서 질 작정이지만, 싸움을 그만둘 마음이 있는지는 의심이 있네. 거기엔 차이가 있거든. 내가 만약 두세 사람 정도 칭찬한다면 그건 말이 저절로 터져 나오기 때문일 테고, 그걸 억누르자니 어쩔 줄도 모르겠고 하고 싶지도 않아서겠지. [……]

내 말뜻은, 윌리는 이런 사람이라는 거야. 당신은 내 시 세 편에 대해서 훌륭한 원고를 써줬고, 나는 당신이 책 서

문도 써줬으면 좋겠는데. 당신은 내게 일어난 일 중에서 제 인과 222.60달러를 따게 해준 말, 혹은 이삼 년 전에 있었 던 그와 비슷한 일 말고는 제일 행운을 가져다준 존재야. 가 볍게 말해볼까. 제인은 죽었어. 말도 아마 죽었겠지. 당신은 여기 있지만. 나는 기도하네. 당신, 존과 루이스는 내게 큰 영광이야. 이 말뜻을 안다면…… 어떤 압박도, 강압도 없 이…… 그건 당신에게만 의미가 있는 것이기 때문이겠지. 나는 당신네 남부 자식들을 상냥하고 따뜻하게 받아들이 네. 그리고 〈나뭇잎의 비극〉을 (시로서는) 그중에서 제일로 치고. 〈노인, 방 안에서 죽어〉는 아직은 별로 딱 맞지 않아. 내가 나만의 묘비명을 쓴다면 (그럴 작정이지만) 그걸로 할 거야. 가끔은 때가 오기도 전에 정말로 이렇게 되리라는 걸 알 수 있었고, 지금도 그 생각엔 변함이 없어. 유명세나 불 멸의 명성이 내 것이 되지는 않겠지. 사실, 원하지도 않아. 그건 꺼끄럽고 부끄럽고 희끗하고 고까운, 뭐라 해야 하나? 자기 자아의 물건을 길고 검은 새벽으로 의도를 갖고 찔러 넣으려고 하는 자는 진정으로 잘못된 점이 있다는 거야, 아 니면 손톱 밑에 때가 껴 있거나.

———————

〔에드워드 반 엘스틴*에게〕
1963년 3월 31일

두 편의 시 〈물고기의 서랍〉과 〈돌파구〉를 받아줬다고요.

《아웃사이더》 3호로 말하자면 존 웹이 물론 무척 힘들게 해냈습니다. 게다가 대부분 혼자 작업했고요. 그래서 그가 노스캐롤라이나 산 정상에(아니면 블랙마운틴 사조가 유래한 곳이 어디든) 지팡이를 짚고 등산복을 입은 무리들과 마주치면, 마음이 부글부글 끓죠(이건 우리가—독자들이—깨닫기도 전에 벌써 자리가 잡혔습니다만). 그런데 이번에는 폭발했던 겁니다. 물론 모든 예술의 역사를 통해—회화, 음악, 문학—이런 사조들은 존재했습니다. 가끔은 개별 예술가들은 너무 약해서 혼자 실패할 수 없었기 때문이고(혼자 성공하는 건 훨씬 더 쉽죠), 다른 때는 예술가 무리가 평론가들에 의해서 사조로 '만들어지기' 때문이에요. 하지만, 젠장, 당신도 이 모든 것을 다 아시겠죠. 그러나 제가 지적하고 싶은 건 웹이 크릴리에게 지면을 할애했고, 크릴리 패들에게도 지면을 할애해 작품의 표면적 약점이나 강점을 말했다는 겁니다. 그렇지만 웹이 낸 반대 의견은 그들이 혼자서는 작업을 할 수 없다는 것입니다. 그리고 그 신성한 멤버 중 한 명이라도 비난받으면(그런 것처럼 보이면), 방어의 네트워크가 만들어지죠.

크릴리에 대한 제 비판은 (보이기에는) 훨씬 더 사악합니다. 저는 그 사람이 글을 쓸 수 있다고 생각하지 않아요. 그

*《노스웨스트 리뷰》와 《코요테스 저널》 편집자.

가 나에 대해서도 똑같이 생각하리라는 것을 의심하지 않고요.

한 명의 예술가가 할 수 있는 일은 하나나 둘뿐입니다. 계속 글을 쓰거나 아니면 그만두거나. 가끔은 계속하는 동시에 그만두기도 합니다. 결국, 물론 편파적이지 않은 비평가가 우리 모두를 사로잡고, 우리는 참 잘도 끝나버리겠죠.

당신이 영혼을 지키겠다고 생각하시다니 기쁩니다. 요새는 많은 사람들에게 까맣게 잊혀져버렸거나 우리가 지금만큼은 자기 자신을 잘 몰랐던 것처럼 보였던 과거에는 오히려 실행되지 못한 낭만주의적 헛소리로 여겨지는 말이죠. 하지만 기본은 똑같이 남아 있습니다. 똥밭에서 오래 구르면 자기도 그렇게 보이게 되죠. 우리가 해야 할 일이라고는 그게 뭔지 알아내서 거기서 구르지 않는 거예요. 나는 공장에서 나사 돌리기를 가르치기가 싫은 만큼 대학 신입생 영어 수업에서 가르치는 게 싫습니다. 둘 다 충분히 빌어먹을 노릇이죠. 그리고 그 부분을 끝내야, 한동안 떠났던 여유가 우리를 기다린다고. 이게 바로 커다란 속임수예요. 그리고 얼마나 여러 번, 얼마나 잘 그 속임수를 부리든 다른 부분—나사 돌리기, 신입생 영어 가르치기가 우리를 야금야금 먹어치워요. 어떤 예술가들은(과거에는 현재보다 좀 더 많았던 것 같습니다만) 일하지 않음으로써 좀 더 여유를 차지하고, 그러므로 시간을 얻기 위해 굶어 죽습니다. 하지만 여기에는 종종 이빨 달린 덫이 포함되어 있어요. 자살 혹은 광기죠. 이제는 배가 빵빵하니 좀 더 글을 잘 쓸 수 있습니다만, 그건 내가 배가 비었던 그 모든 세월과 아마도 다시 그렇게 될 미래를 기억하고 있기 때문인지도 모르죠. 영혼을 구원하는 것은 무엇을 하느냐—그것도 그렇게 명백한 일은 아닌데—와 처음에 무엇을 가지고 얼마만큼 시작하느냐, 그리고 그렇게 하다 보면 얼마나 '얻을' 수 있는가에 달려 있죠. 세상에는 전문적인 영혼 구원자와 지식인이 있습니다. 표준적 공식에 따라 행동하고, 그리하여 오로지 표준적인 방식으로만 구원당할 수 있는 사람들이죠. 그건 결국 전혀 구원받았다고 할 수 없습니다. 내가 아는 몇몇 사람들이 가끔 묻습니다. "어째서 술을 마시고 경마장에 가죠?" 내가 한 달 동안 방 안에 처박혀 벽만 바라보고 있는 게 그 사람들에게는 훨씬 말이 되는 거예요. 그들이 깨닫지 못하는 건 난 벌써 이렇게 해봤다는 겁니다. 그들이 깨닫지 못하는 건 내가 배 속에서 딱딱한 빵과 단어의 웅성임을 듣지 못하면 나는 끝장이란 겁니다. 그래서 나는 이런 일이 일어나도록 도움을 받을 수 있는 곳(술병)(군중)으로 가는 거죠. 나중에는 나도 아마 신경 쓰지 않겠죠.

이 시를 쓴다는 일 덕분에 종종 낯선 여자들이 내 집 문 앞까지 와서 문을 두드리기도 합니다. 그들은 시가 사랑을 의미하니, 내가 그들에게 사랑을 줘야 한다고 생각해요. 그게 아마도—하하!—영혼에서 남은 것이겠죠⋯⋯ 저기로 사라져버린 영혼. 나는 영혼의 일부분은 배 어디에 있지 않

을까 생각해요. 마지막 영혼은 나흘 낮밤 후인 오늘 오후
에 막 떠났어요. 그래서 나는 이 자리에 앉아서 당신에게 이
런 일에 대해 편지를 쓰죠…… 미학, 블랙마운틴 사조, 당
신에게 시 두 편을 수락받았다는 사실, 그리고 물론 그 수표
도 쓸 수 있겠죠. 따뜻한 오후였어요. 어떤 면에서는 긴 오
후였고. 모두 사랑으로 얼룩진 눈들이…… 내가 경마 결과
를 읽는 동안 침대 가로대 사이에서 나를 내려다보고 있어
요…… 망할, 망할, 이게 삶이에요? 삶이 이런 식으로 이루
어지는 겁니까? 아홉 병의 맥주와 열여섯 갑의 담배가 남아
있을 뿐, 1963년 3월의 마지막 밤, 쿠바 사태와 베를린 장
벽, 이 벽들에 금이 가고 있어요. 나도 금이 가고 있고, 연약
한 42년이라는 시간이 낭비되었어요…… 반(Van), 반, 야수
는 죽음이 아니죠……

코링턴은 〈찰스 부코스키와 야만의 표면〉이라는 글을 1963년
《노스웨스트 리뷰》에 발표한다. 부코스키가 이 편지에서 거
의 원문 그대로 인용한 문장들은 중세 시의 파편이라고 하는
〈서쪽 바람〉의 일부분이다.

[존 윌리엄 코링턴에게]
1963년 5월 1일

붉은 깃발이 사방에 드리워져 있군, 어쨌든 빨간 팬티 가…… [세르지오] 몬드라곤*이 세 편의 시를 거절하고 돌려보냈지, 아주 딱 잘라서. 모두 다 이제 정상이라는 것을 내 두 눈을 통해서 볼 수가 있어.

표면의 시로 말하자면, 내가 비난받는 만큼 야만적이라는 게 기쁘고, 무리에 속하지 않는다는 게 기쁘군, 당신도 물론 이걸 알고 있겠지, 뻔한 것을 넘어 잘 꿰뚫어 볼 수 있는 사람이니까. 몇 시간 동안 도서관에서 쇼펜[하우어]과 아리[스토텔레스], 플라톤과 나머지 철학자들에 대해 읽었어. 하지만 어떤 이빨이 파고들 때면, 고요함과 사색을 할 준비가 되질 않아. 오늘 경마장에서 두 번 사람들이 나한테 다가오는 거야. 첫 번째 사람은 이렇게 묻더군. "어이, 이전에 스투드베이커 공장에서 일하지 않았나?" 다른 사내는 더 심했지. 이러더라고. "이봐, 이전에 빵 트럭 운전하지 않았나?" 둘 다 해보지 않은 일이지만, 이런 유의 일들을 많이 했지. 어지럼증을 떨치라고 내 머리를 개구리 모양으로 두들겨 패는 종류의 일들. 그 사람들은 내가 그런 일들을 했다고 생각한 거야. 실제로 내가 그런 일들을 하긴 했지만, 그 사람들은 그 일을 했던 다른 불쌍한 새끼를 떠올렸지. 섬세하고 장식적인 시와 사상은 그런 걸 즐길 시간이 있는 사람들 용도야. 신은 내게서 꽤 먼 곳에 있어. 어쩌면 어딘가 맥

*멕시코의 시인, 수필가. 미국에서 시 잡지를 만들었다.

주병 속에 있을지 모르지. 그리고 내가 조잡하다는 건 확실해. 그런 일들을 겪으며 나는 조잡해졌어. 다른 의미로는 내가 모든 것들을 그들의 현재 자리까지 끌어내리길 바라니까 조잡한 거지. 즉, 안으로 들어가 박히는 칼, 매춘부의 항문을 응시하기, 거기가 일이 일어나는 곳이야. 나는 너무 많이 속고 싶진 않고, 남을 속이고 싶지도 않아. 말하지만, 아무리 무의식적이라도, 이런 나의 자아는 수백 년이라는 관점에서 생각하고 있어. 이거 꽤 버거운 일이지. 내가 멍청하거나 조잡하거나 천박하게 구는 것의 대부분은 말똥을 '없애기' 위해서니까. 어쩌면 내가 사실 '일지도' 모른다고 짐작하는 일들을 너무 많이 얘기하면, 고약한 냄새가 심하게 날지도 모르겠어. 내가 그 친구들은 속일 수 있을 것 같네. 나도 꽤 무섭게 굴 수 있거든. 찢어버린 마권처럼 어휘를 던질 수도 있지. 하지만 결국엔 구원받을 단어는 진심으로 말하는 작은 돌 같은 단어야. 사람들이 정말로 무언가를 의미하고 싶을 땐, 열네 자짜리 단어로 말하지 않지. 아무 여자나 잡고 물어봐. 그들이 알 테니. 어떤 시를 읽었던 게 자꾸 떠오르는데, 몇백 년 묵은 다른 시들과 함께 읽었지. 무척 오래된 시였어. 그걸 보면 위로 한참 거슬러 올라가면 모든 것이 단순하고 명료하고 훌륭해진다는 말이 사실이라는 것을 알 수 있어. 어쩌면 이게 살아남은 것이기 때문일 수도 있지. 어쩌면 오랜 세월을 버텨왔기 때문일 수도 있고. 어쩌면 그때 사람들이 더 훌륭했기 때문일 수도 있어. 어쩌면 그

무겁고 거짓된 크림 같은 18세기, 19세기 시들은 진실에 대한 반응이었기 때문일 수도 있어. 사람들은 악에 싫증 내는 만큼 진실에도 싫증을 내지. 그러나 누가 알겠나. 어쨌든 이 모든 오래된 시들 중에 이런 식으로 된 게 있어.

> 오, 신이여
> 내 사랑을 내 품안으로
> 그리고 다시 내 침대
> 속으로!

이거 천박하지 않나. 마음에 들어.

사람들이 나를 보고 이렇게 말하던데. "어째서 경마장에 가죠? 어째서 술을 마시죠? 이건 파괴예요." 젠장 그래, 파괴지. 뉴올리언스에서 일주일에 17달러 받고 일하는 것도 파괴이긴 마찬가지였어. 하얀 시체 더미, 엘에이 군종합병원의 시트에 꿰인 오래된 발목과 허벅지뼈와 똥…… 죽기를 기다리는 죽은 자들…… 벽과 고요, 쓰레기장 같은 군 공동묘지밖에 없는데도 미친 공기를 빨아들이며 기다리는 노인들. 사람들은 내가 눈곱만큼도 신경 쓰지 않는다고 생각하지. 내가 아무것도 느끼지 못한다고 생각해. 내 얼굴은 맛이 갔고, 눈은 뽑혔으며, 거기 술을 마시면서 경마표나 들여다보고 있으니까. '그들'은 그렇게 멋진 방식으로 느끼지. 망할 새끼들, 멍청한 새끼들, 더럽게 미소를 지으며 레몬이라도 빤 듯 쓴 미소를 짓는 난봉꾼들, 그들은 확실히, 올바른 방식으로 감정을 느끼겠지. 다만 올바른 방식이란 없어. 그들도 알게 되겠지…… 어느 날 밤, 어느 날 아침, 어쩌면 어느 낮 고속도로에서. 장미가 자라는 햇빛 속에서 마지막 남은 유리와 강철과 방광이 마지막으로 떨리는 느낌. 그들은 자신의 학벌과 강강격 형식을 자기 엉덩이에 쑤셔 넣겠지…… 거기 벌써 다른 게 들어가 있지 않다면.

게다가, 천박하게 구는 게 이득이 있어, 친구, 이득이 있다고. 내 시를 읽는 여자들이 우리 집 문을 두드릴 때가 있거든. 나는 그들 보고 안으로 들어오라고 하고 술을 따라준 후, 브람스와 코링턴과 플래시 고든에 대해 이야기하지. 그 둘 모두 그동안 내내 알고 있어. 무슨 일이 일어날지. 그래서 이야기가 더 즐겁지.

이제 곧 저 자식이 내게 다가와
  나를 붙잡고
  일을 시작하겠지
    저 자식 헤프게 살았으니까
      천박하니까

그래, 그 여자들은 기대하고 있어. 나도 하고 있지. 그리고 이것이 많은 장벽과 잡담을 금방 치워버리지. 여자들은 황소와 아이들과 원숭이를 좋아해. 예쁜 소년들과 우주의

해설자는 기회를 잡지 못해. 그들은 결국 벽장 안에서 용두질이나 하겠지.

직장에 다닐 때 어떤 남자가 있었는데, 걔가 그러더라고. "나는 여자들에게 셰익스피어를 읊어줘."

걔는 아직도 동정이야. 걔가 겁을 먹었다는 사실을 여자들도 알지. 뭐, 우리도 겁을 먹긴 마찬가지지만, 적어도 우리는 앞으로 나아가거든.

〔마빈 말론*에게〕
1963년 8월 5일

뭐, 무거운 봉투를 들고 위층으로 올라가면서 생각합니다. 음, 아마 모두 아직도 여기 들어 있겠지. 진흙 속으로 코끼리를 보내는 것처럼 힘들군. 하지만 봉투를 열어보니, 모두 **열한 편**이나 받아들여졌더군요. 내가 얼마나 보냈는지는 별로 중요하지 않죠. 남아 있는 것들에게 어떤 평점을 주었는지는 잘 모릅니다. 나는 일단 작품을 쓴 후에는 그걸 읽어보는 중독에 빠져 있진 않으니까. 그건 빛바랜 꽃들을 붙들고 있는 거나 같아요. 이백은 자기 시를 태우고 그걸 강 위에 흘려보냈다고 하죠. 하지만 그의 경우엔 꽤 괜찮은 자기

---

*작가이자 수집가였고, 1959년부터 1999년까지 발행된 소규모 시 잡지 《윔우드 리뷰》의 편집자였다.

비평가였을 것 같아요. 그리고 나쁜 시만 흘려보냈겠지. 그리고 영주가 나타나서 작품을 청하면 배 속에 꽁꽁 숨겨두었던 좋은 작품을 꺼내겠죠. 푸른 눈을 가진 만주 인형의 그림 옆에 두었던 것을. [……]

　당신네 공동 편집자가 다시 돌아왔을 때 기분이 좋았으면 좋겠네요…… 글쓰기란 죽이게 재미있는 게임이죠. 거절당하면 더 잘 쓰게 되니까 도움이 되고, 수락받으면 계속 쓰게 되니까 도움이 됩니다. 제가 태어난 지도 43년 11일이 됩니다. 스물세 살 때부터 시를 쓰는 건 괜찮아 보여요. 마흔세 살에 뛰어들면 머릿속에 뭔가 약간 비틀린 게 있지 않나 생각하게 될 테지만 그것도 괜찮아요. 담배 또 한 대, 술 또 한 잔, 침대 속 여자 또 하나, 그리고 보도는 여전히 그 자리에 있죠. 벌레와 파리와 태양도. 부동산에 투자하는 대신 시를 가지고 놀든 말든 그 사람이 알아서 할 일이에요. 열한편의 시라니 좋네요. 그렇게 많이 찾아낼 수 있었다니 기쁩니다. 커튼이 내 나라 위에서 국기처럼 흔들리고 맥주는 커다랗죠.

1964

〔잭 콘로이*에게〕
1964년 5월 1일

《상속받지 못한 자들》보내주셔서 감사합니다. 지금 읽었고 이 편지를 타자기로 치는 동안 옆에 놓여 있어요. 그리고 나는 차이〔코프스키〕의 6번 교향곡을 들으며 작은 맥주를 마십니다. 피곤하네요. 오늘 쿼터호스 단거리 경주에 베팅을 했어요. 빨리 이기거나 망하거나 칼을 갈게 되거나 하죠. 모두 너무 우울하네요. 하지만 책은, 책은, 좋았어요. 잘 읽히더라고요. 그리고 내가 흥미 있었던 것은 그 책이 주로 나나 당신 같은 사람들이나 그리고 우리가 알았고 지금 아는 사람들에게 어떤 의미가 있는지를 보여준다는 것이죠. 어떻게 의미가 있었는지, 그리고 내 돈을 위해서도 어떤 의미가 있는지. 가난하다는 것은 정말 지옥 같아요. 그건 비밀도 아닙니다. 돈 없이 아프다는 것, 돈 없이 배가 고프다는 것이 지옥이죠. 세상 마지막 날까지 영원히 아프고 배가 고프다는 것이 지옥입니다. 우리 대다수가 가질 수밖에 없는 따

*좌익 성향의 작가로 프롤레타리아 노동자들의 삶에 대한 작품들로 잘 알려져 있다.

분한 직업들. 우리 대다수가 '찾아'다니고 구걸할 수밖에 없는 따분한 직업들. 우리가 모두 지쳐가는 영혼으로 혐오하면서도 여전히 할 수밖에 없는 따분한 직업들…… 맙소사, 알코올중독자, 시인, 자살자, 중독자, 광인, 모두 이것이 토해낸 것들이죠! 어째서 우리는 문명이 우리 모두를 죽일 만큼 커다란 힘과 에너지를 다해 고안해낸 끔찍하고 지루하고 혐오스럽기 그지없는 방식으로 살아야 하는지 알 수가 없습니다. 우리가 삶을 완전히 파괴하는 것이 가능하다면, 맙소사 삶을 완전히 살아내도록 허락하는 것도 가능하다고 생각해요. 내 말뜻은 '완전히'라는 겁니다. 우리의 백만장자나 정치가들이 여기 일을 완전히 망쳐놓은 후에 어떤 다른 행성으로 떠날 기회를 허락해야 한다는 뜻이 아닙니다…… 하지만 지금 당신 책에서는 점점 멀어져가고 있군요. 이젠 그 문제를 다시 제기하기에 좋은 때인 것 같습니다. 똑같은 지옥 같은 일자리가 여전히 있으니까요. 노인들을 똑같이 내다버리고, 실업자들을 변명의 여지도 없이, 목소리도 없이, 기회도 없이 사회적 추방자로 만들어버리는 고난의 감각이 똑같이 있죠. 나는 생존이 거의 불가능한 상태에 대해 압니다. 루이지애나에서는 주급 17달러를 받고 있었고, 일주일에 2달러 인상해달라고 했다가 해고당했어요. 이게 1941년도의 일입니다. 도살장에서도 일하고 접시도 닦고 형광등 공장에서도 일해봤어요. 뉴욕 지하철에 포스터도 붙이고, 철도 기착장에서 화물차와 객차를 세차하는 일도 했습니다. 창고 물품 정리원도 했고, 배송원, 우체부, 건달, 주유소 직원, 케이크 공장에서 코코넛 부서를 맡기도 했고, 트럭 운전사, 책 배포 창고 십장, 적십자에서 혈액이 담긴 병을 운반하고 고무 튜브를 짜기도 했습니다. 도박사, 경마꾼, 광인, 바보, 신, 그 모든 걸 다 기억도 할 수가 없지만, 당신의 책을 읽고 있노라니 많은 기억이 돌아왔어요. 전국 일주를 하기 위해 철로 수리직에 자원한 적도 있죠. 한때는 뉴올리언스에서 로스앤젤레스까지 이런 식으로 갔습니다. 다른 때는 엘에이에서 새크라멘토까지 갔죠. 거기선 식사로 차가운 통조림을 주었는데, 통조림 따개는 주지 않아서 의자 등받이에 대고 따야 했어요. 차갑고 썩은 통조림을 주면서도 우리 첫 월급에서 식대는 빼 갔죠. 게다가 교통비도 빼 간 것 같습니다. 모르겠어요, 나는 항상 중간에 뛰어내렸으니까. 다른 사람들도 마찬가지고. 하지만 끝까지 버티면서 한동안 공짜로 일했던 사람들도 이해합니다. 항상 술병과 주사위 두 개 가지고 다니는 사람들은 있었고 우리는 식권이 있었는데, 한번은 엘에이 메인스트리트 한 곳에서 받아줘서 거기서 술을 마시며 예닐곱 되는 사람들과 어울렸죠. 우리는 악수를 하고 헤어졌어요. 헛소리했네요, 이건 당신 책에 대한 얘기가 아닙니다만, 내가 그 책의 많은 부분을 이해하고 있다는 걸 말해주고 싶었어요. 그거 보내줘서 고맙다는 인사를 다시 하고 있네요. 당신이 잭 런던이라는 말을 하려는 건 아닙니다. 당신이 잭 콘로이이고, 그걸로 괜찮다는 말을 하고 있는 거죠.

[월터 로웬펠스에게]
1964년 5월 1일

[……] 유베날리스*가 누군지는 모르지만, 《일간 경마 예상》을 내려놓으니 눈이 아프군요.

나는 반으로 갈라진 언덕 위 창문에 서서 밖을 내다보고 있고, 내 아이스박스에는 맥주 일곱 캔이 있습니다. 삶이 참 좋은데요.

글쓰기는 대부분 작가들이 생각하는 대로 빌어먹을 것입니다. 작가들이 그렇게 생각하기 시작하면, 아주 잘 쓰고 있는 때이고 동시에 그걸 그만두는 때이기도 하죠.

몇 잔 더 하러 가고 싶습니다만, 저기 나를 기다리는 게 있다는 걸 알아요. 우리가 죽기도 전에 갈가리 찢어놓을 것들이죠. 저 호랑이, 저 창녀, 저 검은 천, 저 발톱.

신의 가호가 당신과, 그 책과, 어떤 소년이 두 블록 떨어진 북쪽에서 날리는 분홍 연에게 함께하기를.

난 산책을 나갑니다.

*1~2세기에 활동한 로마의 시인. 풍자시로 이름을 알렸다.

〔해럴드 노스*에게〕
1964년 5월 12일

〔……〕 그래요, 당신 말이 맞습니다. 실패는 이점이죠. 여자나 시, 히믈러의 왁스 소조상을 작업하는 동안 전화 전신주만큼이나 높이 떠받들어지지 못한 실패 말입니다. 느긋하게 흐트러져 있다가 미친 듯 편하게 일하고 어떤 식으로든 바라는 대로 실패하는 게 최선입니다. 일단 5미터 장대높이뛰기를 하면, 6미터를 하라고 할 테고, 그렇게 노력하다 결국 다리가 부러지는 꼴이겠지요. 군중이라는 것은 토사물로 가득 찬 강처럼 제정신이 아닌 것이라고 일축해야 합니다. 일단 군중을 그들에게 어울리는 쓰레기통에 집어넣어버리면 3미터는 족히 더 갈 기회를 얻은 것이고, 어쩌면 엇갈린 판결을 얻게 될지도 모릅니다. 나는 부자들과 고행 수도자들, 밧줄 감는 이들과 전기 기술자, 스포츠 기자들 같은 여러 사람들이 실행하는 속물의 문화에 대해 얘기하는 게 아닙니다. 그들은 자신들이 힘이 있다고 생각을 하죠. 그들은 나뭇가지에 매달린 이파리처럼 군중에 모두 의존하고 있습니다. 내가 뜻하는 건 좀 더 넓게 자유로이 활동할 수 있는 유의 의존입니다. 옆집 할머니가 해주는 볼 뽀

*비트 세대에 속하는 시인. 윌리엄 버로스, 앨런 긴즈버그, 그레고리 코르소와 함께 《비트 호텔》이라는 소설을 쓰기도 했다.

115

뽀가 '필요'하지 않기 때문, 칭찬이나 '재(在) 패서디나 아르메니아 작가협회' 앞에서 강의할 필요가 없기 때문이죠. 내 말은 그런 건 엿이나 먹으란 겁니다. 더 많은 신문, 더 많은 맥주, 더 많은 행운, 느슨해진 창자. 이따금 찾아드는 빌어먹게 좋은 날씨, 뭐가 더 필요하겠습니까? 집세는 물론 있어야죠. 내가 지금 뭔 얘기를 하고 있는지 모르겠네요. 이게 말하기의 위험입니다. 말을 하고 하고 또 하면 밀랍처럼 흐물흐물해져서 곧 무슨 말을 하는지 모르게 되니까요…… 모르겠어요…… 이래서 대체로 조용할 때 훨씬 더 기분이 좋은 거죠.

1965

안틴*은 부코스키 시 한 편을 《섬/싱(some/thing)》 1호 2권(1966년)에 실었다. 그 호의 표지 기사는 앤디 워홀의 예술이었다.

〔데이비드 안틴에게〕
1965년 1월 16일

《섬/싱》 우노(uno) 호 2권을 보내주셔서 감사합니다. 이전에 그 잡지와 문제가 있었지만, 저는 주로 모든 것과 문제가 있으니까 이건 별로 새로운 일도 아니죠. 그래서 빙 크로스비의 입을 하고 저는 당신네 잡지를 훑어보고 수 세기 동안 골칫거리였던 똑같은 문제를 발견합니다. 모든 게 너무 귀엽고 영리해요. 너무 지적이고 '지루'하고, 교활하고, 주류이고, 과도하게 이탤릭체를 많이 쓰죠. 나, 나로 말하자면, 나 혼자만일 수도 있는데, 포크너가 죽었을 때 무척 행복했습니다. 아니, 매우 행복했다고는 할 수 없겠지만 숨을 더 잘 쉬게 되었달까요. 여유 공간이 더 많아져서라기보다는 그가 그 공간을 덜 어지럽게 만들었기 때문이겠죠. 우리

*데이비드 안틴은 미국의 시인, 예술비평가, 행위예술가.

는 충분히 골탕 먹었고, 일상생활에서 간지러움을 당하고 속임수를 당합니다. 너무 많이 당하죠, 분명. 대문자도 마찬가지예요. 당신들은 인쇄소를 엄청나게 미치게 하고 있을걸요. 온갖 헛소리로 말이죠. 방금 제 평소 상태일 때 쓴 원고를 하나 동봉했습니다. 왜 허세를 떠냐고요? 나는 가능한한 자주 술에 취해 있고 그렇게 구하기 힘든 약이 아니고 또한 그 벌이 너무 심하지 않다면 어떤 종류의 약도 쓸 수 있는데 이미 내 등에는 실험용 뱀 같은 충분한 벌이 주어져 있거든요, 와우, 맙소사. 내 말은 그 원고를 보고 안 쓸 거면 돌려달란 겁니다. 나는 먹지를 안 써요. 먹지를 쓰면 거시기가 늘어져서 타자기에서 내려와야 하니까.

나는 시적인 상태에 다다르기 위해 시적 기호의 사용을 갈아댑니다. 즉

이런 거죠

녹색 별 $\frac{3}{4}$ $\frac{3}{4}$ //

광적

/ 나는 문간에서

들여보내주기를 간청/

하네

내 말은, 헛짓거리 하며 돌아다니는 거 그만두고 얘기를 시작하자는 거죠.

프랭클린은 부코스키의《사냥당한 이들과 함께 달리기》에 대한 혹평을《그랜드론드 리뷰》(1964년)에 실었다.

〔멜 버핑턴*에게〕
1965년 4월 말

〔……〕 그래요. 〔R. R.〕 쿠스카덴에게서 프레드 프랭클린 사건을 들었어요. 쿠스카덴은 비평의 반칙적인 방법으로, 능욕당하고 분개하고 손가락으로 강간당한 것 같은 말투던데(쿠스카덴은《사냥당한 이들과 함께 달리기》를 출판했으니). 어쨌든, 그의 편지로 봐서는 프랭클린 때문에 엄청 열 받은 것 같더군요. 나는 내가 죽어 묻힌 꼴을 찾아보자고 그 잡지를 사진 않았어요. 개들이나 서로 걱정하게 놔두라지. 나는 할 일이 많아요. 가령 잠이라든가, 콧구멍에서 딱딱해진 코딱지를 파내거나, 그리고 지금처럼 말하거나―애 회색 바지 입은 것 좀 봐, 다리가 거미 같지만, 엉덩이는 세숫대야만 한데. 여자가 이 창문 옆을 지나가는데, 내 늘어진 거시기가 꿈틀거리고 새들은 벌레로 가득 찬 배를 안고 이 따뜻한 로스앤젤레스 저녁에 천국에 있는 듯 노래를 부르는군.

*잡지《블리츠》의 공동 편집자.

《사냥당한 이들과 함께 달리기》는 한참 전 작품이지만, 그래도 그 작품을 써서 다행이오. 프레디 무리들이 《그것은 두 손으로 내 심장을 잡는다》는 어떻게 했을는지 궁금한데. 또, 어제 《죽음의 손에 잡힌 십자가상》 초판을 받았거든. 3100부를 찍었고, 1963년에서 1965년 사이에 쓴 새 시들을 실었지. 프레디는 거한 아침식사를 먹을 거요.

어떤 사람들은 시란 어떠어떠해야 한다고 생각하는 것 같은데. 이 사람들에게는, 고생스러운 세월밖에 남아 있지 않을 거요. 점점 더 많은 사람들이 그들의 개념을 깨게 될 테니까. 물론 힘들겠지, 내가 출근한 사이 누가 내 아내랑 떡치는 거 같은 일이니. 하지만 인생은, 사람들 말대로, 이어지기 마련이지.

———————

[스티브 리치먼드*에게]
1965년 7월 23일

[……] 이봐요, 자기, 제퍼스**야 아무 도서관에서나 구할 수 있잖소…… 그 사람이 쓴 《당신이 내게 준 충고》와 《점

*미국의 시인. 부코스키와 함께 미국 시의 '고기파(Meat School)'를 이룬 것으로 알려져 있다. 고기파는 직접적이고 거친 문체에 남성적인 시를 쓰는 일단의 시인들을 의미한다.
**미국의 시인 존 로빈슨 제퍼스.

박이 종마, 타마르, 그 외의 시》를 한번 찾아보쇼. 특히 《점박이 종마》. 제퍼스는 긴 시를 더 잘 쓰니까. 또 콘래드 에이컨*도 생각했는데, 약간 편안하게 시적이고 거의 쌍년 같은 타입이긴 해도 어떤 점은 겨우겨우 해냈거든. 그 사람의 주된 약점은 너무 잘 쓴다는 거요. 비단 솜처럼 부드러운 소리는 의미를 숨길 지경이지. 물론 이게 대부분의 개똥 같은 시인들이 잘 쓰는 술수이긴 해도. 실제보다 더 심오하게 보이려는 거요. 작고 맛있고 섬세한 동작으로 슬금슬금 들어왔다 자기들의 편안한 위안으로 물러서는 거. 내게 삶은 더 현실적이 되지만, 대부분의 시는 똑같이 남아 있는 것만 같지. 지난 10년간 발행한 《포에트리, 시카고》 어느 호를 집어도 사기당한 기분이 들어. 실제로 우리가 그렇게 사기를 당해왔을 수도 있겠고. 우리의 문제는 그들의 겉보기 우월성을 믿어버리고, 그리하여 그들이 진짜 우월해진다는 거요. 그래도 그들은 결국엔 《뉴요커》에 실릴 글을 쓰다가 죽을 거고 우린 광산에서 일하다 죽겠지. 그러니 그게 중요한가?

─────────────

웹 부부는 부코스키의 《그것은 두 손으로 내 심장을 잡는다》와 《죽음의 손에 든 십자가상》을 출간한 후 밀러의 책 두 권을 출판한다.

*퓰리처상을 받은 미국의 시인, 소설가.

〔헨리 밀러에게〕
1965년 8월 16일

  음, 오늘은 제 마흔다섯 번째 생일이니, 그런 초라한 핑계
로 이렇게 편지를 쓰는 것을 너그럽게 받아주시길 바랍니
다—지금 당신은 정신이 나갈 만큼 편지를 많이 받을 거란
것도 상상하고 남지만요. 저 같은 것도 편지를 받는데요. 그
런 편지들 대부분이 활력 넘치고 심지어 전기가 흐르기도
하죠. 그런데 시로 가면 바람이 훅 빠져요. 그 사람들은 시
를 동봉해요. 쇼팽을 들으면서—네, 맙소사, 저는 어떤 면
에서는 고지식해요. 그리고 맥주를 들이켭니다. 당신의 친
구라는 핑크 박사*를 만났는데 유대인에 대한 농담을 하더
라고요. 또 개연성이 열려 있고, 양이 넉넉하더군요. 아내와
함께 맥주를 가지고 왔는데, 저는 그 얘기를 들으면서 그분
에게 콜라주 한 점이랄까 제가 해온 작업을 드렸습니다. 그
분은 당신의 엄청난 옹호자던데, 젠장, 뭐 새로운 소식도 아
니죠—우리 중 많은 사람들이 그러니까요.
  어쨌든, 박사가 제게 셀린의 책 한 권을 주었습니다. 뭐였
더라?《밤의 끝으로의 여행》? 자, 들어보세요. 나는 대부분
의 작가들이 역겹습니다. 그들의 단어는 종이에 닿지도 못
해요. 작가와 그들의 단어는 몇억 개나 되는데, 단어가 종

*헨리 밀러의 친구이자 후원자였던 로버트 핑크를 말하는 것으로 보인다.

이에도 닿지 못한다고요. 하지만 셀린을 읽으니 내가 얼마나 형편없는 작가인지를 깨닫고 부끄러워졌습니다. 그 책을 던져버리고 싶은 기분이었어요. 망할 대가가 제 귀에 대고 속삭이는 겁니다. 젠장, 저는 다시 꼬마 소년이 된 것 같았어요. 그 목소리에 귀를 기울이면서. 헨리 밀러가 아니라면 셀린과 도스토옙스키 사이에는 아무것도 없어요. 어쨌든 내가 얼마나 별 볼일 없는지 알아낸 후에 기분이 나빠졌다가 다시 계속 그 책을 읽었습니다. 누가 나를 이끌어주고 나는 기꺼이 따라가는 것 같았죠. 셀린은 철학이 쓸모없다는 것을 알았던 철학자예요. 섹스는 거의 엉터리나 다름없다는 걸 알았던 호색꾼이고. 셀린은 천사이지만 그는 천사들의 눈에 침을 뱉고 유유히 걸어갔어요. 셀린은 모든 걸 알았어요. 제 말뜻은 팔 두 개, 두 발, 성기 하나, 앞으로 살아갈 몇 년, 혹은 그것도 안 되는 시간, 이보다 못한 것들을 갖고 살아가는 우리가 알아야 할 만큼은 셀린이 알았다는 겁니다. 그는 〔장〕 주네처럼 쓰지는 않아요. 주네는 무척 잘 쓰고 너무 잘 쓰는 사람이죠. 너무 지나치게 잘 써서 졸리게 하는 사람입니다. 아, 젠장, 그동안 옥상에서 사람들이 총을 쏘네요. 요전 밤에는 할리우드 대로와 이바르 애비뉴 어디에 화염병을 던졌대요. 전 그 사람들하고는 꽤 가깝긴 한데, 그렇다고 키스를 나눌 만큼 가깝진 않아요. 저는 주로 흑인들과 같이 일하고, 그들 대부분이 절 좋아하죠. 그래서 어쩌면 나는 목에다 이런 광고판을 걸고 다녀야 할지 몰라요. 어이, 어이! 흑인들은 날 좋아해! 하지만 그것도 별로 효과는 없을 겁니다. 그랬다가는 백인 새끼가 나를 쏴버릴 테니까요. 맙소사, 여기 여자가 애에게 밥을 주고 있는데, 나는 편지를 쓰면서 몸을 반대편으로 내밀고 이렇게 말하죠. "우, 바나나 좀 줘봐, 바나나 좀 줘보라고!!" 나는 거친 아기였죠. 뭐, 우리 모두 약해지기 마련이니까요. 두 사람은 제가 이 편지를 쓰기 시작할 때부터 여기 있었어요. 저는 라디오를 켜놓고 싸구려 담배를 피우며 맥주를 마십니다. 그래서 이 편지가 횡설수설인 것 같으면, 녹색 원숭이가 탁자 밑에서 내 불알을 잡아당기고 있어서는 아닙니다.

취했네요, 약간이지만, 평소처럼, 네, 그래요. 쇼팽이 흘러나옵니다. 누구의 손가락 아래서더라? 페나리오? 루빈스타인? 제 귀는 그렇게 좋지 않아요. 쇼팽의 뼈는 죽었고, 옥상에서는 총을 쏘고 저는 지옥의 더럽고 시끄러운 부엌에 앉아 헨리 밀러에게 편지를 쓰고 있습니다. 맥주 하나 더, 맥주 하나 더. 저는 그만두지 않는 이론을 계속 만들고 있어요. 저는 모두 다시 돌아온다고 해도 글쓰기를 그만두진 않을 겁니다. 창녀 합창단을 보내 내 눈알을 발로 차고, 6인조 게이 소년 드러머들이 하바나 트위스트를 두들겨댄다고 해도 그만두지 않아요. 저는 서른다섯 살이 되어서야 글쓰기를 시작했고, 제가 35년을 더 기다린다면 별로 남아 있는 시간이 없을 겁니다. 그리고, 오늘 밤 마흔다섯이 되었고 헨리 밀러에게 편지를 쓰고 있죠. 그건 좋아요. 제 생각에 핑

크 박사는 저를 속물이라고 생각하는 것 같더군요. 저는 그
저 문을 노크한다는 것을 믿지 않을 뿐입니다. 저는 항상
외톨이였어요. 앞으로도 쭉 재미없게 살겠죠. 저는 대부분
의 사람들을 그렇게 좋아하지 않아요. 사람들은 나를 지치
게 하고, 섞어버리고, 내 눈알을 흔들고, 나를 강탈하고, 내
게 거짓말을 하고, 나를 범하고, 나를 속여 넘기고, 나를 가
르치고, 나를 모욕하고, 나를 사랑하죠. 하지만 주로 그들이
하는 것은 말 말 말이고, 마침내 저는 코끼리에게 엉덩이를
뚫린 고양이가 된 기분을 느낍니다. 그런 말은 제겐 아무런
소용이 없어요. 너무 많은 말은 제게 아무런 소용이 없단 겁
니다. 공장이나 도살장에서는 사람을 너무 바쁘게 부려먹
어서 말할 수가 없어요. 그 점에 대해서는 제 부유한 상사들
의 친절에 감사를 해야겠네요. 심지어 그 상사들이 나를 해
고할 때도 난 목소리도 듣지 않았어요. 나는 세상에서 가장
직장을 그만둘 만하고 해고당할 만한 개새끼였죠. 하지만
그래도 그들의 목소리를 전혀 듣지 않았어요. 부드럽고 섬
세하고 예의 발랐겠죠. 나는 그냥 거길 걸어 나왔고 옥상에
서 다른 사람에게 총을 쏜다든가 하는 짓은 하지 않았어요.
내 생각엔 아마, 아마 일주일 동안 잠이나 자고 돌아다녔겠
죠. 아니면 집에 가서 누구 엉덩이나 좀 치고 새 술을 마셨
든가. 이런 유의 일입니다. 나는 이런 계획에 완벽하게 들어
맞아요. 나는 똥입니다. 하지만 여전히 외톨이죠. 그리고 이
제 시 몇 편을 출간했고, 그들이 와서 문을 두드려요. 그래

도 여전히 그 사람들을 보고 싶진 않습니다. 그 차이는 뭐냐면, 내가 외톨이고 무명이다, 그러면 미친 새끼예요. 내가 외톨이인데 좀 알려졌다, 싶으면 속물이 되는 겁니다. 사람들은 내가 어느 방향으로 움직이든 나에게 맞출 적절할 틀을 찾아내요. 심지어 여기 있는 여자도 나를 끊임없이 교정하려 해요. 내가 어떤 허튼 말을 하든 간에. 내가 아침에 일어나서 이래요. "맙소사, 덥잖아." 그러면 이 여자 이럽니다. "그냥 덥다고 '생각하는' 거지. 어제만큼 덥진 않아. 당신이 아프리카에 있다고 생각해봐……" 그런 유의 일입니다.

어디까지 했더라? 맥주 하나 더? 물론입니다.

이제 우리 꼬마 딸이 타자기를 갖고 놀고 싶어 하네요. 좋아, 그거 움직여봐라 아가, 움직여봐. 내가 아이를 들어 올렸는데, 애가 다시 내려가네요. "망할." 저는 아이에게 말하죠. "내가 헨리 밀러에게 편지 쓰고 싶어 하는 거 안 보이냐? 오늘이 내 마흔다섯 번째 생일인 거 몰라?"

어쨌든 《죽음의 손에 든 십자가상》세 부를 받으셨기를 바랍니다. 웹이 자기는 가지고 있으면 안 된다고 열여섯 부를 주었는데 나는 술에 취했을 때는 주변에 있는 사람 아무에게나 제 그림을 끼워서 주거든요. 그렇지만 그림들은 제 생각엔 엉망이에요. 나는 노란색이 다른 색을 통과해서 보이라고 계속 쓰려고 합니다. 내 등뼈처럼. 물론, 내가 노랗죠. 내가 노래요. 그리고 나는 거칠고, 나는 피곤하고, 나는 술에 취했어요. 인생이 방귀처럼 갈라지고, 나는 계속 걸어

갑니다. [D. H.] 로런스가 소의 젖을 짰다는 얘기를 계속 생각해요. 그의 프리다*를 계속 생각하죠. 나는 미치광이예요. 나는 공장과 교도소와 병원에서 만난 얼굴들을 계속 생각해요. 그런 얼굴들에 미안한 마음은 없어요. 그저 알아볼 수 없을 뿐이죠. 바람에 날리는 산딸기 열매처럼, 삶의 동상 위에 떨어진 새똥처럼. 망할. 맥주 하나 더. 어쨌든, 이젠 프랑크 곡이 나오네요. 나오는 대로 듣는 거죠. 하지만 D단조 교향곡도 나쁘진 않아요. 내가 이 백만장자 여자와 결혼했을 때 나는 양탄자 위에 술 취한 채로 누워서 프랑크의 D단조 교향곡을 들었고, 아내는 거기 앉아서 말했어요. "이 음악은 '추한' 것 같아!" 그리고 바로 그때 나는 그 백만 달러가 사라졌다는 것을 알았죠. 나는 그 여자와는 잘 지낼 수가 없었어요. 그래서 그 사실을 증명하는 것이, 그날 밤 침실에서 섹스를 하는데, 선반이 무너져서 화분이랑 잡동사니 장신구들이 내 등과 엉덩이로 떨어졌어요. 내 말은, 제가 잘했다는 겁니다. 하지만 그렇게까지 잘하진 않았죠. 그 여자는 그게 추하다고 했고, 나는 그때는 웃어버렸어요. 그걸 도로 찔러 넣고 백만장자 여자가 재잘재잘 말하는 것을 보았어요…… "난 자신을 웃음거리로 만드는 남자를 좋아하지 않아. 자신을 비웃는 남자는 싫다고. 나는 자긍심 있는 남자가 좋아." 그 여자가 그러더군요. 뭐, 저는 웃을 수밖에 없었죠.

*로런스의 아내로, 처음 만났을 때는 로런스 이전 스승의 아내였다.

나는 웃긴 사람이니까. 나는 그저 대충 살아가죠. 나는 똥
싸고 엉덩이를 닦고, 콧물과 때와 벌레와 장대한 개념들로
가득하죠…… 하지만 실제로 나는 똥이에요. 오직 똥일 뿐
이죠. 그래, 처음에는 자주색 넥타이핀을 꽂고 교양 있는 목
소리를 한 매끄러운 사람이 있었어요. 하지만 그 여자 결국
에는 어떤 에스키모, 일본인 낚시꾼이자 교사였던 타미랑
만났죠. 그 사람 이름이 그거였던 것 같은데. 타미가 백만
달러를 차지한 거예요. 나는 욕만 먹었고. 그 사람들은 프랑
크를 듣진 않을 것 같습니다.

어쨌든, 당신이 제 책을 받았길 바랍니다. 그 여자가 마트
에 가서 종이 상자를 가져와서 그걸 잘게 자르는 더러운 일
을 해줬어요, 당신 친구분은 책값을 내겠다고 하던데요. "사
무실 경비로 공제할 겁니다." 저는 책 한 권당 5달러면 괜찮
을 거라고 했어요. 제 저작권료야 3천 부가 팔리면 한 권당
고작 10센트니까 좀 바가지를 씌웠나 했죠. 그분도 그렇게
생각했던가 봐요. 두 주가 지났는데 소식이 없지 뭡니까. 하
지만 그때 나는 그렇게 말했죠. "쪼들리면 없었던 일로 하세
요." 그리고 우리는 마지막에는 모두 '쪼들리게' 된다고 생
각합니다. 무덤은 언제나 거기에 있고, 우리는 돈으로도 자
기 자신은 살 수 없으니까요, 절대로. 전 예전에 애틀랜타의
어떤 집에서 일주일에 1달러 25센트 집세를 내고 살았어요.
한 달에 8달러로 살았죠. 그리고 바닥에 떨어진 더러운 신
문지를 주워 가장자리에 시를 썼어요. 전기도 안 들어왔고

난방도 안 되었죠. 그 신문지들은 어떻게 되었는지 모르겠습니다. 내게 생긴 일은 대충 기억나는데요. 비정상적으로 흘러갔을 때조차도 그건 정상적이었습니다. 오늘 밤 제가 허튼소리를 너무 많이 늘어놓네요. 아직 읽고 계십니까? 궁금하군요. 뭐, 마흔다섯은 슬픈 나이죠. 서른이 제일 나쁩니다. 전 그건 지나왔어요. 저는 배짱 있는 척하지는 않으렵니다. 그저 궁금할 뿐이죠.

이제, 더러운 말을 할 준비가 되었습니다. 물론, 당신을 만나고 싶습니다. 당신이 저 건너편 의자에 앉아 있는 모습을 보고 싶어요. 별로 가능성은 없겠죠. 전 말은 별로 잘 못합니다. 대체로 상태가 좋지 않아요. 그건 아마 신을 만나는 거나 비슷하겠죠. 그러면 당신은 방을 가로질러 오줌 싸러 갈 거고, 저는 말하겠죠, 봐, 신도 오줌을 싸잖아. 과찬을 싫어하지 마세요, 헨리, 그런 걸 좀 받아왔잖아요. 이미 다 겪어온 일 아닙니까. 제가 "헨리"라고 부르는 건 어떤 학생이 이렇게 길게 주절대는 편지를 보내면서 내내 나를 "부코스키 씨"라고 부르면 결국에는 나는 습격을 당한 것 같은 느낌이 들 거고 정말로 그가 원하는 건 내 납작해진 시체 위로 기어 올라오는 것뿐이다 생각해서죠. 어쨌든, 여기 오기로 결정하시면, 제 전화번호는 NO-1-6385이고, 주소는 봉투에 쓰여 있습니다. 그렇지만 저는 지금 당신에게 똥을 싸고 있죠. 없던 일로 하세요.

셀린, 셀린, 맙소사, 셀린. 그런 사람이 또 나올 수 있을까요??

맥주 하나 더.

어쨌든, 당신이 셀린이니까, 글쓰기가 뭐든 제가 그걸 거쳐 왔다는 사실을 알려드리고 싶네요. 공원 벤치, 공장, 감옥, 포트워스 유곽의 경비 딸린 문, 개 비스킷 공장에서도 일했고, 공공의 적 1호와 감방을 같이 쓴 적도 있습니다(무슨 행운인지!). 남을 굴리고 저도 굴렀죠. 병원에서 배를 가른 적도 있고. 이 해안에서 저 해안까지 모든 창녀와 미친년들과 떡을 쳤습니다. 모든 끔찍한 직업들, 모든 끔찍한 여자들, 그 모든 것들, 이 중 약간만이 내 시에 나와요. 저는 아직 충분히 제대로 된 인간이 아니고, 아마도 그렇게 되지 못할 것이죠. 듣자 하니 지난 《그랜드론드 리뷰》에서 저한테 조잡하고 철자법은 약하고 등등 온갖 종류의 주먹을 날렸다는데요. 저는 그 호를 사진 않았습니다. 그런 배짱이 없거든요. 다섯 페이지 반에 걸쳐서 저를 갈기갈기 찢어놓았다고요. 어쩌면 제가 뭔가 해낸 걸까요?? 하지만 그들 중 대부분은 이해하지 못해요. 제가 철자에 약하긴 해도, 대부분의 건 술 취해 써서 망할 손가락이 자꾸 뛰어넘고, 다음 날 아침엔 너무 속이 쓰려서 읽을 수가 없어 그냥 뛰어넘고 빼먹고 그러는 거죠. 이 편지에서도 그러고 있겠지요. 아침은 밤을 견딜 만큼 강하지 않아요.

하지만 계속하는 대신에, 여기서 멈춰야 할 것 같습니다. 확실히, 충분히 분명히, 제가 충분히 말했겠죠. 처음엔 거칠게 시작했는데, 이젠 이 끔찍한 직업을 8년 동안이나 출근계를 찍으며 해왔네요. 하지만 요전 날에는 그림 한 점을 20달러에 팔았어요. 얼굴은 모르는 누군가가 플로리다의 작은 마을에서 나한테 20달러를 줬어요. 그러면서 "그림 한 점만 보내요"라고. 그러니까 아직 죽진 않은 거겠죠. 헨리는 결코 죽지 않을 겁니다.

〔헨리 밀러에게〕
1965년 8월 말

아니, 저는 남을 찾아가는 타입이 아닙니다. 그러니까 제가 당신에게 들이댈 작정이라는 오해는 하지 않으셨으면 좋겠네요. 이게 변명이 될지 모르지만 그 편지를 썼을 때 저는 술에 취해 있었어요. 술로 말하자면, 그게 제 창작력을 너무 써버리고 머리를 뽑아버렸다고 하면 그건 참 안 된 일이죠. 저는 무슨 종류든 창조적인 예술가가 되기보다는 일분 일 초를 살아가는 게 더 필요해요. 나를 계속 나아가게 할 것이 필요하단 겁니다. 그렇지 않으면 늘어지죠. 나는 겁쟁이입니다. 그래도 문으로 나가버리고 싶진 않아요.

책들〔《죽음의 손에 든 십자가상》〕은 대금을 지불받았고, (내게는) 딱 좋은 때에 들어왔어요. 내 낡은 플리머스 브레이크를 완전히 갈아야 하거든요. 그동안은 브레이크 없이 운전했어요. 그 여자가 수리비를 듣더니 고함을 질러서. 그 여자는 내가 바보인 줄 알아요. 오줌 싸러 갈 때도 문을 열어놓고 가서 그 여자의 커다랗고 생명 없는 죽은 다리를 볼 수 있죠. 그리고 그 여자는 라디오를 켜요. 라디오가 항상 켜 있죠. 나는 머리에 귀마개를 꽂고 걸어 다니면서 와인 한 병 사러 나가야 하나 생각하죠. 다른 사람들처럼, 가스 요금 납기일, 전화 요금 납기일, 머리 위로 무너지는 벼랑…… 아뇨, 아뇨, 저는 산문은 별로 작업하지 않습니다. 주된 이유는 그거 거절당하면 죽을 거 같아서요. 그 모든 에너지를 다 쏴버리다니. 저는 거기다가 인생의 반을 다 담아버릴 게 무서워서 장편소설을 쓸 배짱이 없어요. 그런 다음엔 그건 다리도 없는 서랍에 들어 있게 되겠죠. 한번은 어떤 잡지에다가 500달러만 선금으로 당겨주면, 어디든 언제든지 장편소설을 쓰겠다고 했어요. 청탁해주는 사람도 없었고, 앞으로도 못 받을 겁니다. 돈에 미친 사람처럼 들려도 그렇게 생각하진 마세요. 그건 슬슬 빠져나가는 에너지의 문제입니다. 저는 시를 갖고 놀 수 있고, 별로 다치지도 않고, 여전히 요새를 지킬 수 있습니다. 제 말뜻을 아신다면요. 애가 지금 나를 손으로 붙잡네요. 11개월인데, 타자를 치고 싶어 해요. 나중에 기회를 잡겠죠, 조그만 년.

　〔장〕 지오노를 찾아보거나 여자를 시켜 그렇게 할 작정입니다. 그래도 아직 셀린 근처에 가는 사람도 본 적이 없어요. 이 사람은 황금 나사가 머리 가득 들었나 봐요. 망할,

망할, 팔이랑 가슴이 아파! 저는 내일 기차로 델마르 경마
장에 갑니다. 이 여자들이 이 작은 방 두 개에 저를 밧줄로
매달아놓고 있어서, 잠시라도 자유를 누려야겠어요. 하늘,
길, 말의 엉덩이, 죽은 나무, 바다, 방랑의 새 다리, 뭐든, 뭐
든…… 제가 보내드린 드로잉 끔찍하죠. 나쁜 속임수입니
다. 저는 지금 누군가를 위해 드로잉북을 작업하고 있는데,
이 두 개는 보내지 않았습니다. 이 편집자는 드로잉을 많이
보내달라고 해요. 시 몇 편도. 그게 책을 더 좋게 만들겠죠.
작은 먹물과 수많은 맥주만 있으면 저는 합니다.

이 드로잉 두 점은 《광적인 시대의 원자 낙서》(1966년)라는 드로잉과
시가 수록된 미완성 책에서 버려진 것으로, 밀러에게 보내졌다.

1965년에서 1966년 사이에 부코스키는 콜이 편집하는 《인터미션》의 여러 호에 등장한다.

〔진 콜에게〕
1965년 12월

물론, 《인터미션》 고맙습니다. 이제까지 2호를 읽었어요. 기사들이 좋지만 당신네들이 실은 시간 때우기 시는 정말 격려가 될 것 같아요. 그래도 희곡 작법에 대한 그 기사들을 읽을 땐 약간 초조했습니다. "희곡에는 전제가 있어야 한다" 같은 말요. 나는 우리 희곡 작가들의 문제가 다른 사람들의 문제와 같다고 봅니다—말하자면, 그들은 훈련을 받았고, 일을 하는 적절한 방법에 대해 남에게 듣는다 이겁니다. 이게 잘 흘러갈지도 몰라요. 실제 현업 종사자들을 도와줄 수도 있을지 모릅니다. 그리고 나쁜 희곡 작가를 좋은 작가가 되도록 도와줄지도 모르죠. 하지만 "하는 법"만 가지고는 절대 예술을 창조하지 못해요. 그건 늙은 피부를 흔들지 못하죠. 우리를 여기서 꺼내주질 않아요. 내가 희곡을 써야 한다면, 내 맘껏 써댈 거고 그러면 제대로 나오겠죠. 희곡 작법에 대한 기사나 희곡 워크숍 같은 게 없어져야 한다는 뜻은 아닙니다. 저는 뭐든 불법이라고 금지하지 않아요. 사람들이 하고 싶은 대로 하게 놔두라는 겁니다. 그리고 그 사람들

에게 행운을 빌어주는 거죠. 그들이 예술을 창조할 수 있고,
이런 방법으로 오래가는 극장을 만들 수 있다면, 나는 거짓
말쟁이라고 불려도 무척 행복할 겁니다.

1966

[존 베넷*에게]
1966년 3월 말

[⋯⋯] 가끔 술에 취하면 내 안에 있는 편집자 기질이 혈
관으로, 뇌 속 길쭉하고 축 처진 실 안으로 들어가요. 정확
히 말하면, 그런 다음 심지어 잡지에 대한 착상도 해낸다는
거요.

(그것도 진지하게!)

1.《문학, 미술, 음악의 동시대 리뷰》
    라든가,
《동시대 문학, 미술, 음악의 리뷰》
시도 없고 창작 현대 작품도 없어요. 그냥 기사만 싣는 거
지. 현장을 활기차고 배짱 있게 취재한 기사. 그리고 가능하
다면 미술 작품의 복제. 물론, 잡지에 생명을 불어넣고 쾅
터지게 해야 하니 나도 기사를 몇 개 쓰려고. 이런 종류의
잡지가 필요하다는 생각은 하는데, 과연 진화할까는 의심

*미국의 시인으로 실험적인 텍스트와 시각적 시를 보여주었다.

스럽소.

2. 《토일렛 페이퍼 리뷰》

내가 두루마리 화장지에 타자를 치는 거요. (우리의 모토는, "똥만큼 관심은 있어!") 타자 칠 때 먹지 복사를 하고, 화장지를 보통 종이에 풀로 붙입니다. 그리고 내보내는 잡지 매호마다 미술 작품을 포함하고.

3. (무제) 하지만 매호를 오일파스텔로 그린 미술 작품과 함께 먹물로 일일이 써야 하겠지요. 매호 표지에도 원본 미술 작품을 실어요. 내가 굶어 죽을 형편에 타자기가 없었을 때 나는 손글씨를 무척 빨리 쓰는 법을 익힌 후 작품을 직접 잉크로 써서 보냈지. 필기체보다 활자체를 더 빨리 쓸 수 있어요. 아니 이전에는 그랬었지. [……]

아칸소에 사는 어떤 자식이 내가 그린 먹물 드로잉 백 점가량을 쓱싹해서 책에 싣겠다고 하더군요. 책을 광고해서 돈을 긁어모았다나. 이젠 내가 문의를 보내도 대답도 하지 않고, 몇 안 되는 내 독자들은 내가 망할 사기꾼이라고 생각하게 되겠지. 딱히 내가 신경 쓰는 면은 아니오. 길고 술 취한 밤들이었지. 해가 뜰 때까지 밤을 새우며 혼자 웃고, 술을 마시고, 부엌에서 발가벗은 채로 돌아다니면서, 온몸이랑 벽에 먹물 얼룩을 처발랐던 날들, 알잖소, 그런데 그 자식에게 그 밤들을, 그 그림들을 다 빼앗긴 거죠—그걸 묻어 버리고, 찢어버리고. 이 똥 같은 것 중 하나를 문간에 못 박 아놓고 초인종을 누르면 그들이 나왔다가 보겠지. 하지만 내가 그것들을 추적하려고 전국을 뛰어다니지 못한다는 건 그 자식들도 알고도 남을 거요. 차라리 다른 드로잉 백 점을

ELEVATOR

《광적인 시대의 원자 낙서》에 실기로 했던 이 드로잉은
책이 나오지 않자 결국 1971년 한 문학 잡지에 출간된다.

그리는 게 더 쉽지. 자, 이건 당신 파일에 넣을 또 하나의 슬픈 이야기요. 문학적인 유형은 절대 신뢰해서는 안 될 유형이라는 거, 기억해요. 개미 떼, 피그미 족, 손으로 해주는 예술가들, 빨아주는 놈들, 마마보이에 콧물이나 삼키는 녀석들, 그 모든 무리들—거의, 거의 다. 내가 8월이면 마흔여섯이 된다는 거 기억해요. 나는 고작 서른다섯에야 게임에 뛰어들었지만, 11년이나 있으면서 그런 꼴을 물리게 봐서 그들 모두에게 네이팜탄으로 키스를 날려줄 수도 있을 것 같소. 거의 그럴 뻔했지.

펄링게티는 1965년 《아르토 선집》을 출간했고, 1966년 초 부코스키는 주간지 《로스앤젤레스 프리 프레스》에 서평을 실었다.

[로런스 펄링게티에게]
1966년 6월 19일

[……] 음, 들어봐요, 샛길로 새려던 건 아니었습니다. 아르토로 말하자면, 그의 사상 중 많은 부분이 나 자신의 생각과 무척 비슷하다는 것을 알았죠. 사실, 내가 썼던 수없이 많은 행을 읽었을 때 그런 느낌을 받았어요—물론 헛소리지만. 하지만 나는 영 글을 못 쓰겠다, 라는 느낌이 들게 한 몇 안 되는 작가 중 한 사람이었어요. 이런 느낌을 받은 적

은 많지 않거든요.

프랑스 비평에 대해선 걱정 마요. 그 개자식들은 자동적으로 우리가 고지식하다고 치죠. 그놈들이 몇백 년 동안 달고 다니던 휘장이에요. 그건 마녀 사냥이고, 사악한 술수죠. 그건 최고의 책입니다. 당신의 최고, 다리와 눈이 달린 대형 망치죠.

그동안, 나는 산산이 부서진 내 불알을 손바닥으로 감추고 햇빛 아래서 바들바들 떨고 있습니다.

진과 베릴 로젠바움은 1966년부터 1968년 사이에 《아웃캐스트》 몇몇 호에 부코스키의 시를 싣는다.

〔존과 루 웹에게〕
1966년 7월 11일

그래, 로젠바움이 그에 대한 시가 실린 《올레》호를 받았다고 하더라고요. 나한테 편지를 썼던데. 여기 어딘가에 그 편지가 있는데.

하일 행크! 맥주 캔의 왕이시여,
내가 《아웃캐스트》 1호에 썼던 문학적 도전장이자 뛰어난 작품에 대한 답시로 당신이 《올레》에 발표한 시를 읽고 나는 기분이 나빠지기를 정말로 고대하고 있었습니다. 그래서 당신이 고작 '어이쿠'라고 했다는 걸 듣고 실망했지요. 너무 약해빠져서 어이쿠도 안 되고 방귀 정도 되는 게 아닌가 싶어서요. 내가 지루했던 건 당신이 그 상황을 그처럼 피상적으로 이해하고 있다는 게 아니라, 주먹에 힘이 빠졌다는 데 있어요. 사실상, 당신도 《그것은 두 손으로 내 심장을 잡는다》 이후에 효과적인 시를 쓰지 못했다는 걸 나만큼이나 잘 알고 있을 텐데요. 다음 두 시집에서는 홍보까지 준비해서 했는데도! 당신을 진정으로 숭배하는 사람들로서 우리 둘 베릴과 나는 이 몇 년 동안 당신이 오락적으로는 유명세를 얻었지만, 예술적으로는 하락세인 것을 걱정하고 있어요. 당신은 그런 분야보다는 더 나은 사람이라고 생각합니다. 우체국 보험 약관이 정신분석 상담료 50퍼센트까지 지원해주는 건 알아요? 당신이 어떻게든 마음속 갇혀 있는 걸 내보낼 수 있길 바라는 마음입니다. 우리는 《아웃캐스트》 다음 호에 당신의 강력한 작품을 원하고 그게 필요하니까요.

진

《아웃캐스트》 로고가 박힌 분홍색 편지지에 써서 보냈던데. 그들이 자기들 《아웃캐스트》 최근호에 내 시를 두세 군데 오타 내서 올렸어요. 내가 잘못 쓴 게 아니라 그들이 "오"가 들어갈 자리에 "에"를 넣거나 한 거요. 하지만 (다른 사람이 쓴) 다른 시들엔 오타가 없었소. 한도 끝도 없이 트집을 잡을 필요는 없겠지만, 또 한 번 이런 식으로 진이랑 스치는 것 자체가 혐오감을 남겼을 뿐이오. 어떤 시에 기분 나쁜 게 아니라 실망한 사람치고는, 편지에 얼마간의 노란 송곳니가 드러난 거지. 그 사람이 되받아치고 있다는 것을 눈치채기 위해서 정신과 의사가 될 필요도 없어요. 하지만 이 칠면조랑 실랑이를 벌이는 건 끝이오. 그건 그렇고, 다른 우체국 보험이 대여섯 있어요. 우체국에서 직원들이 사용할 수 있도록 허락해준 보험이죠. 보험액은 다 달라요. 심지어 "정신분석 상담료"까지 포함해도. 좋은 의사는 우체국 얘기를 꺼내길 좋아하죠—거기가 나를 죽이고 있다는 걸 알고, 그 사실에 기뻐하는 것 같아. 하지만 난 "당신이 그런 분야보다는 더 나은 사람이라고 생각한다"는 문장이 무슨 뜻인지 이해를 못 하겠소. 전혀 상관 없는 문장들 사이에 그걸 끼워 넣은 거 같은데. 정신이 나간 사람은 '나'뿐인가? 음, 음, 음. [……]

루종 출판사에서 내는 세 번째 부코스키 책이 67년이나 68년 초에 나온다는 생각을 하면서 간신히 이 거리에 쓰러져 죽지 않고 살아가고 있소. 그 책이 나올 거라는 막연한 가능성만으로 종이 벽을 뜯어버리지 않고, 내키지 않는 여자들과 침대에도 가지 않고 내 영혼과 주머니에 구멍이 난 채로 망할 경마장 게시판에 어린 태양 아래 돌아다니지 않을 수 있지. 음, 어쨌든, 이런 식의 징조를 일찍 받아내는 건 좋아요. 난 작품들을 모으고, 타자로 치고, 스무 개 넘는 문예지에서 수락 편지를 받을 수 있어요. 오늘 받은 우편물 중엔 내 작품을 좀 보자고 하는 유럽 잡지 두어 군데가 보낸 편지가 있어서 종이와 타자 자판 위에 닿는 손가락의 느낌이 좋군요. 《그것은 두 손으로……》에 쓴 것과 같은 작품을 쓰지도 않고, 같은 식으로 쓰고 있지도 않아요. 이게 몇몇 사람들 심기를 건드리는 모양인데, 하지만 내겐 정상적일 뿐이오. 내가 뭘 쓰든, 그게 좋든 나쁘든 나여야 하니까. 오늘, 지금 그대로, 현재 나 자신 그대로. 술 취한 방과 창녀의 시는 그들의 시대에는 모두 괜찮았지. 이제 그런 걸로 계속 계속 해나갈 수는 없어요. 미국인들은 언제나 붙잡을 수 있는 이미지를 원하죠. 딱지를 붙여 우리에 가둘 수 있는 무엇. 난 그런 걸 줄 순 없어요. 오후 4시 눈을 비비면서 안더나흐의 꿈을 꾸는 구멍 난 양말을 신은 이 영감을 그대로 받아들이든가, 아무것도 받아들이지 않든가. 그날 내가 쓰는 마지막 시는 그때 쓸 필요가 있었던 시인 거지. 나는 나 자신에게 이 정도 자유는 허용하고 있소. 〔……〕

아니, 〔존〕 마틴은 설교하는 경향은 없소. 나는 그 사람이 좀 더 자기답게 할 일을 할 수 있도록 노력하고 있지. 그 사람 인쇄업자는 정말 고지식해서. 마틴에게 언젠가 그 인쇄업자 얘기 좀 해보라고 시켜봐요. "씹할"이라는 단어가 들어간 내 시가 하나 있는데, 그 사람이 다른 건 다 식자를 해놓았는데, 그것만 빼놓았다지 뭐요. 그러면서 자긴 할 수 없다고 했다는데. 해본 적이 없다고. 마틴에게 자기들한테 작은 고무도장이 있으니, 그걸로 찍어 넣으라고 했다나. 세상에,

그 시는 실리지 못했소. 할 수가 없었으니까. 그 사람이 내 시를 갖고 "정말 가학적이다"라고 했다는군. 전지전능하신 주님, 세상엔 얼마나 재수 없는 반편이들이 넘쳐나는지.

[해럴드 노스에게]
1966년 8월 2일

[……] 그래요, 크릴리는 태평하게 무시하긴 어려운 사람이지. 그렇지만 그 사람이 필사적이 되었다는 생각은 듭니다. 마침내 싱크대에서 오줌을 싸는 여자를 보았다는 시를 썼잖아요. 오줌을 눈 게 아니라, 쌌죠. 그가 그 여자랑 떡 친 다음 오줌을 싸면서 얼굴을 붉혔죠. 물론 크릴리는 떡 쳤다는 표현은 안 썼고, 사랑을 나눈다고 했겠지. 하지만 그 시는 제대로 되지 않았어요. 당신도 알았겠지만, 그 사람 커브를 던지려 하면서 그런 녀석들 중 한 명이 되려고 했거든. 그건 말하자면, 내가 크릴리가 되려고 하는 거나 마찬가지로 나쁘죠.

나, 그네를 탄 그 애를 밀어준다
공원에서, 내 딸을, 하늘이 거기 있고
내 딸은 그네를 탄다, 그곳은 공원이었지,
그리고 언젠가, 나는 생각했다, 그 애가 하늘을 만날 때

내가 먼저

그렇게 해보겠지.

[마이클 포레스트에게]
1966년 후반

[……] 나는 돌에 새기고 있소. 그게 오래 가서가 아니라, 거기 돌이 있고 아내처럼 되받아치지 않으니까. 나는 돌에 새기고 있어요. 미래 세계의 선한 자들 두세 명이 나를 골라내서 웃을 테니까. 그거면 충분하지―나의 시대는 내게 이것조차 갖춰주지 못했거든.

나는 정말로 이렇게 생각해요. 내가 46년 동안 지옥 속에 살면서(혹은 살았지만) 화려하고도 하찮은 닭똥 영광 바퀴벌레 침 같은 사색과 (아마도) 내 왼쪽 엄지발가락 발톱 아래서 터져 나오는 웃음을 유지한 덕에 자살과 분투 사이 중간에 머무를 수 있었다고.

거긴 좋은 중간 지대요. 물론, 중간 지대는 강력하지도 않고 공적으로나 예술적으로나 거창하지도 (성공적이지도) 않고 사랑스럽지도 않지. 내 시 대부분은 내가 그저 방을 걸어 다니고 내 방과 나 둘 다 지금 여기 있어서 기쁘고/슬프다는(여기 적절한 표현이 없군) 것에 대한 이야기지. 나는 거의 모든 책들을 읽었는데 아직도 어디 있는 누군가가 이

말을 '내게' 해줬으면 좋았으리라는 생각을 하오. 니[체]든,
쇼펜[하우어]이든, 가식적으로 대중의 비위나 맞추는 산타
야나*든. 누구든요.

*스페인 마드리드 태생의 미국 철학자, 평론가, 시인. 미국 고전 철학의
선구자로 불린다.

1967

〔대럴 커*에게〕

1967년 4월 29일

〔……〕 내 말은, 내게 행위의 좋은 작품은 천지창조, 최
고의 여성 성기 속에 있다는 거요. 그걸로 떡을 치든, 바로
세우든, 쓰든, 색칠하든. 두 남자가 얘기하는 것만으로는 내
게 별로 소용이 없지.

시를 쓴다는 건 독특한 일이오.

이제 나는 내 똥에선 냄새가 나지 않는다고 생각하는 속
물은 아니고, 죽을 때까지 술을 퍼마시는 것과 나를 씹어 먹
는 일 사이에 있죠. 시간이 한두 시간 남아 있으니, 나 자신
의 방식대로 일을 하고 싶군.

그래서 난 시 낭독회를 하지 않소. 사랑에 빠져서 들어갔
다가, 겁에 질려 나오는 것 같은 곳이죠.

나는 항상 기본적으로 "외톨이"라오. 그런 사람들이 있어
요. 천성이 그렇든 정신분열증 때문이든 뭐든 사람들 사이
에 있으면 괴롭고 홀로 있어야 훨씬 기분이 나은 사람. **사랑**

---

* '포에트리 엑스/체인지(Poetry X/Change)'라는 소규모 출판사의 편집자.

해야 한다라는 게 요새 꽤나 대단한 일인 양 말하지만, 사랑이 명령이 되면 증오가 기쁨이 되지. 내가 설명하려는 건, 난 이제껏 낟알을 잘게 부수고 있는 거나 다름없었고, 당신이 찾아온다고 해서 뭐 하나 해결되지 않는다는 거요, 특히 내 위가 맛이 갔는데 칵테일 한 단지를 들고 오면. 나는 이제 거의 마흔일곱이오. 30년 동안 술을 마셔왔으니 병원을 드나들면서 남은 게 별로 없지. 불쌍한 척하려는 건 아니고. 그것만이 끽해야 요새 젊은이들이 지금 보고, 지금 이해할 수 있는 거라서(그리고 그들이 이해하지 못하는 건 많아). 나는 1939년을 돌아보았소. 전쟁은 좋고, 남은 것들은 아름답고, 뭐 그럴 시절. 헤밍웨이가 근사하게 보였을 때고 그 주위 사람들이 앞다투어 에이브러햄 링컨 여단*에 들어가려고 했을 때지. 젊은이들은 항상 들떠 있었소. 나는 아니었지. 그림 속 상황은 항상 변하고, 모든 예쁘게 보이는 해돋이를 향해 뛰어가다 보면, 수많은 모래 구덩이와 죽은 깃발 속으로 빨려 들어요. 인간은 할 수 있다면 자기 자신만의 개념들을 확실히 형성해야 해. 공원이나 어둠 속의 원숭이처럼 재잘대는 것으로는 그렇게 하지 못하겠지. 사실, 그렇게 할 만한 게 별로 없고. 나는 타자기로 그렇게 하지 못할 거고, 당신은 서점으로 그렇게 하지 못할 거요. 세상이 바뀐다면, 가난한 사람들이 너무 많이 섹스를 해서 망할 가난뱅

---

*스페인 내전에 참전했던 민간 자원 부대. 헤밍웨이의 《누구를 위하여 종은 울리나》의 배경이 되었던 부대이기도 하다.

이들이 너무 많아지고, 몇 안 되는 돈 많고 힘 많은 자들이 겁을 먹기 때문이겠지. 가난뱅이들이 충분히 많아지고 그들이 충분히 가난하면, 세계의 모든 선전 신문들이 그들에게 당신들은 운이 좋으며 가난은 성스러운 것이고 굶주림은 영혼에 좋다는 말을 하지는 못할 거요. 이런 사람들이 투표권을 가진다면 상황은 바뀔 것이고, 그들이 투표권이 없다면, 폭동이 좀 더 커지고 빨갱이처럼 되고, 뜨거워지고, 지옥 같아질 거요. 나는 정치적 신념은 없습니다만, 이 정도는 쉽게 볼 수 있소. 하지만 힘 있는 놈들도 영리해요. 그들은 가난한 이들에게 조금만 떼어주려고 하겠지, 그들을 붙들어놓을 만한 '구호품'을. 그리고 폭탄은 많은 것들을 해결할 수 있었소. 선택받은 자들이 할 일이라고는 우주에 숨을 공간이 생길 때까지 기다리며 그냥 흘러가도록 놔두는 거요. 제자리로. 그들은 위생사들이 그들의 뼈를 깨끗하게 문질러 닦아준 후에 돌아와요. 그동안 나는 타자기 앞에 앉아서 기다리지. [⋯⋯]

시의 형식에서 너무 많이 벗어나 움직이는 건 위험하오. 시-형식이란(망할, 이제 창밖을 내다보니 뭔가 택시에서 내리는데 와 와 와 와 노란색 미니스커트에 나일론 스타킹을 신고 여자가 햇빛 아래서 살랑살랑 걸어오는데 더러운 노인은 창문에 딱 달라붙어서 피눈물만 뚝뚝 떨어뜨리는군) 시를 이가 잘 박히도록 순수하게 유지하고, 만지기 부드러운 실크로 만들어주며 망가진 기타의 영혼에 나일론 스타킹 같은 것이 될 수 있게 해주지, 오 오 예. 그러나 이따금, 나는 시-형식에서 빠져나와 입에서 되는대로 쏴버려. 나는 그저 인간일 뿐이오. 어떤 케케묵은 철학자가 언젠가 말했듯이 "너무 지나치게 인간"인 것이지. 그러므로, 먼지에 싸여. 심지어 벌레도 교미를 하는데.

난 내가 퓰리처 상을 탄 줄 알았소. 지난해에 웹이 말해줬는데, 퓰리처 심사위원들이 그에게 연락을 해서《죽음의 손에 든 십자가상》이 퓰리처 상 후보로 올랐다는 거요. 뭐, 웹이 술에 취했었거나 다른 사람이 받았겠지. 아마도 자기가 예언자라는 것을 증명하기 위해서 운이 딱딱 맞아 떨어지는 론도 시를 쓴 어떤 뚱보 대학 교수에게 돌아갔으려나. 이봐요, 이거 어디서 그만둬야 하는데. 내가 술 취했다고 생각하지. 나 이틀 동안 맥주 하나 못 마셨다고. 좋아요. 어두워지네. 로스앤젤레스는 십자가고, 우리 모두는 여기 매달려 있소, 멍청하고 시시한 예수가 되어. 오후 6시. 라디오에서는 중국 음악. 정신은 말짱함, 말짱함, 말짱함.

───────────

〔로널드 실리먼*에게〕
1967년 3월

*미국의 시인이자 편집자.

〔……〕 비평 기사를 읽었소. 윈터스, 엘리엇, 테이트 등
등에 신비평주의, 신신비평주의, 샤피로의 요구, 그 모든
'케니언' 무리들, 그리고 '시워니' 무리들. 내 인생의 반을
그런 비평을 읽느라 썼는데, 내용은 가식적이나 문체는 어
쨌든 유쾌하더군요. 그리고 그들 중에서 제일 훌륭한 자들
이 "야생의 자유로운 수말 종마 속에서 찾을 수 있는 인간
의 위엄, 자기 존중, 일종의 자긍심"을 운문 속에 도로 넣으
려고 노력하고 있다는 말을 해주다니 참 친절하기도 하시
지. 그거 나한테는 말의 고무 똥구멍처럼 거짓말같이 들리
는 얘기지만, 그게 당신의 통찰이고 (혹은) 관점이라면, 당
신의 것이고 괜찮소.

"그 밖의 모든 것이 추하고, 치명적이라면, 아름다울 것이 우
리의 '의무'가 아닙니까?" 당신은 굵은 글자로 나한테 소리를
지르던데. 로널드, "의무"는 더러운 말이고 "아름다운"은 사
람을 깔아뭉개는 말이지. 당신은 먼지 나는 짧은 다리를 걸
어 누군가를 넘어뜨리고 싶은가 봅니다—그저 그 사람한테
"아름다워져라" 요구하면서.

───────────

〔존 베넷에게〕
1967년 9월

소규모 문예지 세계는 내게는 별로 건강하지 않은 동물

같소. 좋은 것 서너 개가 있지만, 그 후엔 아무것도 없지. 요전 날《그리스트》라는 어떤 잡지가 내 시의 단어를 "체스 (chess)"에서 "체이스(chase)"로 바꾸어버려서, 그 글 나머지를 보면 내가 마치 동성애자처럼 보이더군. 그들이 지들 동아 리를 만들고 지들 방식대로 하는 건 좋은데, 어째서 나까지 끌어들이려 하는 거지? 어쨌든 기분이 좋지 않아서, 그 사 람들에게 편지를 썼소. 그리고 내 시를 받아준 잡지가 열 군 데 정도 있긴 했는데, 그중에서 딱 하나만 나왔고 나머지는 절대로 작품을 돌려주지 않더군. 난 사본을 보관하지 않아 요. 내 작품이 그 정도로 값지다고도 생각하지 않고. 그렇지 만 그건 역겨운 일 아니오? 고매한 이상의 소규모 잡지 인 간들이 알고 보면 고작 얼간이, 동성애자, 고행수도자, 개 판, 가학성애자 등등이라니. 문제는 이런 녀석들 대부분이 무척 어리다는 거요. 소규모 잡지가 걔들한테는 무척 극적 인 걸로 보이겠지. 예술, 구시대의 장벽을 깨고, 용맹한 행 동에 만세, 등등. 하지만 애초에 이런 놈들 대부분이 형편없 는 편집자고 돈도 없고 어쨌든 그걸로 짜고 치며 돈이나 좀 나올까 하는 인간들이야. 걔들 대부분은 일을 싫어하고, 작 가로서도 형편없죠. 그러다가 지쳐버리면 다 망해버려라 하 지. 나는 시와 드로잉 모음 한 권을 그런 똥 같은 놈들에게 잃어버렸어. 시가 300편은 들어 있을 텐데. 가끔은 차라리 전화 회사, 가스 회사, 경찰을 상대하는 게 더 낫겠다 싶소.

[로버트 헤드*에게]
1967년 10월 18일

[……] 반전 시로 말하자면, 나는 오래전부터 반전주의
자였어요. 그때는 반전운동이나 거기 참여하는 게 그다지
인기도 없던 때였는데. 아주 외로운 상황이었지, 2차세계대
전 때는. 지성적이나 예술적 관점으로 보면 좋은 전쟁과 나
쁜 전쟁이 있는 것처럼 보이는데. 나에겐 나쁜 전쟁밖에 없
어요. 나는 아직도 반전주의자이고, 그 밖에 수도 없는 것들
을 다 반대하지. 하지만 다른 상황도 아직 기억합니다. 시인
들과 지성인들이 어떻게 계절처럼 싹싹 바뀌는지. 그리고
어떤 신뢰와 입장이 주로 내 안에 잠들어 있는지, 내게 남아
있는 게 뭔지. 그래서 지금 길게 줄지어 선 시위대를 보아
도, 그들의 용기는 그저 반쯤 유행에 휘말린 용기라는 걸 알
죠. 적당한 동료들과 올바른 일을 하는 거지. 지금 그건 무
척 쉽잖소. 하지만 내가 2차세계대전 당시 감방에 던져졌을
때 그들은 대체 다 어디 있었지? 그때는 너무너무 조용했
거든. 난 인간이라는 짐승을 신뢰하지 않소, 헤드. 그리고
대중도 싫어해. 난 내 술을 마시고, 타자기나 두드리고 기
다리지.

*미국의 시인으로 1967년 당시 베트남 참전에 반대하며 정부의 정책과 사
회 위선을 비판하는 주간 지하신문 《놀라 익스프레스》를 출판했다.

[해럴드 노스에게]
1967년 10월 21일

　[……] 추신. 어쨌든, 앨런 긴즈버그에 관해 썼다가 망친 편지 있잖소. 그가 대중이 준 책임을 (오래전에) 받아들였다는 건 확실하오. 그건 나쁜 상황이지. 대중은 일단 책임을 넘겨주고 내가 그걸 받아들이면, 그다음엔 나한테 똥을 싸거든. 하지만 앨런은 이걸 몰라요. 그는 자기가 그 위로 기어 올라갈 만한 용기가 있다고 생각하지. 그러지도 못하면서. 그 친구 턱수염이 너무 튀어서 인물을 살려주는 면이 있는데, 그렇다고 턱수염으로 시를 쓸 순 없잖소. 그가 스스로 주장하는 신이자 **지도자**로서 나라는 것들도 그저 지루하고 의욕만 넘치지. 그런 다음에는 리어리와 밥 딜런 같은 신문 1면에 나는 사람들에게 달라붙어서는. 영 행보가 나쁘죠. 이 모든 게 너무 뻔한데, 아무도 뭐라 말을 안 해요. 사람들은 크릴리를 약간 두려워하듯 앨런을 약간 두려워하니까(크릴리를 좀 더 두려워하긴 하지만). 이거 이 분야의 낭비요, 약간 공포 영화 같달까―정말로 웃고 싶지만, 공기에서 썩은 내가 나. 이 모든 비틀리고 극악한 일은 미합중국이어서 그렇다고 생각하지만 확신은 못 하겠군. 맙소사, 유럽인들도 이처럼 엉망진창인가? 그 사람들도 그럴 거 같긴 한데, 이처럼 일관적이고 정확하진 않겠지.

〔해럴드 노스에게〕

1967년 11월 3일

〔……〕 전체적으로 《에버그린 리뷰》와 펭귄 출판사는 좋소. 엉터리들과 얼간이들이 '완전히' 공을 차지하지 못하게 하기 위해선 햇살 정도는 참아내야 하는 거지. 그래도 우린 우리가 어디 출신인지, 그게 뭔지는 기억하고 있어야 하오. 머리는 원래 자리에 남아 있어야 한다는 거지. 챔피언이란 '다음' 경기까지만 유효한 거요. '지난' 챔피언이라고 해서 첫 라운드를 무사히 끝낸다는 법도 없지. 글쓰기는 어떤 형태의 살아남기요. 음식, 죽, 술, 화끈한 섹스. 이 타자기는 정화하고 갈아대고 안정시키고 기도하지. 아무도 나에게 대통령에 출마해서 "모든 이에게 마리화나를"이라는 구호를 외치며 단상에 서라고 부탁하지 않겠지. 형편없는 일자리를 신물 나게 전전했거든. 그들이 신성(神性)을 원한다면, 자기네 동네 교회에 가면 될 거 아니오. 내게 필요한 건 타자기 리본과 종이, 먹을 것과 머물 곳이면 그만. 될 수 있으면 거리를 내다보는 창문이 있고, 복도를 나가야 변소를 갈 수 있는 곳이 아니면 좋겠지. 허벅지가 쓱쓱 흔들리는 예쁜 다리와 가끔씩 들이대는 엉덩이가 있는 집주인 여자면 더 좋고. 나한테, 가끔씩만.

［해럴드 노스에게］
1967년 12월 1일

오늘 내 짧은 시가 실린 《에버그린 ［리뷰］》 50호를 받았소. 한참 뒤에 실려 있더라고, 유명한 사람들한테 밀려서. 이런 사람들이지, 테네시 윌리엄스, 존 레치, 르로이 존스, 칼 샤피로, 윌리엄 이스트레이크…… 하지만 글들이 다 형편없었소, 내 거랑 히스코트 윌리엄스가 쓴 정말 좋은 희곡 《지역의 낙인찍힌 자들》 말고는. 에든버러의 트래버스 극장에서 초연된 작품이라나 뭐라나…… 어쨌든 좋은 글이었소. 하지만 레치 작품은 너무 형편없고, 윌리엄스와 샤피로 작품도 그만큼 형편없었지. 하지만 나는 오래전에 이런 것들을 배웠어요—지금 유명한 사람들은 한때는 좋은 글을 썼고, 이제는 더 이상 좋은 글을 쓰지 않아도 그 이름과 상표를 매달고 행세하고 다닌다는. 그러면 대중이나 잡지나 그들의 똥이라도 먹으려 들걸. 신들은 나를 유명하게 만들어주지 않았으니 축복한 거요. 나는 아직도 대포에서 말들을 쾅쾅 쏴대니까—이게 축 늘어진 물건에서 찔끔찔끔 싸는 것보다야 훨씬 낫지. 그렇지만, 어쨌든, 《에버그린》에 실린 건 내게 좋은 일이었지. 모든 것이 별거 아니고, 별거 아닌 일이 대단하다는 걸 가르쳐주었고, 신발이 있으면 신발끈을 매야 하듯이 만들어야 할 게 있으면 자기만의 마술을 부려야 한다는 것을 가르쳐주었으니. 거기 내는 더 긴 투우(鬪牛) 시는 신경이 좀 더 쓰여서, 마음속에서 나올 때 제대로 나오길 바라고 있소. 《에버그린》의 핵심은 이전에는 절대 닿을 수도 없었을지 모르는 사람을 흔들어 깨울 수도 있다는 거요. 하지만 이건 약간 삼천포로 빠진 이야기고, 요는 물론 고기에 소금과 후추를 쳐서, 모양이야 어쨌든 스며들게 한다는 거요. 거기에 기본 진실들이 있어요, 가끔은, 내 생각은 그렇소. 그리고 대체로 우리는 그걸 잊어버리지. 아니면 둔해지든가 혹은 팔아버리든가. 아마도 내가 《에버그린》에 대해 이 헛소리들을 쓰고 있는 건 내가 그들의 매끈한 페이지 안으로 끼어 들어가기 위해 좋은 작가 행세를 하는 데 대한 양심의 가책과 공포를 느끼기 때문인지도 모르겠군요. 한편으로는 맛있는 사탕이 가득 든 커다란 양말을 열어보는 아이의 크리스마스 즐거움 같은 것도 있소. 좋거든. 어쨌든, 시가 끝난 후에는 싸구려 외판원일 뿐인데, 《에포스》보다 《에버그린》에 나온다고 하면 누가 마다하겠소? 어쩌면 정말 훌륭한 인간은 아직 오지 않았는지도 모르지. 어쩌면 우리는 모두 아직 번데기 상태인지도 몰라요. 그리고 더 심각하게는 때가 되기도 전에 고치를 빼앗길 거라는 거요. 아. 음. 나는 확실히 90일 동안 바다에서 잠도 자지 못하고 있다가 뭍에 막 내려서 작은 눈이 휘둥그레진 무식한 뱃놈 무리의 약점을 모두 갖고 있소. 뭐, 나는 예수님 같은 피조물인 척은 하지 않겠소. 어쨌든 예수님 같은 피조물이 되어봤자 고양이 똥만도 못하니. 그렇게 생각 안 해요?
내 생각은 그렇거든.

1968

[잭 미셸린*에게]
1968년 1월 2일

[……] 그래요, 당신 말이 맞소. 시 세계란 비단 같고, 부드러운 가짜들이 지배하고 있지. 《포에트리》(시카고)는 이전엔 좋은 잡지였는데, 이제는 말랑한 가짜 시인들, 사기꾼들의 본거지인 데다 거짓말 기계가 되었죠. 하지만 그들이 우릴 감시하고 있으니까—그들은 찾아와서 초인종을 누르고, 이 생물을 보면서 어떻게 했나 알아보고 싶어 해요. 하지만 아무것도 보지 못하지. 그들이 볼 수 있는 건 숙취에 절어 소파에 누워 있는 눈 빨간 방귀쟁이뿐. 길거리 신문배달 소년처럼 말하는 인간. [……]

유명세＋불멸은 다른 사람들을 위한 사냥감일 뿐이오. 우리가 거리를 걸을 때 알아보는 사람이 없다고 하면, 그게 우리 행운이지. 다음번에 자리에 앉았을 때 타자기가 작동하는 한은.

내 딸은 나를 좋아하고, 그것만으로도 과분해요.

*미국의 시인이자 화가로 비트계 시인의 일원. 샌프란시스코 일대에서 활동했다.

〔찰스 포츠*에게〕
1968년 1월 26일

〔……〕난 **행동**을 좋아하지. 내 말은, 어떤 잡지들은 얼마나 늦게 움직이는지 알잖소. 꽉 막힌 데가 있지—하품, 하품, 아, 어머니, 왜 그래요? 알잖아요. 그들 중 많은 사람들이 기부나 기적을 기다리고 있는 것 같소. 아무것도 오지 않는데. 얼굴 쳐들고 밀치고 나아가는 게 나을 거요. 그게 내가 《오픈 시티》**에 일주일에 한 번 칼럼을 쓰는 한 가지 이유요, 이제까지는. **행동**, 그건 타자기에서 튀어나와 페이지로 옮겨 가는 거요. 그걸 〔존〕 브라이언에게 줬더니, **쾅 폭발**합디다. 어떤 것이 즉각적이라고 해서 군이 언론이라고 할 필요는 없어요. 형편없는 예술과 좋은 예술은 동시에 창조되니까. 내 말은 시간이라는 요소는 그것과 아무 상관이 없다는 거요. 이걸 잘 설명하진 못하겠군, 오후 5시 경기에 가야 해서.

*블랙마운틴 사조 계열의 미국 시인, 반문화 운동가. 《리트머스》라는 문학 잡지를 창간했다.
**아방가르드 저널리스트 존 브라이언이 1967년 창간해 주간으로 발행한 지하신문. 부코스키는 여기에 칼럼 〈더러운 늙은이의 편지〉를 연재했고, 1969년 같은 제목으로 작품집을 출간했다.

1967년, 부코스키는 국립예술지원재단기금에 지원했으나 받지 못했다.

[해럴드 노스에게]
1968년 4월 20일

[……] 피곤하게도 기금을 다시 신청해보려고 캐럴린 카이저에게 백지 지원서를 한 장 더 보냈소. 기금 받은 사람들 얘기를 들었는데, 별로 대단하지 않은 사람들이던데―내 말은, 재능 면에서. 또, 지원도 안 했는데 기금 받은 사람들이 있다고, 그들 중 어떤 사람은 거절했다 하고. 나처럼 굶어 죽거나 미칠 지경은 아닌가 봅디다. 거의 그 끝에 가까이 온 건 아닌 거지. 뭐, 친애하는 캐럴린에게는 아무 답이 없지만, 시간이 걸리겠지요. 하지만 다른 땐 답변을 금방 들었는데. 친절하고 긴 편지를. 어떻게 된 거지? 우리가 전혀 모르게 땅 밑, 땅 위에서 일어나는 일들이 궁금하군. 내 등에 분필로 X자가 쓰인 게 아닌가 싶소. 나는 도살자 앞에 누울 준비가 되어 있지. 요전 날에는 FBI가 근처에서 어슬렁거리면서 내 집주인과 이웃들에게 나에 대해 물었다는데. 집주인이 말해줬소. 난 집주인하고 그 아내와 같이 술을 마셔서, 말이 통하거든. [더글러스] 블라젝이 일이 년 전에 말해줬었는데, FBI가 그 사람에게 접근해서 나에 대해 물었다

고. 알고 있었어요, 국립재단이 정부 후원을 받는 거? 그래
서 캐럴린이 아무 말 없는 건지도 모르겠고, 내가 당신 신세
도 조졌는지 모르겠군. 어떤 거물이 길고 어두운 방의 커다
란 탁자 끝에 앉아 불을 침침하게 깔고 나를 면담했다는 말
을 했던가. 진짜 카프카-나치 같은 일이었지. 그 사람들은
〈더러운 늙은이의 편지〉라는 내 칼럼을 좋아하지 않는다고
하더군. 그래서 내가 물었지, "이젠 우체국 간부들이 새로
이 문학평론가 역할까지 한다고 전제하고 글을 써야 하오?"
"아, 아뇨, 우린 그런 뜻은 아니었습니다." 개뿔. 그러더니
나한테 이러더라고, "당신이 시와 시집에만 전념했더라면
괜찮았을 텐데요. 하지만 이건……" 그러더니 신문과 내 칼
럼을 톡톡 두드리면서 나머지는 말하지 않더군. 그들을 열
받게 한 건 그저 글 그 자체였소. 하지만 나는 심지어 음란
한 표현조차도 쓰지 않았다고. 그 사람들은 나를 무슨 죄로
옭아매야 할지도 몰랐지. 우리는 악수를 나누는 사이지만,
내가 한 번 삐끗하기를 기다리고 있소. 그러기만 하면 들어
와서 내 목을 부러뜨리겠지. 그동안 그들은 내가 편집증에
걸려서 창문으로 뛰어내리거나 내가 받은 행운들을 화장실
변기에 넣고 내려버리길 바라고 있소. 젠장, 내가 하고도 남
을 일들이지. 그래도 나는 몇몇 사람들에게 그 사람들이 원
하면 나를 보내버릴 수도 있다고 말했지. 그랬더니 놀랍던
걸. 몇 사람에게 말했는데 더는 그 사람들에게서 소식이 없
었소. 내가 알아낸 바로는, 대부분 사람들 속마음 깊은 곳은

다 똥 같은 거요. 나는 거리 모퉁이에서 차에서 쫓겨나는 매독 걸린 빨강머리고.

———————————

[d. a. 레비*에게]
1968년 7월 16일

　[……]《불교도의 [3급 정크메일] 신탁》소포를 오늘 받음. 무척 고맙더군. 종이에서는 나름대로 독특한 냄새가 났소. 내가 발견한 것을 당신도 발견했을 것 같은데―그 시 게임은 우리가 이제껏 작업해온 대로 괜찮았소, 하지만 꽉 막힌 데가 너무 많아서. 시의 반은 절대 출판되지 않고, 피오리아 하이츠에 살면서 하품이나 해대는 저 하찮은 사람들이 읽고 그냥 잊어버리겠지…… 그건 그렇고, 이런 매체는 보고 느낄 수 있는 즉각적 행동을 취하는 것들이오…… 그리하여 그 안으로 다시 또다시 들어갈 수 있지…… 세상에 어떤 놈이 썩어가며 가만히 기다리고 싶겠소???? 우리는 모두 손으로 일하지…… 모든 걸 셈에 넣어야지.

*미국의 시인이자 대안 출판 운동가. 1968년 11월 총으로 자살했다.

1969

돔브로스키는 휴 폭스가 쓴 《찰스 부코스키: 비판적 전기 연구》를 1969년에 출판했다. 이는 부코스키 작품에 관한 최초의 긴 연구서였다.

〔제러드 돔브로스키에게〕
1969년 1월 3일

〔······〕 나에 관한 폭스 책으로 말하자면, 괜찮소. 나는 그 남자와 며칠 밤 정도 술을 같이 마신 적이 있지. 이건 냄새 나는 험담이긴 한데, 그 친구 내 타입이 아니더군. 그 사람 대학물 먹은 데다 자기 강의를 똘똘 뭉쳐놓은 공 속에 갇혀 있었어요. 어쩌면 내가 분개한 건 우리가 술 마시던 밤에 그 친구가 혼자 얘기했다는 것 때문인지도 모르겠소. 그리고 하는 얘기라고는 경계심 어린 분개심을 형편없고 버릇없으며 부드럽고 심드렁한 버터볼 형태로 만들어 확장한 이야기와 아이비리그 영어 수업 2를 가르치는 사람을 푸대접한다는 게 대부분이고······ 일리아드는 가르치나, 자기는 섹스를 못 하는 거지······ 일주일에 5달러짜리 방이나 공원 벤치, 혹은 구호 단체에서 사는 자들이 이 얘기를 들으면 무

슨 생각을 했을까 궁금하더군.

알겠지만, 이제까지 주된 문제는 문학과 삶 사이에는 커다란 차이가 있다는 데 있었소. 그리고 문학을 쓰는 자들은 삶을 쓰지 않고, 삶을 사는 자들은 문학에서 제외된다는 것. 물론 수 세기 동안 돌파구가 있었어요. 도스[토옙스키], 셀린, 초기 시절의 헴[밍웨이], 초기 시절의 카뮈, 투르게네프의 단편들, 그리고 크누트 함순―그중에서도 《굶주림》, 카프카, 그리고 혁명 전 살금살금 돌아다니던 고르키…… 그 외 몇 명들…… 하지만 대부분은 끔찍한 똥 봉투였소. 하지만 1955년 이후로 이 똥 봉투와 비슷한 것들이 나타나기 시작했소. 물론, 우리는 그때 이후로 유령처럼 보이지 않는 똥덩어리를 맞고 (공공연하게) 삼켰지. 하지만 이제 우리는 거푸집 상태에 있고 별로 돌파구가 없어요. 좋은 작가들은 모두 끝장나게 잘 쓰긴 하지만, 서로 되게 비슷하지 않나. 그러니 이젠 우리는 또 다른 유동 상태에 있는 게 아닐까????…… 거인은 없는 거지.

뭐, 어쩌면 우린 거인이 필요하지 않을지도 몰라요. 어쨌든 거인들은 우리가 거스름돈을 못 받는 꼴을 당하도록 놔두는 것 같으니까. 어쨌든 그러고 나서 난 유능한, 심지어 '인간적인' 작가에게 완전히 물려버리고 있소. 대답은 저 살라미 같은 하늘 어딘가에 있겠지. 달 주위에서 갈팡질팡하는 저 백치들 말고 정신을 말하는 거요. 달에 대한 첫 번째 잔혹 행위, 첫 번째 전쟁은 오래지 않아 올 거요. 어쩌면 첫 번째 공격은 그 미답의 영역에 인간의 발을 올려놓는 것일 수도 있지.

뭐, 폭스가 쓴 내 책에 대해 물었지. 솔직히 듣고 싶소? 그건 지루하고 솔직하고, 학구적이고 용기가 없더라고. 지루한 백합 받침에서 뛰어다니는 개구리 같은 교과서였어. 지루하다고. 두 번이나 말하겠고. 세 번도 말하지. 지루해, 지루해, 지루해. 시-메시지라든가 힘은 이건 여기 거고 저건 저기 거고 같은 엄마가 가르친 형식에 갇혀 완전히 무시되어버렸지. 이건 이 사조고, 저건 저 사조고. 좆까라 그래. 나는 초등학교 시절부터 대학 때까지 줄곧 괴롭히는 놈들이랑 싸워야 했어요. 그 애들은 나를 따라다니며 비웃고 대들었지만 항상 한 명 이상이었고 나는 한 명이었지. 그들은 내 안 어딘가에 무언가가 꽉꽉 들어 있는 걸 알았소. 그들은 그걸 싫어했어요. 지금도 그렇고.

———————

베르지는 자신의 시를 부코스키와 네일리 체르콥스키가 1969년부터 1971년까지 공동 편집한 《래프 리터러리 앤드 맨 더 험핑 건스(Laugh Literary and Man the Humping Guns)》에 제출했다.

[캐럴 베르지에게]
1969년 2월 25일

아, 망할, 캐럴, 이것들은 되게 별로요. 난 여기 술 취한 채로 앉아 있고, 비가 며칠째 내리고 있고, 그리고 이것들은 되게 별로요.

〈가장자리〉는 그나마 합격선에 가장 가깝고 행 몇 개가 좀 나쁘군.

〈부드러운 손의 악수〉

〈연약한 구실〉

〈복수의 칼〉

대체 이 허접한 거 뭐요, 캐럴? 대체 어떤 허접쓰레기를 나한테 보낸 거요?

그나마 반송 봉투도 안 넣어놓고?

〈가장자리〉가 그나마 제일 나아요.

하지만 마지막 행이 끔찍해. 19세기 프랑스 문학적 낭만주의랄까. 무슨 쓰레기인지. 당신도 이건 알 거요.

난 좋은 잡지를 낼 거요. 그렇게 한다는 건 가끔은 잔인해진다는 뜻이고, 잔인해진다는 건 가끔은 옳은 말을 한다는 뜻이죠.

토머스는 1966년 객원 편집한 《노트 프롬 언더그라운드》 2호에 부코스키 시를 두 편 수락한 후 그와 친구가 되었다.

[해럴드 노스에게]

1969년 2월 26일

〔……〕 명예롭고 명예로운 존 토머스, 출신 좋고 책 많이 읽고, 너무 많이 읽은 것 같기도 한데 그자가 그 후에 무척 엄숙하게 내게 이러더군. "당신은 술에 취했을 땐 지루해지더라고, 부코스키." 그는 늘 우리가 무슨 관중 앞에 있어서 신원을 반드시 밝혀야 한다는 듯 나를 꼭 부코스키라고 부르지. J. T.는 항상 머릿속에 말과 생각이 가득 차 있고, 무척 잘 조직되어 있지만, 잔잔해, 잔잔한 예술이지. 힘이 있고 조직은 잘되어 있지만, 잔잔해. 반짝거리는 삼각대 위에 얹어 소중한 총알을 쏴대는 망할 기관총. 파운드, 올슨, 크릴리가 하듯 똑같은 마른 모래지. 하지만 그래도 난 그 친구 말을 들었소. 그 친구는 사악한 방식대로지만 유머가 있었거든. 술에 거나하게 취해서, 내가 그 친구에게 인생은 정말로 끔찍한 거고 사람들, 구조, 막다른 길, 아수라장이라고 하자 그 친구가 그러더군. "자넨 인생이 아름다워야 한다고 말하는 어떤 '계약서'에도 서명하지 않았잖아, 부코스키." 그러더니 의자에 등을 기대고 입술을 약간 핥더라고. 그 친구는 자기 혀와 입술과 물건으로 먹고사는 인간이야. 그가 턱수염을 길게 기르고 큰 엉덩이에 청바지를 걸치고 돌아다니는 동안 정말 예쁜 여자가 그를 먹여 살려. 이건 존경할 만한 점이지. 사소한 의미로는 멸시할 만한 점이고. 내가 그 친구에게 당신을 생존 시인 중에는 가장 위대한 시인이라

고 생각한다고 했더니 그 친구 약간 코웃음을 치며 일어나서는(속으로는 그런 말 해주길 무척 바랐으면서) 크릴리인지 올슨인지가 쓴 정말 끔찍한 시를 읽어주지 뭐요. 나는 그냥 앉아서 들으면서 아무 말도 하지 않았지. 하지만 글쓰기 자체는 정말 평범하고 수학적이고 기계적이고 힘들어서 늙은 턱수염은 마침내 자기도 한숨을 쉬고 의자에 앉더니 나를 빤히 보더군. 토머스와 친하게 지내면서 그 친구가 가진 총을 다 쏘게 놔두는 것도 괜찮소. 나는 천천히 생각하면서 그의 작품을 듣고 마침내는 이렇게 말하겠지, "잠깐만." 그런 다음 뭔가를 말하겠지. 답변으로. 변호가 아니라 단순한 피곤함에서 우러난 말을 할 거야. 그러면 그가 말할 거요, "아, 오제니우스 오르메구스가 기원전 200년에 사이클로피안 전쟁 전 아테네 외곽의 막사 영지에서 제자들을 모아놓고 이렇게 말했지." 하지만 적어도 토머스는 좀 시원하게 긁어주는 건 있소. 영문학 교수들은 그냥 여기까지 와서 내게 아첨을 하거든. 그들은 모두 똑같소. 키가 크고 말랑하고 호리호리한 뚱덩어리들. 인생에 관한 거친 작품을 쓰려고 하지. 맙소사, 일 년에 세 달은 끔찍한 장편소설들을 쓰고 자는 나를 깨워서 자기 시들을 보여줘. 거친 남자들의 작품이지. 그래놓고 맥주를 나눠 마시고 나를 빤히 보면서 내가 왜 이렇게 살이 찌고 피곤하고 마르고 지치고 아프고 화나고 지루하고 관심이 없는지를 궁금해하지. 아니면 다른 유형들도 있소, 캘리포니아 해안에 집이 하나 루이지애나에 집이 하나 있는 속물적인 부자 유형. 그들은 말하지, "가정이 사람을 가난하게 만들고 모든 자원을 다 빼 간다"고. 그러면서 내 편지를 베낀 현대 소설을 쓰고 편지를 돌려달라고 말해도 내가 살아 있도록 계속 도와준다면서 돌려주지 않을 거요. 나는 고작 집세나 내겠지. 그러면 운이 좋은 거고. 집세를 내는 한, 이 엉터리들이 영어 수업 1이나 2에서 학생들에게 무슨 말을 하겠나? 그거 정말 구역질 나지…… 박사학위가 있는 이 자식들은 끼니를 걸러본 적도 없고, 술에 취해 바닥에 굴러본 적도 없고, 가스를 틀어본 적도 없고, 명성이나 불꽃 없이 세 시간을 버텨본 적도 없고…… 그들이 그런 애들에게 뭔 말을 하겠냐????? 무슨 말을 할 수 있겠어? 아무것도 없지. 그래, 그래서, 모든 이들이 무척 쿨하고 지적으로 보이는 거요. 이게 낭비된 수백 년의 얼굴이고 생선 비린내지. [……]

당신이 얼마나 글을 잘 쓰는지 아무리 얘기해도 질리지가 않으니, 당신도 이에 익숙해져야만 할 거요. 나는 모든 모든 거의 모든 글쓰기를 혐오하지. 시,* 누군가에게 잘한다고 칭찬해주는 건 참 좋은 일이오. 러시아 작가 도스가 잘했지. 투르게네프가 체호프보다 잘했고. 둘 다 문체적인 면에서는 너무나 많이 똥을 싸긴 했지만. 헴은 딱 맞는 문체는 있지만 작품 전반부에만 너무나 많은 피를 쏟아부었어서. 당

*Si. 영어의 'yes'에 해당하는 스페인어.

신은 유일하게 정교하고 매혹된 사실주의자로, 순수한 노
스 문체라고 할 만한 게 있지. 어째서 W. C. 윌리엄스가 당
신을 물어뜯는지 이유를 알아. 당신은 그의 입에서 주둥이
를 떼어내버린 거요. 그 친구도 서너 작품은 괜찮아요. 당
신이 단순히 꾸준히 근사하고 불멸의 작품을 써낸 거지. 당
신 작품을 읽을 때마다 내 글도 점점 나아져요. 당신은 내게
빙산을 헤쳐 나가고 매독에 걸린 창녀들을 차버리는 방법
을 가르쳐줘요. 이것도 좋은 표현은 아니지만, 내가 무슨 말
을 하려는진 알 거요. 망할, 노스, 나는 지금 당신에 관해 쓰
다가 감자튀김 한 쟁반을 다 태워버렸소! 종일 굶었는데, 맙
소사, 으윽, 이제 이틀째인가. 게다가 밖에선 어떤 술주정뱅
이가 뒤집힌 쓰레기통을 두드리고 있어서 곧 우리 모두 감
방에 가게 생겼소. 곧 우리 모두…… 잘게 잘라 식초에 절
인 비트 통조림이 될 거요. 아, 맙소사, 젠장맞을 아 맙소사,
이게 무슨 함정이야…… 하지만 나는 계약서에 서명하진 않
았잖소? 그렇지 않아? 그리고 "계약"이 뭐람?
　　:그들의 언어지.

———————

피카소는 부코스키의 시를 자신의 문예지에 싣지 않았다.

〔팔로마 피카소에게〕
1969년 후반

개인적으로 편지까지 보내줘서 고맙습니다. 어쨌든 작품을 보낼 작정이긴 했지만, 당신에게 오줌을 뒤집어씌우고 싶진 않았죠. [싱클레어] 베일리스*가 당신의 프로젝트에 대해서 말해주었고, 저는 제 시시한 잡지 《래프 리터러리》에 실렸던 그의 시 세 편이 글쓰기의 방식, 형태, 유머, 생명력과 흐름 면에서는 몇 년 동안 본 중에서 제일 좋다고 생각했습니다. 당신도 싱클레어를 아시겠지만, 저도 나름대로의 문제가 있거든요. 저는 버로스가 걸어 다니는 신 같은 존재는 아니라고 생각하는 몇 안 되는 사람 중 하나죠. 그의 오려붙이기와 테이프 형태의 배열은 그저 안전하고 안정적으로 사는 남자가 게토에 질려서 보여주는 재주넘기라고 생각합니다. 이 계산기 회사에서 재산도 물려받고.** 인생 참 쉽기도 한데, 그렇다고 내가 쌍년처럼 행동해서는 안 되겠죠. 나는 그와는 거리가 멉니다. 그래서 나는 지금 하는 말을 하는 거고, 항상 그렇게 해왔죠. 그래서 난 내 피부병 같은 정신이 제멋대로 굴러가게 놔둡니다. 오래전 뉴올리언스의 뒷골목에서 5센트짜리 캔디바를 먹으면서 살아갈 때 언제나 내 마음이 마음대로 굴러가게 놔둬야겠다고 결심을 했어요. 이건 "미치광이"가 되겠다는 뜻은 아닙니다만, 뭐 그럴지도 모르죠. 어쨌든 나는 여기 지금 새벽 2시에 쿵

*남미의 비트 계열 시인.
**비트 시인 윌리엄 버로스는 미국의 계산기 회사 '버로스' 설립자의 손자이다.

쿵대며, 죽은 부모가 생일 선물로 준 타자기 책상에 앉아 갈라진 책상 전등을 양쪽에 두고 공짜로 얻은 타자기를 치면서 19달러 주고 싸구려 잡화상에서 사 온 라디오에서 나오는 형편없는 피아노 음악에 귀를 기울이고 있어요. 나는 여기 와서 동봉하는 시에서 형편없는 행 서너 줄을 꺼내느라 또다시 직장에서 그냥 나왔고, 지금은 (맥주를 병으로) 열한 병 마시고 취해서 지껄이고 있습니다. 하하, 어디까지 했더라요?

아.

그래서 지난 두 주 동안 이 새 시를 썼습니다. 한 사람이 두 주 동안에 좋은 시를 단순히 너무 많이 쓸 수는 없겠죠. 나는 그런 건 믿지 않습니다. 나는 뭐가 되었든 필수적인 게 필수적이라고 믿고, 그건 당신에게 달렸죠. 운이 나쁘든 좋든 나는 날이 지날 때마다, 해가 지날 때마다 내 힘을 점점 더 느낍니다. 물론, 가끔 소강상태가 있어서 그때 되면 진정으로 자살해버릴까 생각도 하고, 아주 코앞까지 가기도 합니다. 특히 숙취가 있을 때는요. 하지만, 그건 아마도 우리 대다수에게 몹시 일반적인 일 아닐까요. 아, 브람스가 나오는군! 젠장, 이 사람이 이렇게 형편없는 피아노 곡을 쓴 줄은 몰랐네…… 아, 알고 계실 만한 다른 얘기로는—에즈라 P.를 싫어합니다. 그냥 《캔토스》를 읽을 수가 없어요. 그걸 읽으면 머리가 아파서, 잘 내려가지가 않아요. 나는 뭐가 잘못된 걸까요? 어쩌면 단순히 똥 같은 미친 자아일 수

도 있으려나? 그래도, 균형이 있는 듯합니다. 가령, 일을 할
땐 우리에 갇혀 있죠. 나는 덩치가 큰 남자예요. 107킬로그
램에, 쉽고, 말싸움을 하지 않고, 쉰 살이 다 되어가죠. 나
자신을 거의 다 싸질러 흘려버렸다는 건 압니다. 그 사람들
은 내가 부업으로 글을 쓰고 있다는 걸 몰라요—그 무리들
은 정말 나를 죽을 때까지 일을 시키죠—나는 그저 웃습니
다—그들은 이해를 못 해요—한 녀석은 심지어 나보고 개
같은 인간이라고 욕까지 했죠—나는 그저 웃어버렸죠—나
는 그들의 분노를 비웃었어야 했어요—그건 아름답고 사악
하고 강력하죠—예술 작품은—나는 그들을 즐기지만 한편
으로 그들은 나를 역겹게 해요—대부분은 그 망할 똑같은
경향 때문이죠—그들은 '증오 타격'이라는 경향을 떨칠 수
없고 그건 닳아 없어지죠…… 없어져요.

　음, 원고 투고에 편지가 따라오면 늘 투고된 원고가 형편
없다는 뜻임을 알아냈죠. 뭐, 어쨌든, 이 동네는 술에 취했
어요. 나는 할리우드 최후의 하류층 단지에서 삽니다. 여기
선 낮이건 밤이건 취해 있어요. 여자가 되려고 하는 레즈비
언들. 레즈비언이 되려고 하는 여자들. 어떤 스물여덟 살짜
리 여자애 하나가 내 문을 두드리며 나한테 매일 7페이지짜
리 편지를 써달라고 해요. 그 여자는 2미터 50센티미터짜
리 코브라와 함께 춤을 췄었죠. 아니 보아 구렁이였나? 나
는 겉보기만큼 미치진 않았어요. 나는 고요와 만취와 경마
를 즐기고 딱 붙는 나일론 스타킹 신은 여자의 다리를 보고,

그들의 날씬한 발목을 발로 차며, 그들의 영혼과 내 영혼을
그들 자신의 눈으로 들여다보기를 좋아하죠……

　물론, 젠장, 이 안에서 당신이 시 한두 편은 찾기를 바랍
니다. 쓸 수 없는 것들을 돌려보내지 않는다면요. 거절은 영
혼에 좋습니다. 내 영혼은 이제 노새예요.

1970

아래 서문은 벨라르트가 네덜란드어로 번역해 출간한 《술 취한 기적과 다른 봉헌(Dronken Mirakels&Andere Offers)》에 수록된 것으로, 영어로는 출판되지 않았다.

[헤라르트 벨라르트*에게]
1970년 1월 11일

[······] 〈서문〉

이 시들을 살펴보고 있으려니—단순히, 어쩌면 멜로드라마적으로 말하자면 내 피로 쓰인 것들입니다. 그들은 공포와 용기, 광기로 쓰였고 달리 무엇을 할 수 있는지는 알 수 없었습니다. 그들은 적을 막으며 우뚝 서 있는 벽처럼 쓰였습니다. 그들은 벽이 무너지고 적들이 밀려와 나를 붙들고 내 호흡의 성스러운 잔혹 행위를 깨닫게 하듯이 쓰였습니다. 출구는 없습니다. 내 특별한 이 전쟁을 이길 도리는 없습니다. 내가 내딛는 걸음마다 지옥으로 향하는 걸음입니다. 나는 낮은 형편없고 그다음에는 밤이 온다고 생각합니

*네덜란드의 번역가이자 출판사의 편집자.

다. 밤이 오고 사랑스러운 여자들은 다른 남자들과 자죠. 쥐 새끼 같은 얼굴을 한, 두꺼비 같은 얼굴을 한 남자들과. 나는 천장을 쳐다보며 빗소리나 무(無)의 소리를 들으며 내 죽음을 기다립니다. 이 시들은 그렇게 나왔습니다. 그런 것이죠. 세상에 한 사람이라도 그것을 이해한다면 나는 완전히 외롭진 않을 겁니다. 이 페이지는 당신의 것입니다.

――――――――

〔마빈 말론에게〕
1970년 4월 4일

〔……〕 내 희망은《웜우드 리뷰》가 당신이 할 수 있는 만큼 이어지는 거요. 나는 이 잡지를 30대 말부터 보아왔지. 그래서《블라스트》나 초기의《포에트리》까지 다 아울러 말할 순 없소. 하지만《웜우드》를 옛날의《스토리》와《아웃사이더》,《악센트》,《디케이드》와 함께 수위에 올려놓고 싶군요. 생명력 넘치고 의미 있는 문학을 주조하는 데 아주 확고한 힘이 되지. 이 말이 답답하게 들릴지 모르지만, 그냥 둡시다. 당신은 정말로 큰 사고를 친 거요.

담배 하나만 말고 오겠소. 자 됐군. 프리마돈나에게 아무 소식도 듣고 싶지 않다는 당신 소망은 이해하지만, 내가 프리마돈나가 아니라는 것은 알려주고 싶은데. 나에 대해서 헛소리나 사기 같은 얘기를 들었을지도 모르지만 그런 가십은 무시하라고 말해주고 싶어서 말이오. 나는 '현재' 외톨이고, 항상 그랬지. 내가 몇 편의 마드리갈을 출판했다고 해서 내 길을 바꾸겠다는 뜻은 아니오. 나는 그때든 지금이든 그런 문학적인 타입은 좋아하지 않는다고. 나는 우리 집주인 부부와 술을 마셔요. 전과자들, 광인, 파시스트, 무정부주의자, 도둑들하고도 마시지만, 문학가들은 멀리하지. 맙소사, 그 사람들이 얼마나 남 흉을 잘 보고 가십을 투덜대고 가십을 잘 옮기고 소리 지르고 아첨을 잘 하는지 아오. 예외도 있지. 리치먼드가 그런 사람이오. 그 사람은 헛소리 하나를 안 해요. 스티브와 맥주를 다섯 캔, 열 캔 정도 마실 수는 있지만, 그는 슬픈 문학적 헛소리든 그냥 헛소리든 절대 안 할 사람이지. 그 사람이 웃는 걸 들어봐야 하는데. 하지만 다른 유형도 있소. 다른 유형도 많지. 마마보이, 외판원, 행상인, 허약자, 엉터리, 사악하고 하찮은 아첨꾼. [……]

그래, 나는 타자기와 붓으로 몸 팔아 살고 있소, 망할. 이제까지 삶은 괜찮았어, 내가 하고 싶은 바로 그대로 글을 쓰고 그림을 그리며 살아왔으니까. 물 위에 얼마나 오래 얼굴을 내놓고 있을지는, 모르겠소. 시 두 편에 10달러 주겠다니 참도 감사하군. 뭐, 몸을 파는 김에 아예 반으로 자를까? 시 두 편에 5달러는 어떻소? 그 정도는 되겠나? 그러면 여덟 편을 출판하면 20달러면 되지. 내가 몸을 파는 게 애 때문만은 아니오―내가 아무리 딸을 사랑해도 그거 너무 궁상맞은 이야기지 않나. 하지만 이런 빈민굴에선 글 써서 살

아가기가 어렵지. 알잖소, 그러니 말론, 당신이 20편을 실
어주면 나도 20달러만 받지, 언제든지, 괜찮소?

———————

〔존 마틴*에게〕
1970년 5월 10일

〔······〕 소설〔《우체국》〕에 사전을 달자는 당신 생각에는
동의할 수가 없지만, 굳이 우긴다면, 그렇게 해봅시다. 단어
를 적어봐요. 대부분의 용어는 문외한이라 해도 무척 명백
할 것 같지만. 하지만 당신이 소설을 출판해준다는 것만으
로도 충분히 기쁘니, 필요하면 그 정도는 타협하지요. 그래
도 사전은 약간 싸구려 같고 상업적인 효과를 줄 것 같은데.
시간을 두고 생각해봅시다.

———————

〔존 마틴에게〕
1970년 〔7월?〕

〔······〕《우체국》에 관해서 말하자면, 나를 괴롭히는 "완
벽한 영어"라(고 하)는 지점을 찾은 거요. 당신이 그걸 그냥

*미국의 출판인, 편집자. 1965년 '블랙스패로' 출판사를 만들고 1971년
부코스키의 첫 장편《우체국》을 출판했다.

그대로 흘러가게 놔두고 싶으면, 괜찮소. 하지만 난 금방 발가락으로 그 대목을 짚었으니, 원래 원고에 들어가 있었던 거겠지.

5페이지에 세 번째 줄: "돈을 받지 못했다"는 너무 점잖 빼는 것처럼 보이고. "돈을 못 받았다"는 너무 없어 보이고. 그러나 어느 쪽이든 알아서. 소설을 볼 때마다 더 좋아 보이는군요. 내가 의도한 바를 그럭저럭 해낸 것 같은데—설교하자는 게 아니라 기록하자는 거요. 그래요, 영화 판권을 얻으면 좋겠지 우리 둘 다 부자가 되고. 50대 50으로 나누면 어떻소? 당신 계약이니까. 이제 월급 두둑이 주는 직원들 거느리고 커다란 사무실에서 떡하니 앉아 있는 당신을 볼 수 있겠구먼. 나는 언덕 위의 오래된 집에서 젊은 여자애 셋을 동시에 데리고 살고. 아, 꿈이란!

〔카를 바이스너*에게〕
1970년 7월 11일

〔……〕《우체국》에 관해서 말하자면, 존 마틴이 하도 여러 번 연기를 하고 있어서. 그는 좋은 친구지만, 너무 많은 일을 동시에 하고 있어요. 그 사람 주장으로는 내가 약간 정

---

*찰스 부코스키 작품들을 독일어로 번역한 번역자이자 출판업자.

신이 나갔을 때—11년 동안이나 해온 일을 그만두고 옮겨
가던 시기에 《우체국》을 썼다는군요. 뭐, 내가 약간 정신이
뒤죽박죽이었던 건 사실이니까. 그 사람 말로는 좋은 소설
이라고…… 어쩌면 위대한 소설일지도 모르지만, 시제는
뒤죽박죽인 데다가 분사는 달랑거리고 뭐 그렇지. 마틴 말
로는 자기가 문법을 손봐서 타자 원고를 몇 개 만들어놓아
야 할 것 같다더군요. 난 그건 동의하지 않았어요. 나는 쓰
인 그대로 읽혀야 한다고 생각해요. 존은 나를 위해 좋은 일
을 많이 해줬지만 고지식한 구석이 많아요. 그는 인정하지
않겠지만, 그가 출간하는 작가들은 한 명만 빼고는 그렇게
위험하거나 새롭지 않죠. 그들은 무척 안전하고, 하지만 마
틴이 돈을 버니까, 배짱쯤이야 뭐…… 그건 어떤 면을 증명
하죠. 그는 심지어 나한테 앞에 우편 용어를 설명하는 사전
같은 것까지 쓰라고 하더군요. 나는 이건 찬성하지 않았고,
그 사람한테 그만두게 하려고 했는데, 다시 편지를 써서 내
가 궤도에서 길을 잃었기 때문에 기분이 나쁜 거라고 설명
하더군요. 그 친구 나를 무슨 백치 같은 걸로 취급하오. 어
느 날 밤에는 라디오 프로그램에 나갔는데, 나한테 전화를
해서 무슨 말을 할지까지 말해주려고 하지 뭐요. "이봐요,
존." 나는 그 친구에게 말할 수밖에 없었어요. "우리 중 어느
쪽이 부코스키요?" 하지만 작가들은 이런 편집 관련한 일들
을 참아야 하죠. 이건 시대를 넘어서는 영원한 문제이며 잘
못된 거요.

존은 《날들[이 야생마처럼 언덕 위를 달려간다]》이 다 팔릴 때까지 《우체국》을 붙들어놓고 싶다고 하더군요. 새 책이 나와버리면 옛날 책들은 더 팔리지 않는다고. 그래서 지금 우리는 기다려야 한다는 거요. "장담할 수 있습니다." 그 친구가 이렇게 썼던데. "독일인들은 《우체국》을 현재의 형태로는 받아들이지 않을 겁니다." 대체 이게 뭔 소리요? 아무도 《더러운 늙은이의 편지》의 문법을 수정하지 않았다고. 나는 그와 함께한다는 계약서에 서명해서, 그 사람이 내가 쓸 다음 세 권의 책의 권리를 갖고 있어요. 그렇지 뭐요. 그래서 그 사람이 본인이 영어로 책을 낼 준비가 될 때까지는 타자 원고를 풀고 싶어 하지 않을 것 같은데. 물론, 내가 여전히 관심이 있고, 당신과 멜처가 여전히 관심이 있으면 내가 당신이랑 다른 사람들 두어 명에게 타자 원고를 보내고 누가 받아주고 흥정하기를 기대할 수 있지 않을까 싶소만? 젠장. 나는 그가 문법을 수정한 원고를 다시 살펴보고 나 자신을 거기 다시 집어넣어야 해요. 존은 책이 가을이나 겨울쯤에 나올 거라고 그래요. 하지만 어쨌든 내 감으로는 질질 끌 것 같아요. 그가 출간한 책들은 이제까지 무척 안전했는데, 《우체국》에는 떡 치고 농담 따먹기 하는 장면도 많고, 약간 미친 내용도 있으니까. 나는 이게 《더러운 늙은이의 편지》보다는 낫다고 생각하고, 약간의 활기와 속도를 주고 내가 싫어하는 소설의 분위기로부터 벗어날 수 있을까 하는 희망에서 짧은 기관총 스타일의 장을 몇 개 썼지.

내 말 오해하지 마요. 존은 좋은 사람이지만, 그 책을 출판하는 걸 약간 두려워하지 않나 하는 느낌이 있어요. 그건 문학적이라기보다는 훨씬 더 날것이고, 그는 그게 자기 평판을 해치지 않나 두려워하는 것 같다는 생각이 무의식적으로 들어요. 그러다 보니 우리는 이런 거나 가진 거지—죽어버린 진부한 것들. 그리고 난 갇혀 있는 느낌이 들어요. [……]

그건 그렇고 나는 그 소설의 서너 장을 더러운 잡지들에 팔았고, 그중 하나가 저번에 나왔어요. 다른 것도 벌써 돈은 받았지. 이건 마틴에게 타자 원고를 보내기 전이었는데, 자식 중 하나를 망할 무덤에 보내는 기분이랄까. 어쨌든 나는 타자 원고에서 바로 빼낸 이야기를 쳐서 보냈는데, 분사가 엉망이라는 불평은 못 들었어요. 정말로 이 편지를 당신에게 보내는 대신에 마틴에게 보낼까 싶군요. 하지만 그러면 그는 아버지 같은 충고나 계속하겠지. 한번은 그 친구에게 이렇게 말한 적이 있죠. "젠장, 당신 내 아버지처럼 행동하는군." 그런 후에 이렇게 말했죠. "어쩌면, 당신을《우체국》의 공동 저자로 이름을 실어야 할지도 모르겠어."

"아, 아니, 아니에요, 이해 못 하는군요. 당신 문체나 이런 걸 바꾸려는 게 아니에요. 나는 당신이 있는 그대로 나오길 바라죠. 하지만 내 장담하는데 그 독일인들은 절대로……"

"네, 아버지."

"봐요, 내가 계속 전화를 했잖아요, 부코스키, 그런데 집에 있는 적이 없던데요. 술 마셨어요? 아니면 경마장에 갔어요?"

"둘 다지."

그래서 그런 게 있어요, 카를, 약간 느끼하고 끈적한 난장판. 나는 인물들이 섹스하는 와중에 화분이 남자의 엉덩이 위로 떨어지는 장면을 좀 썼는데, 그거 내 삶의 경험이죠. 내 아내랑. 파리와 멍청한 개가 들끓는 언덕 위의 더러운 집. 책의 일부지. 내 아내는 중국 달팽이의 똥구멍을 씹다가 토했고, 나는 소리를 질렀지. "누구나 똥구멍은 있어! 나무도 똥구멍은 있다고! 당신만 볼 수 없는 거야!" 등등.

어떤 남자가 전화를 했더라고요. "더러운 잡지에 실린 당신 글 봤습니다. 그거 당신 소설에 나오는 겁니까?"

"그런데."

"맙소사, 그거 참 끝내주는데! 소설 언제 나와요?"

"약간 기술적인 문제로 연기 중이오."

"빨리 내달라고 해요. 기다릴 수 없으니."

"안됐지만 내 생각엔," 나는 그 사람에게 말하죠〔"말했죠"—하하하!, 라고 손글씨로 덧붙여져 있음〕. "기다려야 할거요." 〔……〕

좋아요, 오늘 밤 내가 너무나 트집을 많이 잡은 것 같은데. 나는 그저 안더나흐 출신 녀석일 뿐이죠. 누군가 내게 말해줬는데, 아주 거지같고 고리타분한 도시라며. 뭐, 안더나흐가 잘못되었다면 그것도 내 잘못이지. 안더나흐는 엉

망인 분사, 여자의 마른 거기, 얼음물 속의 파리요…… 하
지만 내가 거기서 태어났거든. 그래서 누가 "안더나흐"라고
말하면 나는 씩 웃고 말하지 "그런데." 그 죄로 나를 목매달
라고 해요. 그게 그런 거지.

[로버트 헤드와 달린 파이프*에게]
1970년 8월 19일

내가 보기엔 여성도서관협회의 몇몇 사람들은 표현의 자
유에 검열을 들이대려고 하는 것 같소. 비슷한 목적과 방식
을 실행하는 어떤 도시, 군, 주, 정부의 야심을 훌쩍 넘는 정
도의 검열 말이오. 사람은 섹스에 대한 이야기를 쓸 수 있
고, 여성 혐오자가 아니고서도 천박한 여자에 대해 그렇게
쓸 수 있어요. 그 자매님들은 글쓰기의 어떤 형태에 한계를
두는 것은 궁극에는 어떤 인증된 단체가 고른 것 외에 모든
형태의 글쓰기를 통제하고 한계를 두게 된다는 사실을 깨
달아야 할 겁니다. 작가란 모든 것에 손댈 수 있도록 허락
을 받아야 해요. 셀린은 반유대주의라고 비난을 받았고, 어
떤 문장 "그 유대인의 무거운 발걸음은……"에 대해서 질
문을 받았을 때 이렇게 진술했죠. "나는 그냥 '사람들'이 싫

*달린 파이프도 로버트 헤드와 함께 《놀라 익스프레스》를 같이 만든 시인
이다.

습니다. 이 경우에는 그게 어쩌다 보니 유대인이었던 거지요." 어떤 단체는 다른 단체보다 언급되는 데 훨씬 더 민감해요. 어떤 사람들은 모델로 사용되는 데 반대하죠. 토머스 울프는 첫 소설을 출간한 후에 다시는 고향에 갈 수 없었어요. 나중까지도. 그가 비평가들에게 정당화되고 승인받기 전까지는. 그가 돈을 벌기 전까지는. 그런 후에야 그의 고향 사람들은 그의 소설에 나오는 것을 자랑스러워하게 되었지요. 창작은 제한 아래선 견딜 수 없어요. 그 자매들에게 이성적으로 진정 좀 하라고 해요. 우리 모두는 서로가 필요하니까.

〔해럴드 노스에게〕
1970년 9월 15일

쓸 말이 없군. 난 불알로 매달려 있는 꼴이오. 단편들은 내가 쓰는 족족 되돌아와. 끝이오. 물론, 시로는 안착할 수 있지. 하지만 시로는 집세를 못 내. 기분이 아주 우울하고, 이제 끝이오. 쓸 말이 없군. 희망도 없고. 기회도 없고. 종결. 네일리가 편지를 보냈는데, 사방팔방에서 《더러운 늙은이의 편지》와 '펭귄 현대 시선집' 13호를 보았다고. 이제 《편지》는 독일어로 번역이 되었고, 《슈피겔》지에서—독일 판 《뉴스위크》랄까—좋은 평을 받았소. 구독자가 백만 명이랍디다. 하지만 그렇다 해도 내 작품은 잭 더 리퍼가 쓴 거나 다름없어. 계속 나아가기가 어렵지. 오늘 두 달 만에 처음으로 수표를 받았소. 고작 50달러. 더러운 잡지에 정신병원에 들어간 남자 얘기를 쓰고 받은 거요. 남자는 벽을 오르고 버스를 타고 여자의 젖꼭지를 잡아당기고 뛰어내리고 드러그스토어에 가서 담배 몇 갑 쥐어 나오고, 불을 붙이고, 모든 이에게 자기가 신이라고 말하고, 그러다 손을 뻗어 어린 여자애의 드레스를 걷어 올리고 엉덩이를 꼬집어. 그게 내 미래 같소. 종결 종결 종결. 할, 난 우울하오. 쓸 수가 없군.

────────────

〔라파예트 영*에게〕
1970년 10월 25일

〔……〕이 타자기에서 벗어나기 위해 나는 술을 마시고 도박을 해야 하는 거죠. 그렇다고 이 구닥다리 기계를 좋아하지 않는다는 건 아닙니다, 제대로 작동하기만 하면. 하지만 언제 타자기 앞으로 가고 언제 떨어져야 할지 안다는 것, 그게 바로 요령이죠. 나는 정말로는 '프로' 작가가 되고 싶지 않아요. 나는 쓰고 싶은 것만 쓰고 싶죠. 그 밖에는 모

*작가이자 서점 주인이었다.

두 다 버렸어요. 그에 대해 숭고한 척 말하고 싶진 않습니다. 숭고한 건 하나도 없으니까—이건 선원 뽀빠이랑 비슷해요. 하지만 뽀빠이는 언제 움직여야 할지 알죠. 헤밍웨이도 그랬고, 그가 "훈련"에 대해서 말하기 전까지는. 파운드 또한 자신의 일을 한다는 것에 대해서 얘기를 했는데. 그거 다 헛소리요, 하지만 나는 그 둘보다는 운이 좋았소. 나는 공장과 도살장과 공원 벤치에서 일해봤기 때문에 일과 훈련이 더러운 말이라는 것을 알거든. 나는 그게 무슨 뜻인지 알지만, 내게 그건 약간 다른 게임이에요. 이건 그냥 좋은 여자 같은 거요. 만약 그 여자랑 하루에 세 번, 일주일에 7일을 하면, 보통 그렇게 좋지가 않아요. 모든 걸 정해놓고 하는 건. 물론, 기억나는 여자가 하나 있는데, 그 여자랑은 잘 됐소. 물론 우리는 와인만 마시고 굶었기 때문에 죽음과 집세와 강철 같은 세상에 대해 걱정하는 것 말고는 달리 할 일이 없었으니 우리에게는 잘 먹힌 거지. (제인이라는 여자였지.) 하지만 지금 나는 너무 늙고 추해서 여자들이 더 이상 오지도 않으니 이제 남은 건 말과 맥주뿐이오. 그리고 기다림뿐이지. 죽음을 기다리고. 타자기를 기다리고. 스무 살 땐 똑똑하고 영리한 놈이 되기는 쉬워요. 나는 그러지 못했는데, 나름대로 항상 약간 비정상이었거든. 이젠 더 강하고 더 약하지만, 목에 칼이 들어와 있는 형편이죠. 내 선택이든 아니든, 그게 거기, 아주 쑥 들어와 있지. 나는 이제껏 삶을 그렇게 사랑하지 않았어요. 그건 주로 더러운 게임이었지. 죽

자고 태어난 운명이었소. 우리는 그저 볼링핀 외에는 아무 것도 아닌 존재요, 내 친구. 〔……〕

　가이 윌리엄스가 낭독회 기금을 얻겠다고 영문과를 쥐어짜려 했어요. 오든이라면 2천 달러를 받고, 다른 사람이라면 보통 300에서 500이라고 하던데. 불쌍한 윌리엄스. 분명 똥을 옴팡 뒤집어썼을 거요. 영문과는 부코스키를 원하지 않거든. 좋아요, 그 사람들이 맞을지 모르지. 나는 로스앤젤레스 시티칼리지에 다닐 때 영어 과목에서 둘 다 D를 받았어요. 어쨌든, 윌리엄스는 나를 낭독에 올리는 기금으로 예술학과에서 100달러를 얻어냈다는군! 그 사람이 그 일로 너무 번거롭지 않았으면 좋겠는데. 낭독회란 내게는 땀흘리는 지옥의 가장 순수한 형태라고 말한 적 있는 것 같은데, 하지만 나는 우체국에서 그 망할 편지들을 놓고 나왔을 때 몸 파는 여행길로 들어선 거요. 내가 종일 누워 있고 맥주를 마시고, 쇼스타코비치, 헨델, 말러, 스트라빈스키를 듣는다고 누가 집세를 내주진 않거든. 그래서 난 낭독을 하지. 지난번 낭독회는 캘리포니아 주립대학 롱비치 캠퍼스였소. 먼저 토한 다음에 탁자 위에 뚝뚝 떨어진 땀방울을 손가락 끝으로 닦아가며 낭독을 했지. 하지만 그걸 다 꿰뚫어 보는 나의 다른 한 부분이 있었어요. 뭐, 오든이 2천 달러어치 가치가 있다면, 그 사람은 우리에게 뭔가 가르쳐주겠지. 어쩌면 어떻게 하면 떡을 칠 수 있는지 같은 거라도.

부코스키가 아래에서 말하는 단편은 〈바비큐 소스와 함께한 그리스도〉로 1970년 타블로이드 신문에 실렸다.

[윌리엄과 루스 원틀링*에게]
1970년 10월 30일

[……] 이 단편을 보내는 건 두 사람 다 '관심'을 가질지도 모른다는 생각 때문입니다. 거미가 그저 거미이듯이 식인종도 인간이 될 수 있는 거죠. 내 말은, 필요한 건 필요한 거고, 거기 심어져 있다는 거죠. 도덕은 민주주의자든 파시스트든 간에, 그림이든 공식이든 규율이든 뭐든 똑같이 바라보는 정신을 가진 자들의 단결일 뿐입니다. 논란의 여지는 없어요. 좋은 남자는 자기 물건을 빨지 않죠. 그렇지 않습니까?

이 단편은 뉴스 기사에서 가져왔어요. 내가 직접 본 건 아니고 누가 얘기해줬죠. 그들 부부랑 술 마시고 있을 때. 그 사람은 지금 교수고, 나는 그 사람에게 그게 그럴 가치가 없다고 했어요. 대학 사람들이 그 사람 불알을 잘라버릴 거라고. 지금 바로는 아니지만, 결국 그렇게 될 거요. 물론, 그의 아내는 그걸 마음에 들어하고 나는 그의 아내가 마음에 들

---

*윌리엄 원틀링은 미국의 시인이자 소설가이고 루스는 그의 아내이다.

190

죠, 그게 모든 걸 다 뒤죽박죽으로 만들지만. 난 교수들은 별로 집 안에 들이는 법이 없어요. 그 사람들에게는 독감에 걸렸다고 말하는데, 늘상 걸려 있으니까. 그 사람들이 가져온 망할 맥주만 받아놓고 고맙다고 말한 후 어둠 속에 앉아서 모차르트나 바흐, 아니면 말러, 특히 말러가 나오길 바라면서 그 똥을 마시지. 어디까지 했더라? 아 그래요, 뉴스 기사. 아무튼 그 단편은 기사에서 받은 겁니다. 그게 이런 얘기인 거 같은데. 경찰들이 이 사람들을 텍사스에서 잡아서 길가에 세워보라고 했대요. 그런데 그중 한 사람이 손가락 뼈에 붙은 마지막 살점을 씹고 있더랍니다. 글쎄, 이 얘기를 들었을 때는 술을 마시고 있어서, 무척 재미있다고 생각했죠. 내 말은 그래요. 알잖아요들. 나는 도살장에서 두 번 일해봤는데, 피 흘리는 고기를 사방팔방에서 물리게 보면, 고기는 그냥 고기고 그 고기는 어쨌든 갇혀 있고 그게 전부라는 것을 알게 돼요. 지금 잡혀서 나를 구워 먹지 말라고 빌고 있는 거 아닙니다. 나는 늙었지만, 왼쪽 주머니에 괜찮은 강철 조각을 들고 다니니까, 내가 술이 취했거나 남을 너무 믿을 때(카이사르를 봐요) 잡은 게 아니라면, 누군가는 자기 피를 볼 거요. 어디까지 말했더라? 어쨌든 나는 그게 무척 재미있는 이야기로 생각했어요. 텍사스의 식인종이라. 수많은 의학 박사들, 특히 외과 의사들은 식인종이지만, 그걸 실천할 만큼 용기가 없는 거죠. 그래서 그냥 떡이나 치고 가위질이나 쓱싹쓱싹 하고 다니지. 그 단편, 그 단편이라.

나는 술을 마시고 있습니다. 열심히 일했거든. 라, 라라, 라라. 내가 하려고 했던 건 일어난 사건을 있는 그대로 말하고 그렇게 보여주는 거죠. 기본적으로 그건 범죄가 아니라 무언가로 야기된 의식인 거죠.

그 단편은 모든 인간의 가능성을 죄책감 없이 인정하므로 유머러스한 이야기예요. 그 이야기의 유머는 우리가 삶이라고 부르는 지루한 계산의 위엄 있는 개념과 가능성이란 그저 나중에 배운 거라는 데 있는 겁니다.

〔존 마틴에게〕
1970년 〔11월?〕

돈벌이용 작품을 동봉했음. 그게 다른 용도라는 주장은 안 하겠소. 《캔디드 프레스》에 칼럼 네 개를 올렸으니, 그 사람들이 뭘 하는지 봅시다. 팔꿈치를 박살 내더라도 약간 수정하는 건 신경 안 써요. 나는 너무 늙어서—창작이라는 면에서는—무너뜨릴 수도 없다는 느낌이오. 그건 죽음처럼 깊이 박혀 있죠. 흔들어서 떨쳐버릴 수도 없고. 하지만, 기본적으로, 글쓰기는 무척 힘든 판매 행위고 나는 돈이 들어오는 걸 보는 게 좋소. 영혼에 좋지.

오해는 말아요. 기본적으로 글쓰기는 무척 힘든 판매 행위라고 할 때, 그게 나쁜 삶이라는 뜻은 아니죠, 그걸 잘해낼 수만 있다면. 타자기로 생계를 유지할 수 있는 것은 기적 중의 기적이오. 그리고 당신의 도움은 무진장 의욕을 높여주지. 얼마나 도움 되는지 당신도 모를 거요. 하지만 글쓰기는 다른 모든 일처럼 훈련이 필요해. 시간은 무척 빨리 가고, 내가 글을 쓰지 않을 때도 생각을 젤리처럼 굳히고 있소. 그게 바로 사람들이 맥주 가지고 찾아와서 수다 떠는 걸 좋아하지 않는 이유요. 그 사람들이 내 시야를 가리고 나를 흐름에서 끄집어내거든. 물론, 나도 낮이고 밤이고 타자기 앞에 앉을 수는 없지. 그래서 경마장은 수액을 도로 흘러 들어오게 할 수 있는 좋은 장소요. 어째서 헤밍웨이가 투우장이 필요했는지 이해할 수 있지―자기 시야를 도로 정립할 수 있는 빠른 작전 여행이었거든. 내게는 말이 똑같은 거요. 투우장에서는 이 사람들을 다 몰아넣고 동작을 연기해야 하지. 그래서 지면 받아들이기가 너무 힘들어. 먼저, 그럴 여력이 없고. 둘째로, 내가 잘못된 동작을 했다는 걸 깨닫게 되니까. 말은 사람이 다루는 기술이 있으면 이길 수 있지. 하지만 동시에 말들은 여유 시간을 먹어치우고, 그게 바로 작가가 필요한 거요. 그래서 나는 모든 걸 그에 따라서 경기하려 하지. 적절하다면 그게 여유 시간이 되고, 수액은 흘러가고 타자기는 콧노래를 불러. 타자기가 잠잠하면, 다시 투우장으로 돌아가는 거요. 동작에 대한 나의 정확도를 시험하기 위해. 내 말이 여기선 별로 명료하지 않은데. 아, 뭐든.

―――――――

〔커트 존슨*에게〕

1970년 12월 3일

필자 설명은 빼도 괜찮습니다.

당신들에게 커브를 하나 던질 수 있어서 기쁘군요. 45달러 수표는 어쨌든 반환되지 않아서, 내 고물딱지 62년형 코메트가 다시 달릴 수 있게 수리를 할 수 있었습니다. 그래서 나는 거지같은 시 낭독회를 다닐 수가 있죠. 반쯤 취해서 시를 읽고 몇 달러 더 받아 오는 겁니다. 이제는 하이든을 듣고 있습니다. 난 미쳤나 봐요. 하지만 단편을 쓰는 것은 즐겁습니다. 텍사스 어딘가에서 사람들이 식인 행위를 하다가 걸렸다는 기사를 신문에서 읽었어요. 경찰들이 잡았을 때 이 여자는 어떤 손의 손가락에 붙은 고기를 말끔히 빨아 먹고 있더랍니다…… 거기서 소재를 얻었죠.

―――――――

〔헤라르트 벨라르트에게〕

1970년 12월 4일

---

*소설가이며, 소규모 문예지 《디셈버》의 운영자로 더 유명했다. 레이먼드 카버, 조이스 캐럴 오츠 등의 작가들이 이 잡지에 작품을 실으면서 이름을 알렸다.

〔……〕 누가 요전 날 밤 나한테 《이 성에서 저 성으로》*를 한 권 주었으니 보내진 마시오. 하지만 고마워요. 지금 읽고 있소. 아직 《밤의 끝으로의 여행》에는 미치지 못하지만…… 그 책은 개 같은 일을 꽤 잘 그렸지만 자기 자신에게 너무 가까이 서 있어요. 《밤의 끝……》에 있는 공포를 통한 유머라는 게 없어요. 진실은 언제나 사람을 웃기죠, 특히 그게 어떤 방식과 어떤 문체로 쓰인 진실이라면. 그러나 나는 셀린이 너무 자주 남이 자기 엉덩이를 발로 까도록 놔둔다고 생각해요. 사람은 마침내 휘어지고 부러지고 그런 작은 손길을 잃을 수 있어요…… 위대한 예술은 황금 새장 속에서 순수하게 고함지르고 불평하는 거요. 여기 셀린은 우리에게 썩은 사과랑 코딱지를 던지는 거나 같아요. 하지만 한편으로, 《이 성에서 저 성으로》가 셀린밖에는 쓸 수 없는 식으로 쓰였다면, 나는 이렇게 말했을 거요. "이거 봐, 이건 전혀 나쁘지가 않다고!" 하지만 이거 약간 베일리스식이오—최고는 최고랑 비교해야지. 어쩔 수 없소. 일단 허공으로 5.5미터를 멀리뛰기한 선수가 다시 돌아가서 4미터만 뛰면 뭐가 되나, 그걸론 우리가 충분하다 생각하지 않지.

*루이 페르디낭 셀린의 소설.

〔노먼 모저*에게〕
1970년 12월 15일

　뭐, 우리가 우리 몫을 모두 완수했든가 아니면 죽은 거겠
지. 아니면 살아 있으면서 죽은 거든가—"이 남자의 죽은
삶/저 남자의 죽어가는 삶" 아직 잘나갔을 때의 스티븐 스
펜더의 시…… 자, 젠장, 자네가 보내준 거 잃어버렸어, 나
한테 뭐에 대해서 뭘 써달라고 했던 것 같은데. 그래서 개
인적 편지로 설렁설렁 할 수밖에. 그건 뭐 좋은 대로 해. 우
리 오랜 길을 왔지, 그렇지 않나? 자네가 침낭과 시 뭉치밖
에 없을 때, 내가 10달러인가 20달러인가 주었지. 그게 언
제지. 내가 이 시가 괜찮다고 하고 저 시는 별로 좋지 않다
고 하니까, 그 남자가 네가 쓴 최악의 시를 골라서 말했어.
"자, 이런 걸 '시'라고 해……" 난 그걸 전혀 이해할 수 없었
어. 그때 우리가 술을 마시고 있었던 것 같은데, 갑자기 그
시 얘기로 돌아간 거야. 그러곤 그 사내가 너를 막 조롱하더
니 쫓아냈지. 그때 네 눈물 기억나…… 네가 공책이랑 더러
운 양말을 모두 밧줄로 싸던 것이랑. 슬픈 광경이었지, 젠
장, 그래, 슬펐어. 우리가 함께 계단을 내려갔는데, 네가 그
러더군. "부코스키, 나 있을 데가 없어." 그래서 내가 말했

*《그란데 론데 리뷰》의 편집자. UC 버클리와 애리조나 대학에서 문학을
가르쳤다.

지. "이거 봐, 친구, 난 외톨이야. 난 사람들을 견디지 못해, 좋은 사람이든 나쁜 사람이든. 난 혼자 있어야 해…… 젠장, 방을 하나 얻어……" 그리고 난 자네에게 지폐 한 장 찔러주고 밤 속으로 도망쳤어. 부코스키, 위대한 이해자는 겁쟁이야. 너를 돈으로 떨쳐버렸지, 내가 그랬어. 내 뼈와 함께 혼자 있고 싶어서. 내가 마지막으로 봤을 때는 훨씬 더 편안해 보이더군, 뉴멕시코 대학 낭독회 직후에. 그때 내가 약간 취해 있기는 했지만, 자네가 편안하고 훨씬 차분해 보인다는 것 정도는 눈치챘어. 그리고 자네가 우리 옛날 얘기를 꺼냈었지. 내가 자네 손에 찔러 넣었던 지폐 얘기, 거기서 얘기하기엔 약간 이상하고 웃겼는데, 그때 그 장소에서 그렇게 멀리 떨어지고 오랜 시간이 지나버려서. 우리 둘 다 나이가 더 들었지, 특히 내가, 그리고 우리 둘 다 아직 살아 있어. 잘됐군.

그럼 내게 배달되어 온 소포 얘기로 돌아가보자고. 그리고 부탁했는지 생각해달랬는지 뭐라고 했든 질문 말인데…… 물론, 지금은 기념비적인 시절이야…… 우리의 모든 시대는 기념비적이었지. 모든 사람의 삶이 그러니까. 1970년이든, 1370년이든, 1170년이든…… 물론, 그 정도가 높아졌다는 데는 의심할 여지가 별로 없지. 역사상 처음으로 우리는 국가 간 전쟁이 아니라 색깔 간 전쟁을 하고 있으니까. 하양, 검정, 갈색, 노랑. 거리에는 격렬함이 넘쳐나, 증오가. 백인종의 문제는 너무 많은 사람들이 서로를 싫어

한단 거야. 다른 인종도 마찬가지기는 한데, 우리 정도는 아니거든. 우리는 형제애의 응집력이 부족해. 우리가 가진 것이라고는 어떤 끔찍한 두뇌의 힘과 영리함, 적절한 때에 싸울 수 있는 능력, 지나치게 잘 속이고, 지나치게 많이 속이며, 심지어 반대편보다도 더 두둑한 배짱을 가질 수 있는 능력뿐. 백인들이 자기 자신을 얼마나 싫어하든 간에, 그들은 '재능'을 받은 거야. 그러나 그것도 이런저런 이유로 끝나고 있지…… 슈펭글러의 《서구의 몰락》은 아주 오래전에 쓰였지만…… 징조가 나타나고 있어…… 백인들이 마침내 어떤 **영혼**을 갖게 되었든 아니면 그들의 영리함이 그저 너무나 많이 쏟아져버린 정액이 되든……

어쩌면 이게 자네가 보낸 글 뭉치가 말하려고 했던 건 아닌지도 모르겠는데. 그걸 받은 후에 술 취한 밤과 우울한 낮을 너무 많이 보내서. 그리고 난 항상 뭔가 잃어버리지. 직업, 여자들, 볼펜, 주먹 싸움, 국립예술지원재단에서 온 기금 신청서, 등등…… 어디까지 했더라?

아 그래, 어쨌든 이 말은 해야겠어. 시인이 예언자인 척 포즈를 취하면 위험하지. 예언자인 척 포즈를 취하는 시인/작가. 여기 미국에서 대부분의 진지한 작가들은 오랜 세월을 글을 써야 남에게 이름이 알려지거나 인정받거든, 인정을 받거나 하면 말이지만. 불행하게도, 너무 많은 바보들이 인정받지, 그들의 정신이 대중의 정신과 가깝다는 이유만으로. 일반적으로 힘이 있는 작가는 자기 세대보다 20년에서 200년까지 앞서 있게 마련, 그러니까 그는 굶어 죽고, 자살하고, 미쳐버리지. 오로지 그의 작품 일부가 후에, 한참 후에 신발 상자나 유곽의 매트리스 밑에서 발견되면 그때서야, 인정받는 거야.

그럼, 좋아. 어떤 위대한 미국 작가가 마침내 성공을 했다 치자고…… 그 말인즉, 마침내 집세 걱정을 할 필요가 없고 꽤 괜찮은 외모의 여자와 이따금씩 침대에도 갈 수 있다는 뜻이지. 그들 대부분은(여자 말고 작가 말이야) 어디서든 대충 5년에서 25년 정도는 무명 시절을 겪어야 하지. 그리고 마침내 그들이 약간 인정을 '받게' 되면, 통제를 할 수가 없어. 원숭이? 젠장, 그래! TV 방송국? 그래? 내가 무슨 얘길 하기 바라지? 그래, 얘기하지 뭐. 뭘 알고 싶은데? 세계사? 인간의 의미? 생태학? 인구 폭발? 혁명? 뭘 알고 싶냐고? 《라이프》지 사진기자라고? 그래, 들여보내!

여기 15년 동안 작은 방에서 싸구려 와인을 마셨던 남자가 있어. 똥을 싸려고 변소에 가려면 복도를 내려가야 하지. 그리고 타자를 칠 때면, 천장과 바닥에서 늙은 여자들이 빗자루 막대로 쿵쿵 쳐서 무시무시하게 겁을 주지……

"조용히 해, 이 바보야!"

갑자기, 어떤 마술처럼, 유명해져…… 그의 작품은 금서 목록에 오르기도 하고, 산타클로스 행진 때 물건을 덜렁대면서 브로드웨이를 걷고 있으면, 사람들이 그가 시인이라는 걸 알아보지…… 뭐든 할 수 있어. 재능은 도움이 되지만 항상 필수적인 건 아니야. 가장 위대한 문장은 철학자가 아니라 평균 타율 2.5에도 가까이 가기 어려운 야구선수가 말했지…… 레오 두로셔라고. "나는 잘한다기보다 운이 좋았던 거지……" 운 좋은 내야 땅볼 10개, 12개가 마이너리그 선수와 메이저리그 선수의 차이를 가른다는 것을 두로셔는 알고 있었기 때문이야.

그러니 자네에게는 좋았던 옛날의 미국이 있어. 이 순간 아마도 활기와 위대한 불꽃을 가지고 글을 쓸 수 있는 작가는 열두 명밖에 안 될걸. 이 사람 중에, 두 명이 인정받는다고 치자고(어쨌든 운이라도). 여덟 명은 어딘가에도 글을 출판하지 못하고 무덤으로 가게 되지. 나머지 두 명은 어떤 우연에 의해서 후에 발굴되겠고.

그럼 열두 명의 위대한 작가 중 한 명이 마침내 운 좋게 각광을 받게 되면 무슨 일이 생길까? 쉽지. 대중이 그를 죽여버려. 그는 그때까지는 작은 방에 살면서 오랫동안 굶어서 자기한테 오는 거면 뭐든지 받을 만한 자격이 있다고 믿어버리고 마는 거야. 그래서 자기 책이 팔리게 되면, 그 외로웠던 시절의 공백을 채우려 애쓰지……

"친애하는 에반스 선생님에게

흑백 인종 문제나 히피, 혹은 오늘날의 미국은 어디로 가는지에 대해 뭔가 써줄 수 있겠습니까? 그런 순서로 뭔가요. 선생님이 쓰는 글은 무엇이든 수락되리라는 것을 익히 알고 계시겠지요. 원고가 수락되는 즉시, 원고료는 기사 길이에 따라 1천 달러에서 5천 달러 사이로 드리겠습니다. 우리는 항상 선생님 작품의 팬이랍니다…… 그건 그렇고, 우리 동료 편집자인 버지 니아 맥애널리를 아시나요? 대학 영어 수업 2에서 옆에 앉았다 고 하는데……?"

그래서 예술-형식 내에서 자기 문체와 에너지, 진실을 엄 격히 지켜오던 남자는 갑자기 돈벼락을 맞게 되지. 대학에 서 낭독회를 하면 회당 5천 달러에 경비로 2천 달러를 더 받고, 거기에 다른 경비까지 얹어서 낭독회 뒤나 뒤풀이 후 에도 정신이 멀쩡하면 원하는 대로 여자랑 잘 수도 있게 돼. 일주일에 8달러짜리 방에서 집주인 여자에게 미운털 박혀 살던 남자에게는 그런 쉬운 길에서 고개를 돌리기란 너무 어렵다고. 그전에는 고통과 광기와 진실에서 나온 적절한 표현을 말하던 순수한 예술가였지만, 이제는 아무런 할 말 도 없는데도 모든 이들이 기꺼이 그의 중언부언을 들으려 고 해. 이름. '이름'! 그게 그들이 원하는 모든 것이야. 그리 고 가능하면 턱수염도 있으면 좋지. 내가 아는 한, 미국 예 술가들이란 제퍼스나 파운드 같은 예외만 빼고는 항상 그 미끼를 물어버리지. 즉시 떠오르는 이름은 없지만. 하지만 유명한 이름을 댄다고 해서 아무것도 증명하진 못해. 그런 일은 진짜 있으니까! 그들은 사기를 당하고 덫에 걸리고, 마침내, 깨닫지는 못하겠지만, 곧 버림을 받지. 어쨌든 애초에 그 비정상적인 대중을 유혹했던 것은 그들의 원래 에너지와 진실이었으니까……

나는 이게 정확히 자네가 원하는 게 아닐까 생각하지, 노먼. 나도 나 자신의 대구* 같은 영혼에 빠져버렸으니 예외라고 주장하려는 건 아니지만, 나는 어쩌면 예외일지도, 나만의 물고기 같은 방식으로. 내가 《뉴요커》의 편집자로 일자리를 받으면, 알려주지. 그때까지는, 헛소리는 던져버려야지. 안녕, 잘 가게. 그리고 나는 온갖 다양한 색깔의 구두약과 함께 여기 앉아 있어…… 누구든지 여기를 처음으로 뚫고 들어오는 사람이 있으면, 나는 그와 함께할 거야…… 구두약을 찍어 바르고…… 모든 색깔, 모든 밝기가 다 있거든…… 아 잠깐, 한 가지가 빠졌네…… 아, 젠장, '그건' 벌써 했군……

자네 구루(guru) 문제에 행운이 있길 바라겠네. 그건 매우 지루하고 교황스러울 것 같은데, 하지만…… 이 모든 입들은 뭐든, 무엇이든 지껄일걸. 뭐, 자네가 자청한 거니까.

* '대구(codfish)'엔 '벼락부자'라는 뜻도 있다.

1971

〔로런스 펄링게티에게〕
1971년 1월 8일

당신이 코르소와 긴즈버그와 함께 전국 일주를 하면서 대학에서 낭독회를 하고, 젊은 여학생들과 자고 다니는 동안, '나'는 여기 누워서 예술을 하고 있었고 이런저런 일이 있었죠…… 아, 용서해요. 긴즈버그가 여자애들을 꼬셔서 잤다는 뜻을 내포하려는 건 아니었소. 그 사람이 생태 여행을 갔다는 건 알지…… 봐요, 내 단편집에 두둑한 선금을 주겠다고 하는 남자에게서 연락을 받았소…… 그래서 그 사람에게 견본을 몇 개 보냈더니 곧 연락을 준다 했는데, 내 추측으로는 대답은 거절일 것 같소. 그 친구가 내 작품에 겁을 먹을 것 같은데. 그래도 한번 두고 봅시다. 괜찮죠? 나는 정말로 누가 내 새 단편으로 책을 내주는 걸 보고 싶은데. 그래도 이 친구는 겁을 먹을 것 같아요…… 그러니 내 때 끼고 기름지고 사악하며 빌어먹을 단편 보따리를 가지고 곧 당신 문을 두드리겠소…… 우리는 뭔가 같이 해볼 가능성이 아주 많아요, 세상에 맙소사, 그렇게 보일 거요……

〔스티브 리치먼드에게〕
1971년 3월

좋아요. 당신에게까지 전해졌다니, 《우체국》으로서는 잘된 일이군. 나는 그 책에서 일정한 속도를 유지하려고 노력했어요. 대부분 소설이 나한테는 지루하거든, 심지어 위대한 소설들도. 적당한 속도감이 없어. 나는 약간 빠르게 흐르는 강들을 좋아하오. 좋아요.

맞아, 〈변신〉은 매력적이었지. 아니, 카프카는 내 생각에 여자들에 대해선 별로 파고들지 않았던 것 같소. 하지만 자기가 손댄 곳에서는 훌륭하던데. 제퍼스야, 물론 혈류 속에서 살아왔으니, 여자들 속까지 들어가서 여자들이 보는 대로 내다볼 수 있었지만—내가 아직까지 할 수 없었던 일이고, 아마 앞으로도 절대 할 수 없겠지. D. H. 로런스도 그 경지까지는 이르지 못했소, 망할 평판. 그에게도 그냥 이 엄마 암소 같은 존재가 하나 있었을 뿐이고 모두가 이 엄마 암소를 통해서 그에게로 전달됐어. 내 생각에 로런스는 다리보다는 가슴에 꽂히는 남자였던 것 같소. 어쨌든 그에겐 그의 암소가 있었고, 모든 게 그 암소를 통해서 전해진 거요. 모든 의미와 색깔과 메시지가. 그래서 그는 제대로 이해할 수가 없었지. 암소 하나: 메시지 하나.

〔로런스 펄링게티에게〕
1971년 4월 22일

카드 고마워요. 그 책 때문에 아주 열 뻗쳐 있었죠, 아휴! 어젯밤에는 잠이 오지 않아서 밤새 앉아 《오픈 시티》들을 훑어보았죠. 큰 판형 대부분은 《더러운 늙은이의 편지》(책) 이후에 나온 거던데…… 이 잡지들을 넘겨보면서 단편 뒤에 또 다른 단편, 그 뒤 다른 단편을 찾아냈죠. 망할, 죽이지 않소, 래리. 그 잡지 무더기를 다 보기도 전에, 우리는 단편을 스물다섯에서 오십 편은 더 갖게 될 거요! 보카치오와 스위프트 이래로 가장 '막 나가는' 거지! 당신은 자기가 뭐에 걸려들었는지 모르고 있을걸, 친구. 시대를 넘어 가장 위대한 편집자로서 이름을 올리게 될 거요! 첫 번째는 《울부짖음》*이더니, 이젠 이것까지! 두고 봐요. 〔……〕

내가 과하게 흥분해도 이해해요. 하지만 이건 폭탄이 될 거요, 달의 종말이 될 거라고. 예수님을 바보로 만들어버리는 거지, 그래요. 내일 낭독회가 있고, 주말 동안 섹스 좀 하겠지. 하지만 다음 주쯤에 다른 단편들이 당신 앞에 떨어지도록 해주지. 즐거운 독서가 되길. 〔……〕

좋아요. 이 책은 하늘보다 더 높이 솟는 불길이 될 거요!

*앨런 긴즈버그의 유명한 시집으로, 비트 세대의 기념비적 작품이다.

계속 전진하면서 바보 같은 현실과 칙칙한 비현실은 날려 버립시다, 빵 빵!

모든 물고기들이 날고, 모든 새들이 헤엄치며, 호수는 양파 수프고 피는 결코 죽지 않아.

———

부코스키는 펄링게티에게 다음의 광고글 두 개를 보낸다. 펄링게티는 첫 번째 글을 《발기, 사정, 전시와 일상의 광기에 대한 일반적 이야기》의 뒤표지에 쓰지만, 두 번째 것은 발표되지 않았다. 시와 산문을 모아 제안한 《부코스키아나(Bukowskiana)》는 출판되지 않았고 결과적으로 《발기》가 되었다.

〔로런스 펄링게티에게〕
1971년 12월 30일

편지랑 주문 팸플릿 고마워요…… 《부코스키아나》는 진짜요. 그 책에 대해서는 여전히 많이 흥분되고 들떠 있어요. 그게 내 최고의 책이 될 거라고 정말로 믿고 있지.

그래요, 앞표지 사진은 괜찮군요. 뒤표지는…… 뭐, 잘 모르겠군. 그건 그렇고 "재갈을 물리기 힘든 시인들의 왕……" 그걸 쓰고 싶으면, 마음대로 해요. 나는 주로 《오픈 시티》에 기고했지…… 그 팸플릿 말대로. 《로스앤젤레스 프리 프레스》에 낸 건, 있다고 해도 아주 적어요…… 우리가 쓸 만한 거물의 인용구 같은 건 모르는데…… 사르트르나 주네가 나를 가리켜 미국의 가장 위대한 시인이라고 했다는 말은 이제 좀 지겨워요. 그 말이 어떻게 시작했는지조차 모르는데. 진위도 의심스럽고. 존 웹이 허풍을 약간 떨었는데, 다른 사람들이 주워들은 게 아닌가 싶지. 모르겠군요. 책 뒤표지에 쓸 만한 말을 원한다면, 대강의 문구를 주죠.

찰스 부코스키, 1920년 8월 16일 독일 안더나흐 출생. 두 살 때 미국 이민. 산문집과 시집 18~20권 출간. 《스토리》와 《포트폴리오》에 산문을 발표한 이후 10년 동안 절필했다. 이 10년 동안 술을 마시던 끝에 결국 절정에 이르러 로스앤젤레스 군종합병원 자선병동에 내출혈로 입원했다. 어떤 사람들은 그가 죽지 않았다고 말한다. 병원을 떠난 후 타자기를 구해 다시 글쓰기를 시작했다. 이번에는 시였다.

후에 산문으로 돌아갔고 주간지 《오픈 시티》에 주로 게재했던 칼럼 〈더러운 늙은이의 편지〉로 약간의 명성을 얻었다. 우체국에서 14년 동안 근무한 후 50세의 나이에 사직했다. 미치지 않기 위해서였다는 것이 그의 말이다. 그는 이제 다시는 직장을 다닐 수 없는 몸이 되었고 타자기 리본을 먹고 산다고 주장한다. 한 번 결혼했고, 한 번 이혼했으며, 여러 번 섹스했고, 일곱 살짜리 딸을 두고 있다…… 이 더럽고 비도덕적인 이야기들은 주로 《놀라 익스프레스》를 위시한 지하신문에 실렸다. 다른 작품들이 실린 매체는 《에버그린 리뷰》, 《나이트》, 《애덤》, 《픽

스〉,《애덤 리더》이다. 부코스키에 대한 투표는 여전히 진행 중
이다. 그에 대해선 중간 지대가 없다. 사람들은 그를 사랑하든
지, 싫어하든지 둘 중 하나로 보인다. 그 자신의 삶과 행동에 대
한 이야기들은 그가 쓴 단편만큼이나 거칠고 괴상하다. 어떤
면에서, 부코스키는 그 시대의 전설이다…… 광인, 은둔자, 연
인…… 상냥하지만 사악하다…… 결코 똑같지 않다…… 이것
은 그의 폭력적이고도 타락한 삶에서 쿵쿵 걸어 나온 특별한 이
야기들로 공포스럽고도 성스럽다…… 일단 이 이야기를 읽으
면, 다시는 똑같은 모습으로 떠날 수 없을 것이다.

음, 로런스…… 이런 건데…… 모르겠군…… 어떻게 생
각합니까?

〔두 번째 광고글〕
  "광기와 슬픔의 사전"
  《발기, 사정, 전시와 일상의 광기에 대한 일반적 이야기》
  찰스 부코스키 지음

긴즈버그의 《울부짖음》 이후에 시티라이츠 서점에서 낸 그
어떤 책도 이번에 갓 출간된, 총 478페이지 엄청난 두께의 부코
스키 단편집만큼 흥분에 불을 붙인 적이 없었다. 부코스키는 70
년대의 도스토옙스키다. 부코스키는 이야기를 쓴 것만이 아니
다. 그의 광적이고 사랑 많은 영혼 모두가 그 안에 깃들어 있다.

글쓰기는 날것이지만, 고통 속에서 순수한 웃음이 배어 나온다. 이 이야기의 다수는 사랑 이야기지만, 일반적 사랑 이야기라고 하기는 어렵다. 이 작품들은 지성이라기보다는 고통의 영혼과 피에서 나온 글들이다. 부코스키는 또한 유머 섞인 비극을 쓴다—피로 얼룩진 도시, 외로운 벽, 제대로 되지 않는 사랑을 종종 거의 신성하다고 할 만한 우스꽝스러운 우아함을 통해 접근한다. 몇몇 이야기에는 증오 그리고/혹은 천박함이 있을지 모르나, 부코스키는 도박사다. 그는 결코 개인적 삶에서나 작품에서나 남의 비위를 맞추려 노력하지 않는다. 찰스 부코스키는 여러 평론가에 의해 우리 시대의 가장 위대한 시인 중 한 명으로 일컬어진다. 이 단편집은 또한 우리 시대의 사건이다. 수년 동안 문학계로부터 조용히 숨겨진 채로 살았고, 여전히 고립주의자이자 불가사의로 남아 있는 51세의 남자가 공포와 천재성으로 이룬 행위인 것이다…… 당신이 이 기이한 서커스, 이 맥주 깡통 문에 빗장을 걸어잠근 사랑의 검은 예배에 참석하고 싶은지는 모르겠지만.

1972

1972년 8월 4일 《놀라 익스프레스》에 여성주의 출판사 '셰임
리스 허시 프레스'의 발행인이자 시인인 알타가, 부코스키의
"강간 판타지"에 "충격과 상처"를 받았다는 내용의 글을 보냈
고, 파이프가 《놀라 익스프레스》에 이 글을 실었다.

〔달린 파이프에게〕
1972년 8월 13일

　당신네 알타는 혼란에 빠져 있소. 강간을 하는 남자가 있
고, 강간을 생각하는 남자가 있어요. 이에 대해 쓴다고 해
서, 심지어 일인칭으로 쓴다고 해서 작가가 강간을 용납한
다는 뜻은 아니지. 창작의 권리는 존재하는 것을 언급할 권
리요. 나는 심지어 강간을 당하고 싶어 하는 커다란 욕망을
가진 여자들을—개인적으로—알고 있기까지 해요. 창작은
창작이오. 가령, 한 남자가 흑인이라고 해서 그가 개새끼라
는 뜻도 아니고, 여자가 여자라고 해서 그 여자가 쌍년이라
는 뜻은 아니지. 선한 척하는 입장을 취하며 현실에서 나온
우리 자신을 검열하지는 맙시다. 또한, 알타가 내 칼럼에서
인용한 부분으로 봐서는 그 여자가 무척 격렬하게 정의로

운 건 알겠는데(거의 종교적 광신에 가깝더군), 전체 요점은 놓치고 있어요. 나는 여성을 향한 남성의 태도를 놀리고 있는 거요. 알타가 결혼생활에서 고통받았다면 그건 안타깝소(본인이 직접 언급했으니까). 하지만 그 여자에게 '남자' 또한 결혼생활로 고통받기는 매한가지라는 사실을 떠올려주고 싶군. 가끔 봉사를 해야 하는 사람은 '남자들'이오. 정말이지. 나는 알타가 여성 우월주의자 돼지라고 말할 수도 있겠어요. 남자들 또한 사랑을 받아들일 수 있는 여자를 찾고 있는 거요. 편견은 모든 방향으로 작동해요. 하지만 알타처럼 공격에 반응하는 건 거의 무용하지. 그건 오직 그 여자를 부추겨서 좀 더 선한 척하는 잘못된 방향으로 보내버릴 뿐이죠. 하지만 여전히, 가끔은 이런 유형들에게 대답을 해줘야 해요. 알겠지만, 사람들은 예전엔 이렇게 말하곤 했죠. 애완동물과 아이와 개를 사랑하는 사람이 어떻게 나쁜 사람일 수 있지? 이제는 이렇게 묻죠. 전쟁과 더러운 물과 더러운 공기에 반대하는 사람이 어떻게, 여성의 권리를 위해 싸우는 사람이 어떻게 나쁜 사람일 수 있죠? 아니면 이전에는 이렇게 말했어요. 그 사람이 머리가 길고 턱수염이 있다면 괜찮은 사람이야. 음, 젠장, 알겠지만, 이 모든 게 입장일 수 있다는 거요…… 나는 현실이나 유머, 심지어 변덕이 지배하는 한 어떤 방식으로든 창작할 권리를 보유하고 있어요. 그럼 됐지.

[윌리엄 패커드*에게]
1972년 10월 13일

이 시 쓰기라는 것, 우리는 그걸 느슨하게 놀려야 하오. 나는 침을 빼내기 위해 약간 산문도 쓰고 술도 마시고 여자랑 싸울 수도 있다는 게 기쁘군. 한동안 사람들이 기교에 관해 한 인터뷰를 파봤는데, 마호가니 가구에 윤을 내는 거나 비슷합디다. 공부는 너무 열심히 하고 삶은 너무 적게 사는 데서 오는 게 아닌가 싶어요. 헤밍웨이는 열심히 살았지만, 그도 자기 기교에 갇혔고 얼마 후에는 그의 기교가 우리가 되어 그를 죽였소. 이건 모두 자기 길을 어떻게 더듬어 나아가는가의 문제라는 생각이오. 우리가 어렸을 때 길을 잃어버리곤 했던 부둣가 유원지의 거울의 집 같은 거죠. 그 모두를 잃는 것, 길을 잃어버리는 건 꽤 쉬워요. 나는 높은 데서 내려다보면서 설교하는 것도 아니오. 행운을 위해 맥주 한 잔 마시면서 여자들이 우리의 주름진 영혼과 시든 허벅지를 여전히 사랑해주기를 바라봅시다. 아, 얼마나 시적인지. 젠장.

시를 좀 더 동봉하오. 작품 파일을 만들려고 하는 중인데, 내 시로 세상을 날려버릴 거요. 예이.

*미국의 시인, 소설가, 극작가. 시 잡지 《뉴욕 쿼털리》의 설립자이자 편집자이다.

<hr />

[데이비드 에바니어*에게]
1972년 후반

[……] 나는 글쓰기, 창작을 그렇게 많이 좋아하진 않았소. 다른 사람들이 한 것 말이오. 내게는 다소 얄팍하고 가식적으로 보였거든. 아직도 그래. 내가 계속 글을 쓰는 건 내가 아주 잘한다는 기분이 있어서가 아니라, 그 사람들이 너무 못한다는 기분이 들어서지. 셰익스피어 포함, 모두가. 마분지를 씹는 것처럼 격식 차린 형식주의 말이오. 내가 열여섯, 열일곱, 열여덟 때는 그렇게 기분이 좋지 않았어. 도서관까지 걸어갔는데, 읽을 게 아무것도 없었지. 모든 방, 모든 책을 뒤졌소. 그다음에는 도로 거리로 걸어 나와서 처음 만난 얼굴, 건물들, 자동차를 보았더니 책에서 뭐라고 말하든 내가 내 눈앞에서 직접 본 것과는 아무런 상관이 없다는 걸 알았소. 그건 흉내, 웃음거리에 불과했소. 도움이라고는 없었지. 헤겔, 칸트…… 앙드레 지드라고 하는 어떤 새끼…… 이름들, 이름들, 그리고 선전뿐이었지. 키츠, 완전히 똥 봉투더라니까. 아무것도 도움이 되지 않았어. 그러다 셔우드 앤더슨에게서 뭔가 보기 시작했지. 그는 거의 다 이루었어. 서툴고 어리석긴 했는데, 공백을 채울 수 있게 해

*소설가, 전기 작가, 《파리 리뷰》의 편집자. 우디 앨런과 토니 베네트 등의 전기로 유명하다.

줬지. 용서할 수 없어. 포크너는 기름진 왁스만큼이나 가짜 같아. 헤밍웨이는 일찍 가까이 가긴 했는데, 그러다가 얼굴에 계속 방귀나 뀌어대는 이 커다란 기계를 계속 퉁기고 돌려댔지. 셀린은 며칠 낮과 밤을 웃게 한 불멸의 책을 썼는데(《밤의 끝으로의 여행》), 그러다 가정주부처럼 시시한 걸로 투덜거리기 시작했고. 사로얀. 그도 헤밍웨이처럼 뿌리와 명료한 단어의 중요성은 알지, 쉽고 자연스러운 어구. 하지만 사로얀은 말이지, 그 대사를 아는지, 거짓말을 했소. 그 사람이 이렇게 말했잖소. 아름답고, 아름답다. 하지만 그건 아름답지 않았어. 나는 그게 뭔지 듣고 싶었는데. 그 닭똥 같은 공포, 걱정들, 광기. 위대한 입장 같은 건 다 죽어버려. 나는 그런 건 찾을 수 없었는데. 나는 술을 마시고 여자랑 하고, 술집에서 발광하고, 창문을 깨고, 죽도록 얻어맞고, 살았어. 난 뭐가 뭔지 몰랐소. 여전히 알아내려고 하는 중이오. 아직 제대로 하지 못했으니까. 아마 앞으로도 제대로 할 순 없겠지. 난 심지어 나의 무지를 사랑하오. 무지의 노란 버터 묻은 배를 사랑해. 나는 타자기 같은 혀로 내 저주받은 영혼을 핥지. 나는 전적으로 예술을 원하진 않소. 먼저오락을 원하지. 난 잊고 싶어. 와인으로 취해 비틀거리는 샹들리에 사이에서 어떤 웅성거림, 고함 소리를 원해. 나는 원한다고. 내 말은, 우리가 '재미'부터 느낀 후에 예술이 '들어오게' 한다면 괜찮다는 거요. 하지만 성스러워지지는 말자고. 트랄라, 트랄라.

[스티브 리치먼드에게]

1972년 12월 24일

[……] 당신은 나를 비난할 권리가 있고, 그 비난의 대부분은 아마 맞을 거요. 하지만 당신이 깨달아야 할 게 하나 있어, 결국에는, 나는 창작이란 사진이 아니고 심지어 표준적 진실도 아니라고 생각하지. 창작이란 그 자신의 진실이나 거짓말을 운반하고, 오로지 세월만이 그게 뭐였는지 이름 붙일 수 있는 거요. 사람들이 이해하지 못하는 것은, 뭔가 자기들에 관한 것처럼 '보여도' 그게 반드시 자기들에 관한 건 아닐 수도 있다는 거요. 그 순간은, 그들의 일부일 수도 있고, 반드시 말해야 할 무엇 속에 끼워 맞춘 모든 인간의 한 부분일 수도 있지. 나는 나에 대한 것처럼 '보이는' 시를 몇 편 읽었어. 불시스키*라든가 뭐라고 불리는 것들이더군. 하지만 난 웃을 수밖에 없었어, 그게 전체 그림이 아니라는 건 아니까.

나는 우리가 너무 성스러워져서 우리에 갇혔다는 생각을 가끔 하지.

당신도 언젠가 작품을 출판해줄 곳을 찾을 거라고 믿소. 어쩌면 나중에 오는 게 당신에게는 더 좋을지 모르지. 그동

---

*'헛소리'라는 뜻의 'Bullshit'과 'Bukowski'를 합친 말.

안은 칼에 찔렸다는 기분은 갖지 마시오. 내가 당신에게, 혹은 당신에 대해서, 혹은 그 외 다른 사람에 대해서 해야 할 말은 결코 비밀일 일은 없을 거고, 언제나 숨김없을 거요.

당신도 가끔 우울해할 권리가 있지. 그걸 비난하진 않겠소. 하지만 내겐 쉬운 일이 아니었고, 여전히 그래. 내 말대로 우리 일이나 합시다. 당신은 재능과 정직성이 너무 많아. 나는 당신의 적이 되지 않는 편이 좋으니 나를 그렇게 몰아넣진 마쇼.

1973

*부코스키는 1971년 어떤 소규모 잡지에 〈크릴리에 대하여〉라
는 시를 발표했고, 그 시에서 로버트 크릴리를 깎아내렸다.*

〔마이클 안드레*에게〕
1973년 3월 6일

〔……〕 나는 더는 크릴리를 싫어하지 않는데. 그 사람은
어떤 시의 형식 유형을 갈고닦으려고 열심히 작업했으니
까. 내가 이해하진 못해도, 자기 에너지와 삶을 거기 쏟아
부었지. 그 사람 수없이 많은 공격을 받을 거요. 어쩌면 너
무 많이 받은 나머지 몸에 너무 깊이 배어서 그에 대해 거침
없어질 수도 있겠지. 남자라면 마침내 맞서 싸워야지, 아니
면 더러운 벌레가 그를 지배할 거요. 나는 크릴리에 대항하
는 더러운 벌레가 될 마음은 없었소. 나는 싸구려였지. 나
는 그저 그에 대해 진실한 연구를 해보지 않고 그저 짜증만
냈을 뿐. 그저 일등 개, 혹은 개, 혹은 각광에 대한 표준적인
(그리고 자동적인) 공격이었을 뿐이오. 싸구려고, 그런 짓

*시인이자 비평가, 디스크자키.《언머즐드 옥스》라는 비정기 잡지의 편집
자였다.

217

을 하지 않을 만큼 분별이 있었어야 하는데. 하지만 나는 늦된 인간이오, M. 내가 여든 살에 죽는다면, 나는 아마 정신 연령이 열네 살일걸. 내가 하려는 말을 이해할 수 있겠나? 그럼 됐소.

[로버트 헤드와 달린 파이프에게]
1973년 5월 23일

여기 또 제출이오. 들어봐요, 나도 당신들 말뜻을 알아요. 하지만 《한 인간의 편지》는 지나치게 점잔을 빼는 것 같소. 《더러운 늙은이의 편지》가 기합을 빼고 좀 더 말할 수 있게 해주죠. 어쩌면 역사상 자기가 다른 종류가 아니라 그냥 인간이라고 생각한 사람들이 저지른 해악이 훨씬 많을 거요. 내 말뜻은 거룩한 것으로부터 방향을 돌리자는 거요. 그러다 운이 좋으면 거룩해질 수도 있겠지. 노력이나 헌신으로는 해낼 수가 없어요.

게다가 선과 악, 옳고 그름은 계속 변해요. 그건 법(도덕)이라기보다는 기후 같은 거요. 나는 차라리 기후와 함께 남겠소. 나는 이게 바로 수많은 혁명가들이 내 작품에서 보지 못한 거라고 생각하지. 나는 그들보다도 더 혁명적이야. 그냥 그들은 너무 먹물이 많이 들었어. 배움이나 창작의 첫 과정은 먹물을 빼는 거요. 이걸 하려면 인간이기보다는 더러

운 늙은이인 편이 훨씬 더 쉬워요, 알겠소? 좋아요, 오늘은
어떻소?

———————

〔달린 파이프에게〕
1973년 〔6월?〕

그래요, 정부를 위해서 일하거나 정부에게서 기금을 받는
것의 문제점은…… 어쨌든, 한동안이라도, 살아남는 것의
문제점은. 논쟁은 들어서 알고 있어요.

나는 진정한 혁명가는 아니오. 그저 단어를 쓰는 거지. 하
지만 하나의 정부를 다른 정부로 대체하자는 생각은 내게
는 크게 이득이 없어 보이는데. 우리는 개인부터 시작해야
하지. 우리는 지금 갖고 있는 개인을 다른 유형으로 대체하
든지, 그렇게 할 수 없으면, 어쨌든 뭔가 더해 수선을 해야
하오. 나도 거기엔 대답이 없어요. 어쩌면 좀 더 단어가 필
요하려나. 단어들, 단어들, 단어들, 단어들. 흐름을 짓는 것
이지.

한 분야에서 우리 모두는 형편없이 실패하고 말았소. 남
자-여자 관계. 다른 어떤 분야보다도 여기서 더 많은 나쁜
신념과 결핍, 비일관성을 보았지. 사람들은 그저 남을 진정
으로 좋아할 만큼 그릇이 크지 못해요. 그리고 남자와 여자
가 서로를 찾을 수 없다면, 어떻게 정부를 찾을 수 있겠소?

아, 뭐, 새들이 여전히 노래하고 있군……

———————

출판사 '푸시카트'의 설립자이자 당시 '더블데이' 출판사의 공동 편집자였던 헨더슨은 부코스키의 시를 출판하려 하나 결국 이루지 못했다.

[윌리엄 헨더슨에게]
1973년 7월 2일

물론, 내 시 모음집에 관심을 가져주신 건 고마운 일이죠. 하지만 저는 지금 출판사 블랙스패로와 한 "다음 세 책까지는……"이라는 계약이 아직 유효합니다. 그러니 존 마틴이 책을 차례로 내줄 것이고, 그는 이제까지 나한테 무척 공정하고 다정하게 대해줬어요. 사실, 최근 발표한 시들은 막 모아서 가을에 《물속에서 타오르고 불꽃 속에서 익사하고》라는 제목으로 나올 겁니다.

그렇지만 더블데이에서 내 책을 내준다면 무척 영광스러운 일일 테고, 존도 뭔가 좋은 일이 내게 유리하게 이뤄진다면 절대 방해하지 않겠다고는 했습니다. 난 그 친구 말을 믿어요. 무척 좋은 부류죠.

그래서 내가 제안할 수 있는 것은 시를 추려 묶은 판본입니다. 그걸 《시선집》이라고 부를 수는 있을 텐데, 그래도 제목은 붙여야 하나? 내가 당신에게 원고를 보낸다고 해도, 그건 그저 제출일 뿐이고 그걸 거절하는 건 당신의 신성한 권리임을 잘 알고 있습니다. 이런 유의 일들이 어떻게 돌아가는지 잘못 이해하고 있다가 일이 성사되지 않으면 지워지고 구멍이 뻥 뚫린 느낌을 받는 작가들 한둘을 알고 있어요. 나는 이런 식의 인간은 아니니까. 나한테는 자유롭게 대해도 좋습니다.

이제까지 《시선집》은 내본 적이 없어서, 당신에게는 최고의 시만 보내주고 싶습니다. 그 책은 최강의 작품집이 될 겁니다. 그래도 완전히 하품 나오는 지루한 쓰레기가 될 수도 있을 거고. 당신이 편집자니까요.

그렇지만 마틴은 휴가 중이고 7월 10일까지는 돌아오지 않을 것 같습니다, 더 될 수도 있고. 그가 돌아오면 내게 자유를 달라고 부탁해야만 하겠지요. 내 소설 《우체국》 읽어는 봤습니까? 아, 흥미가 없었나요? 뭐, 그렇다고 해도 이해합니다.

나는 젊은 여자의 집에서 살고 있는데, 여기선 가끔 말썽이 일어나요. 그 여자는 그게 사랑이라고 하고, 나는 사랑은 골칫거리라고 하죠. 어쨌든, 아래에 내 현주소를 남깁니다. 사랑 때문에 내가 헤매고 사라진다면 연락받을 수 있는 곳이죠. 당신에게 소식을 듣다니 무척 좋군요. 그래요, 그래.

[로셀 오웬스*에게]
1973년 9월 3일

　나에 대해 당신이 쓴 시와 《[언머즐드] 옥스》에 실은 글을 봤습니다. 그래요, 모두 좋아요. 난 몇 년 동안, 몇 세기 동안 시에 물렸지만 계속 씁니다, 다른 사람들이 하도 엉망으로 하니까. 달의 가장자리에 비친 라벤더색 머리채 같은 거요(그런 연극적 헛소리라니). 심지어 시를 쓴다는 것을 딱히 대단하게 생각하지도 않지만 다른 사람들이 여전히 너무 엉망으로 쓰니까 내가 계속 질질 끌면서 하고 있는 거죠. 단어는 종이를 약간 찢어야 하고, 소리를 내야 하고, 단순히 명확하고 대담하며, 유머 있어야 하고, 자기를 죽여야 하죠.

　오, 이건 너무 거룩하네요. 하지만 내 말이 무슨 뜻인지 알 겁니다.

　이제 나는 종일 빈둥거리고 있습니다. 그저 빈둥거리고 있으면, 세상은 득득 돌아가고, 나는 그 고단한 일에 빠져서 살죠. 하지만 이제는 여기 어떤 벽이 있고, 나는 운이 좀 더 지속되길 바라고 있습니다. 그래야 좀 더 땅 위로 올라갈 필요가 없을 테니까요. 난 나름대로 승진했다고 생각합니다.

*미국의 시인, 극작가.

내 다리와 내 눈과 내 타자기 리본을 얻었죠. 잠시라도 내가 그걸 누리도록 놔주세요.

이제 햄버거나 하나 먹고 담배나 서너 대 피우러 나갑니다. 누군가 망치로 계단을 쿵쿵 두드리고 있네요. 사방에 지겨운 인간들뿐이에요. 다음에 밖에 나갈 땐 이 점에 유의하시죠.

당신은 꽤 괜찮고 활기가 펄쩍펄쩍 도는 시를 쓰는군요. 그래요, 그래.

시인인 클레이튼 에슬리먼을 비롯한 몇몇 《놀라 익스프레스》 독자들은 편집자인 파이프와 헤드에게 《놀라 익스프레스》에 부코스키의 단편 게재를 중단하라고 요청했다.

〔달린 파이프에게〕
1973년 11월 8일

〔……〕 혁명은 오로지 거리에서 일어나야지 예술에 있어서는 안 된다고 생각하는 사람들이 있지요. 예술을 향한 새로운 운동은 항상(예외도 있지만) 조롱과 적대, 증오를 맞닥뜨리기 마련이라는 걸 이해해요. 섹슈얼리티나 인간의 조작 가능성에 관한 영역을 시, 단편, 혹은 소설로 쓰며 탐색한다고 해서, 내가 반드시 그에 포함된 인물의 행동을 용

인한다는 뜻은 아니지. 혹은, 반면, 내가 그에 포함된 인물의 행동을 용인한다는 뜻이 될 수도 있지. 나는 글을 쓰는 시점에는 아무런 생각이 없어요. 나는 생각을 하는 사람이라기보다는 느낌이 중요한 사람이죠. 나는 종종 틀리기도 하고, 똑같은 얘기를 많이 쓰지. 내가 쓴 작품 다수는 본질이 도박이오. 하지만 이 모든 것 덕분에 자유롭게, 그리고 높이 발을 뻗을 수 있는 느슨함이 생기죠. 나는 딱히 특별한 신성한 태도를 주장하진 않아요. 그리고 벌써 너무 많이 말을 했군. 하지만 《놀라》의 독자들이 나가라고 하면 나는 나가겠소. 하지만 내 악몽에 대해 의논하자고 정신과 의사를 찾아가진 않을 거요. 난 다음 수요일 밤에 하니스 경마나 가서 싸구려 녹색 맥주를 마시고, 6번 말에 베팅하겠소. 아, 랄랄라 랄라 랄랄라라 랄라라 라.

1975

로버트 크럼*이 삽화를 그린 부코스키의 단편 하나가 1975년 그리피스가 공동 편집하던 《아케이드》, 《코믹스 레뷰》에 실렸다.

[빌 그리피스에게]
1975년 6월 9일

답장이 늦어서 미안하오. 하지만 여자랑 헤어지는 과정 중이라 내 창자가 다 밖으로 나와 대롱거리고, 뭐 그랬소. 이제 나를 도로 이어 붙여서 다음 전쟁에 대비할 준비를 하고 있소. 그래서, 그동안은, 글쓰기도 다른 모든 일처럼 딱 멈춰 있었소. 그저 남아도는 재료가 없어서. 내 문제는 거절을 당하지 않는다는 거요. 젠장, 그건 끔찍해. 마틴은 내 작품으로 꽉꽉 들어찬 서랍장이 하나 있으니, 뭐라도 하나 꺼내줄 수 있을걸요. 그 친구가 어마어마한 작품을 가지고 있을 텐데. 시작은 했지만 끝내지 못한 소설이라든가, 정신병원과 술독에서 온 편지라든가 등등.

크럼, 그 사람 자체가 만화라는 걸 알잖소. 그가 사람을 그

---

*미국의 유명한 언더그라운드 만화가.

리는 방식, 그게 페이지 위로 들어가는 방식, 모두가 멋진 수액을 머금고 있고 빛이 나고 있어. 내가 라이자 윌리엄스랑 같이 살 때 그 여자 집에서 크럼을 한 번 만난 적이 있는데, 그는 내가 만난 중에서 가장 거만하지 않은 사람이었소. 내 엉망진창 인물에 그가 삽화를 그려준다니 정말 영광스럽고 마술 같아서 기분이 둥둥 뜨는군. 뭔가 잘됐으면 좋겠소. 그리고 현재 내가 역겹고 대롱대롱 매달린 상태라는 게 아쉽소. 하지만, 나를 십자가에 매달려고 했던 다른 여자들도 있었는데 그 여자들보다도 나는 오래 살았으니, 아마 이 여자랑도 잘 끝낼 수 있겠지.

1978

《웜우드 [리뷰]》와 《NYQ[뉴욕 쿼털리]》와 나한테 보내는 당신 편지 막 읽었소. 별거 아닌 일에 너무 안달복달하는 것 같은데. 그리고 가끔 나한테 편지 쓸 때 보면 나를 무슨 바보 천치로 여기는 거 같은 느낌이 든단 말이지.

당신 편지에서 맞닥뜨린 몇 가지 점은 짚고 넘어갑시다. "우리가 여기서 출간하는 책들은 이 분야 전체에서 정말로 중요한 부분인데, 바로 거기서 당신의 실제 수입이 나오기 때문이죠."

요점: 당신에게 받은 내 수입은 한 달에 500달러, 다해서 일 년에 6,500달러요. 여기서 나는 세금 감면도 못 받는 애 양육비도 내야 해요. 당신 출판사의 주요 작가로서 나는 빈곤 수준에서는 아마 상위에 올라가 있을 거고, 무료 식량 배급도 받을 자격이 되지. 그것도 몇 년 동안 그랬소. 물론, 그 전에는 내가 그보다도 못한 돈으로, 훨씬 못한 돈으로 살았다는 거 당신도 알 거요. 이에 대해서 불평하는 건 아니오. 나는 그저 타자기 앞에 앉아서 글이나 쓰고 싶어 할 만큼 미

쳤으니까. 하지만 내가 항의하는 건 스패로와 부크가 정말 잘해나가고 있다고 당신이 말하는 거요. 우린 그렇게까지 번창하지 않고, 한 번도 그런 적이 없었소, '나'는. 여기서는 경제적인 문제만 말하는 거요.

"내가 여기서 당신 책을 먼저 출간하지 않았더라면, 독일 어나 프랑스어 번역도 없었을 것입니다." 이 말을 들으니 내가 2차세계대전에 대해 항의했을 때 우리 아버지가 한 말이 많이 생각나더군. "하지만, 아들아, 전쟁이 없었더라면 난 네 엄마를 만나지 못했을 거고, 너도 태어나지 못했을 거다." 내가 보기엔 딱히 좋은 전쟁 찬성 논리 같진 않은데. 당신의 말은 딱히 사실도 아니오. 내 작품 몇몇은 블랙스패로에서 출판하기 전에도 외국에 번역되어서 나왔었소. 그리고, 혹시 압니까? 누군가 책 번역을 제안했을지? 이게 바로 잡지에 나오는 것의 중요성이지. 내 작품이 번역된 '주된' 이유는 이제까지는 이거요, 내 글쓰기가 번역을 보증할 만큼 강력하고 흥미롭기 때문이라는 거.

마빈 말론은 몇 년 동안 자기 잡지의 정기 특별 기사로 작가들의 특별판과 삽지 페이지를 발간하고 있소. 과거에 나를 위해 몇 번 해주었는데도 이전엔 당신이 그걸 거슬려 하지 않았잖소.

그리고 말론의 목에 "개목걸이"를 해야 한다는 언급 말인데…… 세상에, 그만둬요. 나한테 "작품의 큰 덩어리를 말론의 말대로" 마음대로 줘버려서는 안 된다고 했죠. 존, 모든 작가들은 작품을 쓰는 족족 잡지에 제출하지, 특히 시인들은, 소설가들은 가끔, 단편과 기사 필자들은 언제나. 이런 과정은 범죄도 아니고 바보 같은 짓도 아니오. 나는 내 작품의 큰 부분을 《윔우드》와 《NYQ》에 보냈소. 왜냐하면 이 둘이 지금 현존하는 가장 좋은 시 잡지이기 때문이지. 나는 보통 시인들이 쓰는 양보다 다섯, 여섯, 일곱, 아니 열 배는 더 많이 써요. 내가 만일 모든 시를 네다섯 덩이로 나누어서 미국에 있는 모든 시시껄렁한 잡지에 보내버린다면, 난 글을 쓸 시간이 없어요. 낮이고 밤이고 봉투나 붙이고 있어야지. 난 당신이 소유욕과 경계심을 지나치게 부리고 있다고 생각하오. 덤불 속에는 유령이 그렇게 많지 않아. 당신은 마음껏 골라낼 수 있는 시가 수천 편이나 있고, 시는 여전히 타자기에게서 미친 듯이 튀어나오고 있소.

그리고 말론에게 보내는 편지에서, 고객에게 팔 소책자 열 권을 부탁했던데. 그 사람이 거기 아주 잘 반응해줄 것 같진 않소. 모든 가장자리를 다 찾아다니는 것처럼 보이는군. 가령, 내가 책마다 드로잉을 75개씩(실제로는 150개지만) 싣는다고 합시다. 그러자면 한 달은 걸릴 거고, 그동안 난 다른 창작은 아무것도 못 하겠지. 이 책 75권을 (계약대로) 2,625달러에 판다고 하면, 내게 주는 6,500달러 연봉에서 그걸 빼면 당신은 내게 줄 돈이 3,875달러만 남게 되지. 당신을 위해 등에 땀 나라 일하게 시키는 거요. 그리고 전화로 이렇게 말도 했잖소. "생각해봐요, 드로잉 하나당 35불을 받는다고." 그때 나는 처음으로 생각했지. 이 남자는 정말 나를 바보 천치로 아는구나.

"내가 그 책을 내게 허락해줘요."

그게 당신이지, 존. 하지만 당신은 너무 자주 질투심 많은 색시처럼 굴어.

부코스키-리치먼드 사이에 오간 편지를 묶어서 책으로 내겠다는 기획이 기억나는데. 당신은 이 책 기획에 미쳤었지. 리치먼드는 더 미쳤었고.

"전체 비결은 충분히 거대해야 한다는 거예요. 그래야 작품이 퍼지고 그럭저럭 많은 수의 사람들이 읽을 테니까. 하지만 그렇다고 너무 커도 안 되죠. 그래야 국세청에서 찾아와서 1971년부터 벌어들인 푼돈 하나하나 다 장부에 올리라고 하지 않을 테니까."

존, 국세청에서 온다고 해도 나는 걱정할 게 하나 없소. 당신 사무실이 아직도 엘에이에 있었을 때, 무슨 계약을 하러 내가 들렀을 때가 생각나는데. 내가 들어가니까 당신이 이렇게 말했지. "여기 위대한 인간이 오십니다, 위대한 작가가 오셔." 좋아. 나는 당신네 배송직원에게 맥주를 가져다주고, 그런 다음 우리는 잡담을 좀 나누었는데, 당신네 배송직원이 약간 건방진 말을 하니까, 당신이 나를 보면서 이랬지. "일주일에 90달러 받고 일하는 이 배송직원이 나를 가르치려 드는 걸 봐요." 그 말은 꽤 괜찮게 들렸는데, 왜냐하면 당신은 나한테 한 달에 250달러인지 300달러를, 얼만지는 잊어버렸지만, 그 정도 주고 있었거든. 심지어 그 배송직원은 나보다 유명하지도 않았는데.

난 당신에게 붙들려 있소. 난 뉴욕 출판사한테도 제안을 받았지. 경쟁자들에게서도 제안을 받았고. 그래도 당신 옆에 남았어. 사람들이 나한테 멍청하다고 하더군, 많은 사람들이. 그래도 난 개의치 않았지. 나는 내 나름의 이유로 마음을 먹었으니까. 다른 아무도 없었을 때 당신이 있었지, 내가 글을 모아 돈을 받을 수 있도록 도와주었어. 내게 좋은 타자기를 사줬고. 아무도 내 문을 두드리지 않았는데. 나는 신의가 있어요. 그건 나의 독일인 혈통에서 오는 것 같은데. 하지만 내가 글을 쓸 수 있도록 내 마음을 깨끗이 비워둘 수 있게 해줘요. 내가 원하는 건 타자를 치고 내 와인을 마시고 자잘한 일들을 하는 거요. 이런 편지들은 에너지 낭비야. 그저 내가 글을 쓰고 내 헛소리를 다른 작가들처럼 부치는 것만 하게 하시오. 엄마닭처럼 굴지 말라고. 올해엔 운 좋게도 좋은 시를 몇 편, 많이 썼지. 아직도, 사방에서 와서 우글우글 모여 있다는 게 흐뭇해. 《여자들》은 나의 걸작이오. 그 책은 엄청난 증오, 꽤 대단한 반응을 불러일으키긴 하겠지, 탁월하고 독창적인 예술 작품이 언제나 그런 것처럼. 좋아요. 그러면 이걸로는 다른 어떤 작품보다 유럽에서 더 잘해봅시다. 하지만 계속하고 싶어요. 계속 쓰면서 내 역할을 제대로 하고 싶지. 난 그저 당신이 나를 항상 얼간이 천치로 취급하지 않길 바랄 뿐이오. '무슨 일이 일어나고 있는지 나도 알아요.' 그러니까 내가 그걸 종이에 쓸 수 있는 거 아니 겠소.

당신은 내가 사적으로 알고 지내는 다른 사람들과 똑같아. 사람들은 안내한답시고 나를 이리저리 휘두르길 좋아하지, 코를 꿰어서 끌고 다니길 좋아해. 가끔은 그 사람들 손을 콱 물어버리고 싶소. 내가 기르는 늙은 검은 고양이 부치가 가끔 그러거든. 나는 걔를 점점 더 잘 이해하게 되지. 당신도 나를 이해해주길 바라오. 여든 살까지는 긴 시간이야. 내가 그때까지 해나갈 수 있을진 모르지만, 길 위에 떨어진 똥은 다 치워버리도록 합시다. 나는 당신의 장례식에 가서 눈물 한 방울 떨구고 작은 꽃다발이라도 놓고 오고 싶소. 알겠소?

1979

아직 《여자들》 번역을 시작하지 않았길 바라오. 존 마틴과 내가 작업하고 있어요—나는 그가 소설에 '자기' 글을 너무 많이 집어넣었다고 주장하고 있죠. 삽화용으로 몇 페이지를 동봉하겠소. 원본 원고를 복사하고 있으니, 곧 우편으로 보내주죠. 존은 내가 원래 원고에서 100페이지 넘게 수정을 보냈다고 합디다. 내가 이 원고를 존에게 받으면, 당신에게 우편으로 부쳐주죠. 그 친구가 내 표현을 너무 많이 바꿨다는 느낌이 정말로 들어요. 어떨 때는 문장 하나 걸러 고친 거 같기도 하고. 이건 나를 존중하지 않는 행동이지. 사소한 문법 수정이나 현재시제, 과거시제를 다듬는다거나 하는 건 상관 안 해요. 그렇지만 너무 많은 문장을 건드려놓으면 내 글쓰기의 자연적 흐름을 해치지 않나. 내 글쓰기는 들쑥날쑥하고 거칠지만, 나는 그런 식으로 '남아 있기'를 바라오. 그걸 '매끈하게' 다듬어놓기를 원하지 않는다고. 또한 이 소설의 큰 부분이 삭제되었어요. 전체 원고를 받으면, 당신이 넣고 싶고 빼고 싶은 걸 고를 수 있을 거요. 이런 식으로 하면 당신의 선택이 좁아지지. 지금 이 소설이 읽히는 방식 말이오.

존은 자기는 결백하다고 주장하고 여기 직접 오겠다고 하니 우리는 전체 작품을 함께 훑어볼 거요. 가끔은 타자수가 지쳐서 어떤 건 빼버리기도 한다고 말하더군. 그의 타자수는 소설 읽는 내내 피곤한가 본데.

어쨌든 동봉한 건 내가 손에 쥔 원본 원고에는 없는 '사소한' 변경 사항이오. 아직 번역을 시작하지 않았으면 좋겠는데. 나는 존에게 물었지. "윌리엄 포크너랑도 이렇게 할 거요?" 그랬더니 확실히 자기는 대학 교수랑은 그렇게 안 할 것 같다고 하더군. 크릴리랑도 그럴 것 같다고, 쉼표 하나 안 바꿀 것 같다고. 내가 하층 노동계급 건달 출신이라서 그런 건가. 그래서 내가 자기 일을 제대로 못 한다고 생각하는 거지. 하지만 '본능적으로' 나는 제대로 하고 있고, 그도 이 사실을 알아야만 할 거요. 그가 반 고흐의 작품에 손대는 거 상상할 수 있소? 이런 젠장……

린다 리와 나는 당신과 마이키, 월트라우트에게 안부를 전하오.

추신. 프랑스 사람들과 이탈리아 사람들은 어떻게 생각할지 궁금한데? 그 사람들에게 원본 원고 사본과 변경 사항 100페이지를 보내봐야 할 것 같소. 지금도 좋은 소설이지만, 거기다 끼워 넣은 나쁜 글과 다른 부분을 빼버리면 위대하고 야생적인 소설이 될 것 같고. 그 사람들은 수 세기 동안 뭔가 위대한 것을 받는 대신에, 이 흐리멍덩하고 짓밟힌 판본을 받아왔겠지……

———————————

〔존 판테*에게〕
1979년 1월 31일

친절한 편지 감사합니다. 당신에게 편지를 받으니 매우 기이하고 이상한 기분이 들었습니다. 제가 처음으로 《먼지에게 물어라》를 읽은 지 수십 년이 지났습니다. 마틴이 내게 소설 복사본을 보내줘서 이제 다시 시작하고 있는데요, 전처럼 잘 읽히는군요. 도스의 《죄와 벌》, 셀린의 《밤의 끝으로의 여행》과 함께 제가 가장 좋아하는 소설입니다. 좀더 일찍 답장을 쓰지 못한 것을 용서해주십시오. 하지만 이젠 무척 많은 일들에 빠져 있어서요. 희곡, 다른 사람의 희곡 교정, 단편, 그리고 또 술과 경마, 여자친구와 싸우기, 내 딸 찾아가기, 그리고 기분 나빠하기, 그러다가 기분 좋아하기, 그 외 모든 일들을 해야 해서요. 그러다가 당신 편지를 잃어버렸는데, 어젯밤 찾아내고 무척 자랑스러웠죠. 봉투 뒷면을 사용해서, 그 친구의 희곡 수정 사항을 적어놓았던 겁니다(제 첫 소설 《우체국》의 각색이죠). 그래 여기는 비

*미국의 소설가, 극작가. 대표작으로 《먼지에게 물어라》(1939)가 있다.

가 오고 있고 나는 당신에게 재빨리 편지를 씁니다. 내일 경마에 가려면 은행에 가서 이 수표를 현금으로 바꿔야 하거든요.

당신의 글이 내 인생을 도왔고, 한 사람이 감정에 지배당하지 않고서도 글을 쓸 수 있다는 진짜 희망을 주었죠. 그 누구도 당신만큼 이걸 잘해내지 못했습니다. 나는 그 책을 천천히 읽으면서 다시 한 번 즐길 생각입니다. 내가 합리적인 서문을 쓸 수 있으면 좋겠군요. [H. L.] 멘켄은 이런저런 장점 중에서도 눈이 날카롭죠. 이제 당신과 같은 재능이 다시 표면에 떠오를 때라고 생각합니다. 비록 블랙스패로 출판사는 뉴욕에 있진 않지만, 어떤 권위와 한 방이 있는 곳이고 그런 책들은 뉴욕에서 먹여주는 건 뭐든지 먹어치우는 일반 대중과는 다른 사람들에 의해 더 오래 지속되고 더 잘 읽힌다고 봅니다.

당신에게 연락을 받다니 정말 기쁩니다, 판테. 당신은 이제까지 줄곧 제겐 일등이었습니다. 타자기로 쳐서 보내는 걸 용서해주십시오. 제가 책을 다 읽고 서문을 쓰면, 허락을 받을 수 있게 우편으로 보내드리겠습니다. 아내분과 아드님에게 안부를 전해주십쇼. 오늘 하늘이 축축하니, 내일 경마장은 진흙투성이겠지만, 난 당신을 생각하고 어째서 《먼지에게 물어라》가 그렇게도 훌륭한지 사람들에게 말할 수 있는 행운을 생각할 겁니다. 고맙습니다. 네, 네, 네……

[카를 바이스너에게]
1979년 2월 6일

　[……]《여자들》로 말하자면, 수정한 100페이지를 어딘
가에서 잃어버렸소. 그것들 중 몇 부분은 들어가긴 했을 텐
데…… 가령, 끝부분에 나는 고양이에게 검은 털과 노란 눈
을 주었었는데…… 어쨌든, 지금 너무 엉망진창이어서, 존
마틴이 약간 정신이 나간 거나 아닌지 싶어요. 이건 무척 수
치스러운 행동이라고 생각하오. 자기 "글"로 작업한다는 것.
우리 모두 이따금씩 미치는 거지. 어쨌든, 두 번째 교정본이
좀 더 잘 읽히는군. 사람들이 두 판본을 비교하면 진짜 이야
기가 뭔지는 절대 알 수 없을 것 같소. 내가 치매 때문에 정
신이 흐려져서 다른 사람이 나서서 나 대신 수정을 해줬다
고 생각하기 십상일 텐데. 그건 받아들이기가 꽤 힘들군. 나
는 내 글로 비난받는 건 괜찮은데, 다른 사람의 잘못을 내가
가만히 누워서 받아야 하는 건 좋지가 않거든. 어쨌든 장차
내 작품을 할 땐 존을 좀 더 유심히 감시해야겠소. 그가 다
시 나를 엿 먹일 것 같진 않지만. 이따금 마틴의 행동과 방
식 때문에 구역질이 나요. 당신이 내 망할 편집자였으면 좋
겠지만, 적어도 당신을 번역자이자 대행인, 친구로 둘 수 있
다니 그건 신에게 감사할 일이오. (아, 그래, 존은 실제로
이런 말도 하던데. "가끔 타자수가 지루해지면 뭔가 빼버리

기도 한다고." 포크너나 제임스 조이스가 그런 걸로 방해받을까 궁금한데?) 〔……〕

영화 시나리오〔〈술고래(Barfly)〉〕를 바벳 슈로더와 작업하고 있소. 30페이지 정도 했나. 하지만 놀랍게도 그 친구 '플롯'을 원하고 인물의 진화를 원하지 뭐요. 망할, 내 인물들은 진화하지 않아. 그들은 완전히 엉망진창이오. 그들은 타자도 못 친다고. 나는 그들을 자유롭게 풀어놓고 싶고, 어떨 땐 설명할 것도 없어요. 그들은 그저 무언가의 들쭉날쭉한 가장자리요. 영화가 어떻게 만들어지는지 실마리를 주는 건 상관없는데, 누군가 내 꼭두각시 인형 줄을 움직이려고 하다가 종종 춤 자체는 잊어버린다니까. 뭘 어떻게 하는지를 잊어버려. 아, 좋아요, 좋아.

———————

〔존 판테에게〕
1979년 12월 2일

전화로 당신 소설의 결말을 들었는데 좋더군요. 다시 한번 좀 더 판테다운 결말, 일급, 언제나 그렇듯이 유일무이한 수준이었습니다. 당신이 아직도 그렇게 할 수 있다는 걸 아니까 마음이 몹시도 홀가분해졌습니다. 애초부터 당신이 내 동력이었고, 이 오랜 세월이 흘렀어도 다시 저를 활력으로 채웁니다.

저는 한동안 무력한 시기에 빠져 있었는데, 그런 적이 많진 않았거든요. 제 글쓰기가 항상 특출 나게 훌륭했다는 뜻은 아닙니다. 내 말은 언제나 계속 나오긴 했다는 거죠. 그런데 최근에는 뚝 끊겼어요. 뭐, 요전 날 밤에 시 몇 편을 쓰기는 했는데, 이전과 똑같이 보이진 않더군요. 나도 모르게 린다에게 떽떽거렸고 지난밤에는 고양이를 발로 차기까지 했어요. 저는 그렇게 시시한 프리마돈나처럼 행동하는 걸 좋아하진 않습니다. 그렇지만, 작품이 나오지 않으면 독을 마신 것 같아요. 어떻게 웃는지도 모르겠고, 라디오에서 좋아하는 교향악이 나와도 나도 모르게 귀를 기울이지 않게 되더군요. 거울을 보면 거기 아주 비열한 남자가 보입니다. 작은 눈, 노란 얼굴. 나는 초췌하고 쓸모없고 말라버린 무화과 같죠. 내 말은, 글이 가버리면 거기 뭐가 있습니까, 뭐가 남겠어요? 지겨운 일상뿐이죠. 일상의 동작들. 플랩잭* 같은 생각들. 그런 진부한 춤은 맞닥뜨릴 수가 없어요.

당신에게서 연락을 받으니, 조이스가 내게 소설 결말을 읽어주는 것을 들으려니, 용기와 정열이 흐르는 판테식 운율을 들으니, 죽음과도 같은 상태에서 나를 끌어올리는 거 같습니다. 와인은 땄고, 라디오는 켰고, 이 기계에 종이 몇 장 꽂아 넣으려고 해요. 그러면 뭔가 나오겠죠, 당신 덕분에. 셀린과 도스와 함순 덕분에 나오기도 하겠지만, 주로 당

*귀리, 버터, 시럽으로 만든 비스킷이나 팬케이크.

신 덕분에 나올 겁니다. 어디서 그런 재능을 얻으셨는지는 모르지만, 신들이 아마 쑤셔 넣어주었겠죠. 살아 있건 죽었건 간에 세상 그 누구보다도 당신이 내게 더 의미가 있었고, 지금도 의미가 있습니다. 이 얘기는 꼭 드려야겠어요. 이제 나는 약간 미소를 지을 수 있습니다. 고마워요, 아르투로〔반디니〕.*

*존 판테《먼지에게 물어라》의 주인공이자 작가의 페르소나이다.

1980

〔존 마틴에게〕
1980년 〔6월?〕

　〔······〕 헨리 밀러. 그가 세상 떴을 땐 예상을 하고 있어
서 그랬나 별 느낌이 없었소.* 내 마음에 들었던 건, 그가 세
상을 떠날 때, 그림을 그리려 했다는 것이었고, 내가 그의
작품에서 본 것들은 무척 훌륭하고, 따뜻하고, 뜨거운 색깔
이었다는 거지. 그와 같은 삶은 얼마 없었소. 그 사람은 글
에서도 그런 일을 해냈어. 다른 사람들이 아무도 가려고 하
지 않을 때, 하려고 하지 않을 때, 딱딱한 검은 호두를 깬 거
지. 나는 언제나 그 사람 책을 읽는 게 힘들었는데, 그는 애
기를 하다 말고 이 스타트렉같이 생각 많고 정액을 찍 싸는
횡설수설 속으로 빠져들곤 했으니까. 마침내 그 경지까지
이르면 좋은 부분이 더 좋아지긴 하는데, 솔직히 말해서 나
는 보통은 대체로 읽다 말았소. 로런스는 달랐지. 그 사람
은 쭉 끝까지 확고한데, 밀러는 좀 더 현대적이고 덜 예술적
이라서 스타트렉 같은 횡설수설로 빠지곤 한 거요. 내 생각

*헨리 밀러는 1980년 6월 7일 사망했다.

에 밀려가 만들어낸 문제는 (그의 잘못은 아니고) 그가 자기 작품을 팔아넘기고 (일찍부터) 밀어붙여서 남들이 그렇게 해야 하는 거라고 생각하게 만든 거요. 그래서 이젠 반쪽짜리 작가들 부대가 문을 두드리고 자기 작품을 팔아넘기고 자기 천재성을 주장하게 됐지. 자기들이 "아직 발견되지 않았다"는 이유만으로. 그리고 이 미발견이라는 사실만으로 그들은 자기 천재성을 확신해. "세상은 아직 그들을 맞을 준비가 되지 않았으니까."

세상은 앞으로도 그들 대부분을 맞을 준비가 되지 않을 거요. 그들은 글을 어떻게 쓰는지도 몰라. 그들은 단순히 단어의 우아함이나 그 방식에 감동을 받지 않지. 내가 만났거나 읽어본 사람들은 아니었소. 다른 사람들은 있길 바라오. 우리는 그들이 필요해요. 주위를 둘러보면 흉한기라고나 할까. 하지만 기타를 메고 돌아다니는 친구들처럼 가장 재능이 빈한한 자들이 가장 시끄럽고, 가장 모욕적이며, 가장 자기 확신에 넘친다는 걸 발견했지. 그들은 내 소파 위에서 잠자고, 내 양탄자 위에 토하고, 내 술을 마시면서 내게 끊임없이 자기들의 위대함을 말했지. 나는 노래나 시, 소설, 단편을 출판하진 않소. 전장(戰場)에는 주소가 있지. 친구들이나 여자친구나 다른 사람들에게 빌어봤자 하늘에 대고 딸딸이 치는 거나 똑같아. 그래요, 오늘 밤 나는 와인을 퍼마시고 있고, 손님이 많아서 어질어질한 것 같소. 작가들이여, 부디 나를 작가들로부터 구원하기를. 알바라도 거리

의 매춘부들이 하는 대화가 훨씬 흥미롭고 훨씬 독창적일 거요. [……]

헨리 밀러. 죽이게 좋은 영혼이었지. 그는 내가 셀린을 좋아하듯이 셀린을 좋아했소. 내가 네일리 체리에게 "비밀은 행 안에 있다"라고 말한 것처럼. 그때 나는 한 번에 한 행을 의미한 거요. 공장과 호텔 방 안 맥주 캔 옆에 나동그라져 있는 신발 한 짝이 포함된 행들. 모든 것이 여기에 있고, 앞뒤로 왔다 갔다 하며 번쩍거리지. 사람들이 우리를 앞지를 순 없을 거요. 심지어 무덤조차도. 농담은 우리의 것이니까. 우리는 멋진 스타일로 빠져나가지. 그 사람들이 우리한테 어떻게 할 수 있는 일은 없소.

———————

[마이크 골드*에게]
1980년 11월 4일

저는 거절당한 작품과 그에 대한 작가들의 생각을 싣는 "거절" 특집호를 진행했던 어떤 편집자를 하나 알고 있습니다. 전 그 사람에게 아무것도 보내지 않았고, 내 거절당한 원고는 거절당할 만했다고 말했죠.

그 호는 나오지 않았어요. 거절당했던 작품을 그 편집자

---

*소설가이자 문학평론가로 본명은 이초크 아이작 그라니치. 미국 프롤레타리안 문학의 기수로 꼽힌다.

가 받아주자 작가들의 불평이 퍼져나가, 작은 집에 근친교배의 공포가 바글바글 차올랐던 게죠.

물론, 대량 유통되는 잡지와 소규모 잡지, 책에 실린 나쁜 글들은 많이 있습니다. 나쁜 편집자들은 계속 편집하고, 나쁜 작가들은 계속 글을 쓰죠. 많은 출판이 정치, 친분, 타고난 어리석음을 통해 이뤄집니다. 적게나마 나오는 좋은 글은 대체로 우연이거나 수학적으로 희소하죠. 좋은 작가가 좋은 편집자를 만날 확률은요.

거절을 당했어도 나쁜 작가가 계속 글을 쓰도록 격려하느냐 아니냐는 중요하진 않습니다. 어차피 그들은 계속 쓸 테니까요. 소규모 잡지가 인쇄하는 글 중에서는 15퍼센트 정도만 괜찮은 글이에요. 더 큰 잡지는 20퍼센트 정도일까.

소규모 잡지 분야에서는 슬픈 일들이 일어나죠. 저는 소규모 잡지에 꽤 생생한 작품을 쓰는 작가를 하나 알았습니다. 그 친구는 여기저기, 저기여기 기고했지요. 소규모 잡지 편집자들이 소책자를 두세 권 출판해주기도 했고. 대략 200부 정도 찍었으려나. 이 작가는 끔찍한 직장에서 일했고, 매일 밤 창자가 짓밟히고 대롱대롱 매달린 채로 집에 와서 그에 대해 글을 썼어요. 소책자가 두 권 더 나오고, 소규모 잡지에 좀 더 이름을 냈죠. 잡지를 펼칠 때마다 여기 그 사람 이름이 있는 겁니다. 그 친구는 자신이 작가라는 결론을 내리고 아내와 아이들을 데리고 서부에 왔어요. 아내는 일자리를 구하고, 그는 타자기 앞에 앉아서 두드렸습니다. 그의 책장엔 소규모 잡지와 소책자가 가득 들어 있었고, 아홉 명에서 열한 명 정도 되는 청중이 모자에 모금을 해주는 시 낭독회를 했어요. 그의 시는 점차적으로 말랑해졌지만 그의 책장이 그의 뒤를 받쳐줬죠. 물론 그걸로는 전기세도 못 내지만, 그는 천재니까 그런 걸 대신 해줄 사람, 전기 요금이나 모든 다른 고지서, 집세 등등을 내줄 아내가 있었죠. 나는 그가 다시 일을 했으면 좋겠습니다. 이젠 그 아내가 타자기 앞에 앉을 때일지도 모르죠. 이건 하나의 예지만, 이런 경우는 오십, 아니 천 배로 곱할 수도 있을 겁니다.

뭐가 진짜고 뭐가 진짜가 아닌지는 혼동되죠. 내가 20대 초였을 때, 글 쓸 시간을 벌려고 하루에 캔디바 하나만 먹고 살던 때가 생각나는군요. 일주일에 단편 대여섯 편을 썼지만, 그것들은 모두 반송되었어요. 하지만 《뉴요커》, 《하퍼스》, 《애틀랜틱》을 읽어보면, 거기엔 19세기 문학 같은 글 외에는 실려 있지 않았습니다. 조심스럽게 애써 꾸민 듯하고, 따분하게 작업해서, 지루함이 페이지마다 속속들이 기어 다니는 글들이었죠. 이름 있는 작가들, 위조꾼들이 하품 나게 해서 나는 얼간이가 된 것만 같았습니다. 내가 꽤 괜찮은 작가라는 생각은 있었지만, 그걸 알 길은 없었죠. 나는 철자도 잘 틀리고, 문법은 개판이었지만(지금도 그렇고), 내가 그 사람들보다 뭔가 잘한다는 느낌은 있었어요. 나는 멋지게 쫄쫄 굶고 있었죠.

왜냐하면, 내가 거절당한다고 해서 그게 내가 반드시 천재라는 의미는 아니기 때문입니다. 어쩌면 그저 형편없는 글을 쓰는지도 모르죠. 제가 자가출판을 하는 무리를 좀 아는데, 그들은 과거의 위대한 작가들도 자가출판을 했다면서 두서너 명 예를 듭니다. 아우. 또 생전에 인정받지 못한 사람들도 끌어들이고요(반 고흐라든가 등등). 그게 물론…… 아우.

큰 규모의 잡지에서 보내는 거절 편지는 보통 인쇄되었고 그래서 영혼이 없죠. 하지만 나는 자신들이 신이라고 생각하는 소규모 잡지 편집자에게도 그런 걸 받아봤습니다. 기억나는 게 하나 있군요. "대체 이 허접쓰레기는 뭐지?"라는 편지. 서명도 없고, 그냥 종이에 잉크로 크게 휘갈겨 썼더라고요. 그런 성격의 것들을 한 번 이상 여러 번 받았죠. 그게 예이츠에 훅 꽂힌 여드름쟁이 열일곱 살짜리가 아버지 차고에서 버려진 등사기를 이용해서 찍어낸 것인지 아닌지 어떻게 압니까? 나는 알죠. 그 잡지를 읽었으니까. 누가 읽고 싶겠어요? 한 달에 시를 30편이나 쓰다 보면 읽을 시간이 없어요. 시간이 있고, 돈이 있으면 술을 마셔야죠.

크게 성공한 작가는 대통령이나 마찬가지입니다. 광분하는 대중이 그들 안에서 뭔가 자기 자신의 모습을 인식하고 표를 줘버리거든요.

무척 혼란스럽네요, 마이크. 뭐라고 말해야 할지 모르겠어요. 나가서 단거리 경마나 보러 갈 준비를 해야겠습니다.

1981

[카를 바이스너에게]
1981년 2월 23일

　[……] 《호밀빵 햄 샌드위치》를 끝낸 후에 단편으로 돌아가야겠소. 《호밀빵》은 다른 소설들보다 더 어렵고 느린데, 다른 소설들에는 그렇게 조심할 필요가 없었거든. 여기서는 조심해야 하지. 어린 시절, 성장물은 우리 모두가 해내기, 끝내기 고통스러운 것이고 너무 과해지는 경향이 있으니까. 나는 인생의 이 시기에 관해서 쓰면서도 그 고귀함을 너무 강조해서 약간 역겨워지지 않는 문학 작품은 별로 읽어본 적이 없어. 나는 용케도 거기에 균형을 잡으려고 하고 있지. 어쩌면 가망 없는 삶의 공포가 악마의 목구멍에서 나온 거라고 해도, 배경 음악 같은 가벼운 웃음을 자아낼 수 있지 않겠소. [……]

　헤밍웨이의 편지를 읽고 있어요. 끔찍하더구먼. 적어도 초기 편지는 그래. 이 사람 꽤 대단한 정치가였는데, 권력자들을 가지고 놀고 만나고 그랬던데. 뭐, 그래도 괜찮지 않겠나? 그때는 작가가 많지 않았으니까. 잡지도 그랬고. 책도. 뭐가 되었든 말이오. 이제는 작가가 수십만 명, 문예지가 수

천 개, 출판사도 많고 비평가도 많지. 하지만 중요한 건 작가가 수십만 명 된다는 거요. 가령, 요새 배관공을 한 명 부른다고 해봅시다. 그러면 한 손에는 자기 파이프렌치, 다른 손에는 압축기를, 그리고 엉덩이 주머니에는 자신의 엄선된 마드리갈을 실은 소책자를 꽂고 나타나요. 심지어 동물원의 캥거루를 봐도, 당신을 보면 자기 주머니에서 시를 적은 종이 뭉치를 꺼낼걸. 8.5×11 크기의 방수용지에 한 줄 간격을 맞춰 타자로 작성한 걸로.

아래 언급되는 연극 〈부코스키, 우리는 당신을 사랑해〉는 1981년 로마에서 초연되었다. 갈리아노 제작, 마르코 페레리 감독의 〈스토리에 디 오르디나리아 폴리아(일상의 광기에 대한 이야기)〉는 1981년에 나왔다.

〔존 마틴에게〕
1981년 2월 24일

실비아 비지오가 망할 희곡으로 쓰겠다며 당신의 무기고에 있는 블랙스패로의 부코스키 책 중 반의 판권을 요청하는 편지를 이미 받았을 것 같소. 그들은 돈은 한 푼도 내놓지 않고, 소규모 비영리사업으로 할 거라고 주장하던데, 실제로는 이걸 2년 동안 여러 도시에서 공연할 예정이라는

군. 당신이 허가를 해주지 않았으면 좋겠지만, 이미 했다면 야…… 뭐, 그 사람들은 시티라이츠에서 낸 책에 있는 여러 단편을 도둑질해 간 것도 말끔하게 하지 않았으니까.

비지오는 이 권리에 서명해달라며 나를 끊임없이 괴롭혔지. 나는 그 여자를 위해 인터뷰도 하고, 이런저런 쓸데없는 일들에 대해 지껄여대는 나를 비디오로 찍도록 허가도 해주었지. 하지만 난 개인적으로는 인간으로서 그 여자나 그 작업 방식에 혐오감이 있소. 그녀는 명백히 이 사기꾼들의 얼굴마담이고, 나는 그쪽 분야와는 아무런 관련을 맺고 싶지 않다는 뜻을 여러 번 전했지.

"하지만 그 사람들은 이걸 2년 동안이나 준비해왔어요!"

"그 사람들은 선생님을 사랑해요!"

"그 사람들은 선생님이 거기 와서 자기들을 만나고 연극을 볼 수 있게 여비를 내고 싶어 해요."

나는 그 여자에게 말했소. "그거 헛소리지! 애초부터 왜 시작 전에 허가를 받지 않았나?"

나는 이탈리아인들을 좋아하지 않소. 그 사람들은 몰래 슬금슬금 일을 꾸미고, 그들이 일하는 모든 방식은 역겹기 그지없어. 어떻게 내 작품을 훔쳐서 물어보지도 않고 그냥 무대에 올릴 수 있지? [세르지오] 갈리아노는 같은 단편으로 '영화'를 만들려고 하고 있소. 갈리아노가 돈을 낸다면, 그자들은 어디로 빠져나갈 거요?

그리고 또 다른 문제가 있소, 갈리아노 쪽에서. 갈리아노는 4만4천 달러를 지급하기로 했는데, 4천 달러만 보내고, 나머지 돈은 우편환으로 한 달 전에 보냈다고 주장하고 있어. 말짱 거짓말이지. 그리고 '조지아'에 와서 벤 가자라와 함께 지금 영화를 찍고 있다는데. 이탈리아인들이란…… 히틀러도 그들을 신뢰하지 않았고, 나도 이젠 그 이유를 알겠어. 그들은 뺀질거리고 거짓말을 하고 사람 뒤통수를 쳐.

똑같은 일들이 다른 작가들에게도 일어났을 게 확실하지. 작가들은 그냥 글자나 종이에 적는 사람들처럼 보이거든. 손쉬운 먹잇감이지. 그저 다음 줄이나 생각하고, 자기의 시시한 기분 상태에 맞지 않는 외부적인 일들에 방해받기 싫어한다고. 그것도 사실이긴 하지만, 그렇다고 유린당하는 걸 좋아하진 않거든.

이 개새끼들은 법정 절차를 밟는 비용도 아니까, 자기들이 우리에게 엿을 날리고 이탈리아 시골 마을로 숨을 수 있다는 것도 알지.

아 참, 존, 시 두 편 동봉하오.

1982

〔존 마틴에게〕
1982년 1월 3일

뭐, 우리는 또다시 그들의 가짜 헛소리는 모두 다 지나쳤
으니까, 그들이 자기들의 지루한 정상성에 안주하겠다면,
우리도 그렇게 해낼 수 있겠지.

글쓰기는 내게 한 번도 일이 아니었소. 심지어 형편없는
글이 나올 때도 그 행위, 타자기 소리, 가야 할 길은 좋아하
지. 그리고 난 형편없는 글을 써서 보냈다가 반송되어 오면,
그 글을 들여다보고 별로 신경 쓰지 않아요. 향상할 기회가
생긴 것 아니오. 그걸 붙들고 타자를 탁 탁 탁 쳐나가야 하
는 문제지. 함께 계속 고쳐나가야 하는 거요. 글이 더 좋게
들리고, 잘 읽히며, 좋은 느낌이 들 때까지 실수와 행운 모
두. 그게 중요하다거나 중요하지 않다거나 하는 문제가 아
니라. 그저 탁 탁 탁. 물론, 타자를 쳤는데 흥미로운 얘깃거
리가 같이 딸려 나오면 좋지. 그래도 그런 일들이 매일 생기
는 건 아니잖소. 가끔은 이틀 정도 기다리기도 해야 해. 그
리고 그걸 수 세기 동안 해온 거물들은 정말로 잘해내지 않
았다는 걸 알아야 하오. 물론 그들을 베끼기도 하고, 애초에

그들이 없었다면 시작도 못 했을지 모르지만, 그래도 빚진 건 아무것도 없어. 그러니 탁 탁 탁……

　뭐, 당신과 내가 좀 더 오래 함께했으면 좋겠소. 우리가 같이 보낸 시간은 마술 여행이었고, 당신은 당신대로 일하고, 나는 나대로 일했지. 우리 사이엔 말썽도 얼마 없었고. 우리 둘 다 일은 어떤 식으로 해야만 하는 고지식한 옛날 사람들이고, 그런 식으로 계속하고 있으니. 즉 우리는 과거의 가장 좋은 것과 현대의 가장 좋은 것을 혼합한다는 거요. 30년대와 40년대, 어쩌면 20년대도 약간 슬쩍 섞어서. 새로운 작품들에서 결여되어 있는 주된 요소는 장대한 불멸의 문체, 접근 방법, 고통과 성공에 대항하는 방법이라고 생각하오. 우리는 꽤 훌륭해, 존. 그 상태 그대로 머물러 있자고. 11라운드가 시작하는데, 다른 편 새끼는 지쳐가는 것 같소.

———————

1982년 1월 《모래지치 속 매달림》에 대한 피터 슈젤달의 비평문이 《뉴욕 타임스 북리뷰》에 실린다.

[카를 바이스너에게]
1982년 2월 13일

[……] 《뉴욕 타임스》에 내 시집을 비평해준 비평가는 꽤 괜찮은 친구라는 생각이 드는군. 자기 언어도 알고, 책도 많

이 읽었고, 등등. 하지만 그 사람이 밥을 굶어봤다거나, 한 다리가 부러져봤다거나, 매춘부의 오줌을 맞아봤다거나, 공원 벤치에서 자봤다거나 등등, 그런 경험이 있을 것 같진 않군. 이런 일들이 필수적이라는 건 아니나, 실제로 벌어지는 일이고, 그렇게 되면 생각이 약간 달라지는 경향이 있지. 나 본인은《모래지치 속 매달림》을 좋아하오. 나는 이 모든 세월 후에도 광기를 별로 많이 잃지 않고서도 단어에 대해 점점 더 좋은 감이 생긴 것 같다고 생각하지. 내가 제일 좋아하는 건《호밀빵 햄 샌드위치》지. 마틴은 그게 내가 이제까지 쓴 작품 중에서 최고라고 주장해. "그 작품은 19세기 러시아 거장의 배짱과 용기를 가지고 있다"고. 뭐, 그 말은 참 좋군. 나 그 작가들을 정말 좋아하니까. 그들은 절망적인 고뇌 속에서도 입가 한쪽으로 웃음을 지으면서 터벅터벅 걸어갈 수 있었지.

———

[잭 스티븐슨*에게]
1982년 3월

[……] 그들 대부분이 같은 식으로 시작하지. 시인들 말이오. 그들은 꽤 괜찮게 시작해. 그들은 다른 이들로부터 고

*출판업자이자 편집자. 1986년《팬더모니엄》이라는 일회성 잡지를 발간했고, 여기에 부코스키가 시를 실었다.

립되었고, 약간 정신이 돌 만큼 깜짝 놀라 단어를 혹독하게 다루고, 알겠지만 순수하지. 처음에는 그 사람들에게도 어떤 조짐이 있었어. 그러다가 뭔가 이뤄내기 시작하지. 낭독회를 점점 더 많이 하고, 자기들 일파에 속하는 다른 사람들도 만나지. 서로 이야기도 하고. 자기들이 똑똑한 인간인 양 생각하기 시작해. 정보와 영혼, 동성애, 유기농 농업……등등에 대해 성명서를 내지. 그들은 배관 말고는 만사를 알고 있는데, 배관도 알아야 한다고, 자기들이 똥으로 가득 차 있으니까. 그들이 발전하는 걸 보면 정말 기운이 꺾여. 인도 여행, 호흡 연습─더 시끄럽게 떠들 수 있게 폐를 발달시킨다나. 곧 그 사람들은 '선생'이 되고, 다른 사람들 앞에 서서 '이러저러하게 하는 법'을 떠들어. 그냥 '글쓰기'에 대한 게 아니라 세상의 '모든 일'을 어떻게 할지 가르치는 거지. 그러다 쳐 있는 덫 모두에 걸리고 마는 거요. 한때 무척 독창적이었던 영혼들이 자기가 처음에 대항해 싸웠던 바로 그 대상이 되고 마는 일들도 무척 잦지. 그들이 낭독하는 꼴을 봐야 하는데. 낭독회를 **사랑**한다니까. 청중, 조그만 여학생, 조그만 남학생들, 시 낭독회에 참석하는 백치들의 수녀원. 젤리처럼 흐물흐물한 엉덩이와 중국 국수같이 말랑한 두뇌를 한 사람들이 아이스크림 사 먹으려는 손님들처럼 쭉 늘어섰지. 이 시인들이 얼마나 낭독을 좋아하는지 모르오. 자기 목소리가 허공에 떠도는 걸 좋아하는 거지. 그 사람들은 이렇게 말해요. "자, 앞으로 고작 세 편만 더 읽을 것입니다!" 그러니까 내 말은, 그러든 말든 개뿔, 누가 신경이나 쓰냐 이거요. 물론, 시 세 편이면 길지. 그리고 난 일반화하는 게 아니오. 이런 식으로 하면 한 사람이 다른 사람과 똑같을 뿐. 사소한 차이가 있긴 하지. 어떤 사람은 흑인이고, 어떤 사람은 호모고. 어떤 사람은 흑인인데 호모고. 하지만 그들은 모두 지루해. 그리고 나는 나치지. 그렇잖소. 나를 기억해봐요.

내가 생각하는 작가는 글을 쓰는 사람이오. 타자기 앞에 앉아서 단어를 적어 내려가지. 그게 본질처럼 보일 거요. 다른 사람에게 어떻게 하라고 가르치는 게 아니고, 세미나에 앉아 있는 게 아니고, 열광하는 군중에게 낭독하는 게 아니고. 왜 이렇게 다들 외향적이 되어야 하나? 내가 배우가 되고 싶었다면, 할리우드에 카메라 오디션을 보러 갔을 거요. 내가 이러저러하게 만나본 50명의 작가 중에서, 내 눈에는 오로지 두 명만 조금이나마 인간적으로 보이더군. 서너 번 만났던 사람 하나는 장님인 데다 두 다리를 절단한 72세 노인이었는데, 그래도 계속 글을 써나갔소. 글쎄, 임종하면서도 훌륭한 아내에게 받아 적게 했다니까. 다른 쪽은 약간 미치고 자연스러운 사람인데, 독일 만하임에서 자기 작품을 썼지.

그런 사람들이 아니라면, 내가 절대로 같이 술을 먹거나 얘기를 듣고 싶지 않은 종자가 작가요. 배짱 있는 삶은 차라리 늙은 신문배달원부터, 수위, 밤새 타코 가판대 앞에 서서 일하는 애에게서 더 많이 찾을 수 있을걸. 내가 보기에 글쓰기는 최고가 아닌 최악의 인간들만 끌어들이는 것 같소. 내가 보기에 세계의 출판 인쇄업자들은 모자란 비평가들이 문학, 시, 산문이라고 부르는 모자란 영혼들의 휴지 조각이나 끝없이 찍어내는 것 같단 말이지. 그건 쓸모가 없어. 다만, 이따금 딱 한 번 튀고 오래가지 않는 환한 불꽃만이 방법을 알 뿐이니까.

와인을 두 병째 마시면서 이 편지를 도로 훑어보니, 만약 이게 남에게 보이면 부코스키가 흑인들과 동성애자들을 마치 혐오하는 것처럼 언급했다는 말이 달리겠는데. 그러니, 이것도 언급하도록 하지. 여자들, 멕시코인들, 레즈비언들, 유대인들.

이 얘기만은 해둡시다. 나의 혐오는 인간성, 특히 창조적인 작가들을 향한 거요. 지금은 수소폭탄의 시대일 뿐 아니라, 공포, 거대한 공포의 시대이기도 하잖소.

난 백인도 좋아하지 않아요. 그리고 나도 백인이고.

내가 뭘 좋아하느냐고? 나는 이 와인을 두 병째 마시는 게 좋소. 오늘 하루를 말끔히 청소해야지. 오늘 경마에서 10달러를 잃었소. 참 쓸모없는 짓이지. 차라리 시럽이 뚝뚝 떨어지는 핫케이크에 대고 딸딸이를 치겠소.

나는 언제나 중국인들을 존경하는 편이오. 그들 대부분이 저 멀리 있기 때문이 아닐까.

단편 〈돼지〉는 미출간으로 남았다.

[카를 바이스너에게]
1982년 5월 29일

《호밀빵 햄 샌드위치》는 그 앞에 앉아 있기가, 첫 단어를 쓰기가 힘들었소. 그 후에는 좀 더 쉬워졌지. 난 거리를 두어야 했던 거라고 생각해요. 작업을 시작하기 전에 한 달 정도 생각했소. 결국, 누가 어린 시절 이야기를 읽고 싶어 하겠나? 그건 최악의 글을 끄집어낼 뿐인데.

나는 우스꽝스럽고 좀 웃긴 감각을 불어넣고 싶었지.

내 부모님은 이상했소. 아, 그래요. 책에는 나오지 않았지만, 내가 63킬로그램 나가는 몸을 이끌고 부랑하다가 돌아왔을 때, 부모님은 내게 방과 식사, 세탁비를 받았소. 어쩌면 그걸 《팩토텀》에 썼는지도 모르겠군. 기억이 안 나네.

이제 다시 시를 좀 갖고 놀고 있소. 하지만 《허슬러》가 최근에 내게 단편을 청탁해서 나는 앉아서 〈돼지〉라고 하는 짤막한 노래를 쳐서 보냈지. 난 그들의 거절이 마음에 들었소. "……소재가 너무 강렬해서 저희가 다루긴 좀 힘듭니다. 특히, 수간과 그의 폭력적인 결말은 저희가 받아들이기 어려울 것 같습니다."

그래서 난 그걸 독일 《플레이보이》지로 던져버렸소. 그 사람들이 그 얘기를 읽고 팍 겁먹고 생 비너슈니첼* 위에 똥을 싸버려야 하는데. 하지만 내 생각엔 되돌아올 것 같소.

---

*얇게 썬 송아지 고기에 빵가루를 입혀 튀긴 음식. 오스트리아의 대표 음식 중 하나다.

1983

[로스 페퀘뇨 글라지에*에게]
1983년 2월 16일

그게 어떻게 해서 되는 건지는 정확히 모르겠소. 그러니까 내 말은, 내가 수십 년 전 작은 방이나 공원 벤치, 싸구려 쪽방에서 쫄쫄 굶을 때나 공장과 우체국에서 거의 살해당하고 있을 때보다 지금 훨씬 더 잘 쓰고 있는 것도 아니란 말이지. 내구성이 그와 관련 있으려나. 나는 나를 거절한 수많은 편집자들보다, 그리고 몇몇 여자들보다 오래 살아남았으니까. 지금 내 글쓰기에 어떤 차이가 있다면, 글을 쓰면서 좀 더 즐거운 기분을 느낀다는 거요. 하지만 여러 일들이 무척 빨리 일어나요. 한 순간은 하류층 아파트에서 술주정뱅이와 약쟁이, 정신 나간 여자와 싸우는 술 취한 놈팡이가 되었다가, 다음 순간은 유럽에 가서 어떤 홀에 들어가면 2천 명의 열광적인 관중이 시 낭독을 기다리고 있소. 그런데 어느덧 예순 살이 되어버렸군······

이제 나는 예순셋을 향해 가고, 술값과 집세를 벌기 위해

*디지털 시의 선구자라고 하는 시인, 미디어 연구자, 뉴욕주립대학교 교수.

낭독회를 할 필요가 없소. 내가 만약 배우가 되고 싶었다면, 되었을 수도 있었겠지. 대중 앞에서 자세를 취하는 건 내가 생각하는 오르가슴에 이르는 방식이 아니오. 나도 나름대로 제안을 받아요. 최근에는 작년에 나에 관해서 글을 썼던 친절한 남자에게 연락을 받았는데. "……벌써 참가를 수락한 사람들로는 존 업다이크, 체스와프 미워시, 스티븐 스펜더, 에드먼드 화이트, 조너선 밀러, 딕 카벳, 웬델 베리가 있어요. 그래서 보시다시피, 훌륭하신 분들 사이에 끼어……"

나는 그 사람에게 말했소. 됐다고. "사례금"은 두둑이 준다고 했지만.

어째서 이 사람들은 이런 걸 하려고 하나?

뭐, 어쨌든, 내가 하려던 말은, 내게, 이 순간 충분한 돈이 있는 덕에 이 작은 마을 샌피드로에 살 수 있게 됐다는 거요. 사람들이 무척 정상적이고 편안하고 지루하고 친절한 동네인데, 이 근처에서는 작가나 화가, 배우는 찾아보기가 힘들어요. 여기는 내가 나의 고양이 세 마리와 함께 살며 매일 밤 술을 마시고 새벽 두서너 시까지 타자를 칠 수 있는 곳이오. 다음 날에는 경마장이 있지. 내가 필요한 건 이게 다요. 그리고 언제나 말썽은 당신을(나를) 찾아오지. 여자들과는 여전히 좋기도 하고 행복한 순간들이 있소. 그러나 나는 이런 구성 방식을 좋아하지. 내가 노먼 메일러나 커포티, 비달, 록그룹 '클래시'와 함께 낭독하는 긴즈버그도 아니라는 게 다행이오. 내가 클래시가 아닌 것도 다행이고.

내가 하려는 얘기는 행운이 우리 앞에 나타날 때 그에 삼 켜지도록 가만히 있으면 안 된다는 거요. 20대 때 유명해지 는 건 극복하기가 무척 힘든 일이오. 예순 넘어 유명해질락 말락 하면, 훨씬 적응하기가 쉽지. 에즈 파운드 영감은 이렇 게 말하곤 했소. "네 '일'을 해라." 그 말이 무슨 뜻인지 나는 정확히 알지요. 하지만 내게 글쓰기는 술 마시기나 마찬가 지로 결코 일이 아니오. 나는 물론, 지금 술을 마시고 있고, 그래서 이게 약간 횡설수설이 되더라도, 뭐, 그게 내 '스타 일'이지.

난 모르겠소, 당신은 아려나 모르겠지만. 시인 몇을 예로 들어봅시다. 어떤 사람들은 시작이 아주 좋아요. 그들이 일 을 해내는 방식에는 섬광과 타오름과 도박이 있지. 첫 책, 혹 은 둘째 책은 좋아요. 그러다가 '녹 아 버 리 는' 거요. 돌아보 면 그들은 어떤 대학에서 **문예 창작**을 가르치고 있소. 그리고 이제 그들은 자기가 **글 쓰는 법**을 안다고 생각하고 남에게 그 방법을 가르치려고 하는데, 이게 병이야. 그들은 자기 자신 을 받아들인 거요. 그들이 이렇게 할 수 있다니 믿어지지 않 아요. 그건 마치 어떤 남자가 자기가 섹스를 잘한다고 생각 한다는 이유로 내게 섹스하는 법을 말해주려는 거나 똑같소.

좋은 작가가 있다고 한다면, 이 작가들은 "내가 작가요"라 고 생각하면서 돌아다니고, 걸어 다니고, 말하고 다니고, 그 럴 것 같지 않소. 그들은 달리 할 일이 없기 때문에 살지. 그 렇게 쌓이는 거요. 공포와 비공포, 그리고 대화, 펑크 난 타

이어와 악몽, 비명, 웃음과 죽음, 0의 긴 공간, 그 모든 것들
이 총합이 되기 시작하면, 그때 타자기를 보고 자리에 앉는
거지. 그럼 글이 밀려 나오는 거요. 계획도 없어. 그냥 일어
나는 거요. 만약 여전히 운이 좋다면.

 아무런 규칙은 없소. 나는 더는 다른 작가들을 읽지 않아
요. 외톨이지. 하지만 내 무의 공간 속에서 다른 작가들에게
빌려 오긴 해요. 나는 좋은 프로 풋볼 경기나 권투 시합, 모
든 경쟁자들이 거의 동등한 경마를 좋아하지. 이런 시합들
은 종종 용기의 기적을 불러일으켜서 그런 걸 보고 있으면
기분이 좋아진다오. 약간의 투지를 빌려준달까.

 이 게임을 끝까지 해내기 위해서는 술이 크게 도움이 돼
요. 그래도 많은 사람들에게 추천하진 않소. 내가 아는 대부
분의 술주정뱅이들은 별로 재미가 없어요. 물론 대부분의
말짱한 사람들도 재미없기는 매한가지지만.

 약으로 말하자면, 물론 나도 써봤지. 하지만 손 뗐소. 마
리화나는 동기를 파괴하고 오갈 데 없는 신세인데도 늑장
을 부리게 하지. 나는 더 독한 약들도 이해는 할 수 있소. 하
지만 코카인만은 예외야. 그걸 하면 아무 데도 못 가고, 심
지어 자기가 지금 있는 곳이 어디인지도 모르지. 내가 더 독
한 약들도 "이해할 수 있다"고 한 건 그런 방식을 선택하는
사람들을 이해할 수 있다는 뜻이오. 가장 빠르고 환한 여행
을 택한 후 나가버리는 거지. 마치 즐거운 자살 같다고나 할
까. 내 말 알겠소? 하지만 나는 알코올중독자고, 좀 더 오래

버티면 타자도 더 칠 수가 있지…… 여자도 더 만나고, 감옥에도 더 가고……

다른 애기 좀 해볼까. 그래, 나도 팬레터를 받소. 많진 않고, 일주일에 일고여덟 통 정도. 내가 버트 레이놀즈가 아닌 게 얼마나 다행인지. 모두에게 답장을 보낼 순 없지만, 이따금 하기도 하지. 특이 이 편지가 정신병원이나 감옥에서 왔을 때, 한때는 매춘굴 포주였다는 여자나 그 밑의 여자들이 편지를 보냈을 때. 이 사람들이 내 작품을 읽었다는 게 어쩔 수 없이 기분이 좋더라고. 나는 한순간이나마 그 좋은 기분을 누렸소. 나는 같은 애기를 하는 사람들에게 편지를 많이 받지. "당신이 이렇게 해냈다면, 나에게도 아직 기회는 있겠죠." 다른 말로 하면, 내가 그동안 아주 형편없이 엉망진창 살았는데도, 내가 아직 살아남았다는 것을 그들도 알고 있는 거죠. 그 사람들이 맥주 여섯 개 들이 한 팩을 들고 내 문을 두드리고 들어와서 자기 인생의 문제를 횡설수설 떠들어대지 않는 한 그런 식으로 말하든 말든 난 신경 안 써요. 난 여기 사람들을 구원하려고 있는 게 아니니까. 나는 여기 내 비겁한 엉덩이나마 구하려고 있는 거요. 그리고 술을 마시면서 글을 써 내려가니까 그나마 무난히 굴러가면서 사는 거고. 알겠소?

나는 그렇게 고립된 건 아니오. 내 나름대로 정신적 지주로 삼는 이들이 있지. F. 도스, 투르게네프, 셀린의 몇 작품, 함순의 몇 작품, 존 판테 대부분의 작품, 셔우드 앤더슨의

상당수, 헤밍웨이의 초반기 작품, 카슨 매컬러스의 모든 작품, 제퍼스의 길이가 긴 시들, 니체와 쇼펜하우어. 내용 빼고 사로얀의 문체. 모차르트, 말러, 바흐, 바그너, 에릭 코츠. 몬드리안. E. E. 커밍스와 할리우드 동쪽의 창녀들. 잭 니콜슨. 재키 글리슨. 찰리 채플린 초기. 만프레트 폰 리히트호펜 남작. 레슬리 하워드. 베티 데이비스. 막스 슈멜링. 히틀러…… D. H. 로런스, A. 헉슬리와 카드뮴처럼 얼굴이 빨갰던 필라델피아의 노인 바텐더…… 그리고 어떤 여배우도 하나 아는데, 이름은 더는 생각나지 않지만 우리 시대에서 가장 아름다운 여자라고 생각했었지. 그 여자는 술을 너무 많이 마셔서 죽고 말았지……

괜스레 낭만적이 되고 있군. 이전에 알던 이 여자 말인데, 그 여자 외모가 꽤 괜찮았소. E. 파운드의 여자친구였지. 파운드가 그 여자 얘기를 《캔토스》의 어떤 연에 집어넣었었는데. 뭐, 그 여자가 한번은 제퍼스를 만나러 갔답디다. 그의 집 문을 두드렸다고. 지구상에서 유일하게 파운드, 제퍼스 둘 다와 잔 여자가 되고 싶었나 보지. 뭐, 제퍼스가 문을 열지 않았대요. 어떤 늙은 여자가 열었다는데. 이모인지, 가정부인지, 뭐, 자격증을 꺼내 보여주진 않았겠지. 이 예쁜 여자가 늙은 여자에게 이랬다는군요. "거장을 만나고 싶어요." "잠깐만요." 늙은 여자가 대답했죠. 얼마간 시간이 흐르고 늙은 여자가 다시 오더니 이렇게 말했지요. "제퍼스가 그러는데 자기는 자기의 집을 바위에 지었으니, 가서 당신

거나 지으라는데요……" 내가 이 이야기를 좋아했던 이유는 그때 당시 내가 예쁜 여자들과 문제가 많았기 때문이오. 하지만 지금은 어쩌면 그 늙은 여자는 제퍼스에게 아예 말을 전하지 않았을지도 모른다는 생각이 들더군. 그냥 시간을 때우다 돌아와서 그 미녀와 대화를 나눴던 거지. 뭐, 나도 그 여자를 만난 적 없고, 나는 아직도 내 바위에 집을 짓지 못했으니까. 하지만 가끔은 뭐 하나 옆에 없을 때 바위라도 있긴 한 거지.

내가 여기서 하려는 말은 그 누구도 유명하거나 훌륭하지 못하다는 거요. 그건 어제의 얘기지. 어쩌면 당신이 죽은 후에는 유명해지거나 훌륭해질 수 있을 거요. 그러나 살아 있는 동안에, 뭐라도 인정을 받는다면, 그런 다음에 소란 속에서도 살아남는 어떤 마술을 보여줄 수 있다면, 그땐 오늘의, 혹은 내일의 일이 될 거요. 당신이 이제껏 해온 일이 자루 한가득 들어 있는 토끼 똥 같은 거라고 치부되진 않는다는 것이지. 이건 규칙이 아니오, 사실이지. 그리고 메일로 질문들을 받을 때 대답해줄 수 없는 사실이기도 하죠. 대답할 수 있었다면, 내가 문예창작과에서 가르치고 있지 않았겠나.

내가 더 취했다는 걸 깨닫고 있긴 한데, 나쁜 시에 들어갈 수 있었던 것이 여기에도 있소. 나는 공원 벤치에서 살던 시절에 《케니언 리뷰》와 《시워니 리뷰》에 실렸던 비평적인 기사들 읽은 것을 늘 기억해요. 나는 그들의 언어 사용법이 마음에 들긴 했지만, 가짜라고 생각도 했어요. 하지만 우리의 모든 말들은 끝내는 가짜지. 그렇지 않소, 바텐더? 우리가 뭘 할 수 있겠나? 별로 없지. 어쩌면 행운을 얻는 것 정도. 우리는 구석에 뻣뻣하게 몰려, 남아 있는 사람들의 말에 의하면, 쓸모없는 존재로 발견되기 전에 박자와 사소한 오락 감각이 필요하지. 우리가 한계가 명확하다는 게 무척이나 슬프군. 하지만 당신 말이 맞아요. 비교할 게 뭐 있소? 아무 도움도 안 되지. 그냥 술이나 마십시다. 마시고 또 마시고…… 작은 양철 포크로 이 모든 헛소리들을 갈라버려……

[A. D. 위넌스*에게]
1983년 2월 23일

[……] 얼마 전 나로파에 초대를 받았어요. [육신을 떠난 시학 사조인 잭] 케루악[학교]**을 위해서가 아니라, 2주간의 악취(stink), 아니 활동(stint)을 위해서…… 먼저, 어떤 여자 시인[앤 월드먼]에게 연락을 받았는데, 난 싫다고 말했소. 그다음에는 긴즈버그에게 연락을 받았는데, 나는 그냥 그런 유의 일은 하지 않는다고 말해야만 했지. 내가 글쓰기

*미국의 시인이자 단편소설가. 비트 계열의 시인들과 친분을 유지했고 《세컨드 커밍》이라는 잡지를 내면서 부코스키와 친분을 맺었다.
**앨런 긴즈버그와 앤 월드먼이 1974년 만든 기관으로, 미국의 나로파 대학에서 글쓰기 관련 수업을 한다. 사색적이고 실험적인 글쓰기를 추구한다.

에 대해서 대부분 사람들에게 말할 수 있는 건 오직 하지 말
라는 것뿐이오. 지금도 너무 하는 사람이 많아……

나는 비트 족을 좋아하지 않았지. 자기 홍보에 너무 열심
이고, 약 때문에 모두 남자 물건들이 나무처럼 빳빳해지든
가, 아니면 계집이 되어버리거든. 나는 고리타분한 옛날 사
람이라서, 고립 속에서 일하고 사는 것의 가치를 믿소. 무리
지어 다니면 집중력과 독창성이 약해지지…… 작가들과 어
울릴 때면 그것 말고는 듣지도 않고 보지도 않게 되지. 아니
면 내 천성이 그냥 혼자서 고치 속에 틀어박혀 있는 건지도.
주변에 아무도 없을 때 기분이 좋죠.

———

〔잭 스티븐슨에게〕
1983년 3월 5일

〔……〕 카프카, 당신 말이 맞소…… 그가 있지. 나는 자
살하고 싶은 기분이 들 때면 늘 그 사람 책을 즐겨 읽었어
요. 그 사람이 나를 위로해주는 것 같고, 그의 글이 이 어두
운 구멍을 빼꼼 열어놓으면 그 속으로 바로 떨어졌거든. 그
러면 그가 사소하고 이상한 속임수를 보여줄 수 있었지. 그
가 길에서 약간 벗어난 곳으로 데려간 거요. D. H. 로런스
와도 이런 식으로 운이 좋았어요. 엿 같은 기분이 들 때면,
그의 음험하고 비틀린 작품 속으로 빠져버렸소. 그건 마치

이 망할 동네, 어쩌면 이 나라를 떠나는 듯한 기분이었지. 헤밍웨이는 언제나 남에게 속아 과로로 일한 것처럼 사기 당한 기분이 들게 했소. 셔우드 앤더슨은 이상한 새끼였지만, 나는 그의 졸리고 기이한 방황 속에서 길을 잃는 게 좋았지. 뭐……

부코스키가 말한 철자 틀린 단어가 있는 시는 〈크리스마스를 기다리며〉로 1983년 《블로》지에 발표되었다.

[존 마틴에게]
1983년 10월 3일

새 시를 동봉하오……

또한, 내 시 몇 편이 실린 등사판 시 책자와 《호밀빵 햄 샌드위치》에 대한 근사한 평도 넣었소. 문제는, 내가 이 시들을 부치는 경우에 잡지의 첫 번째 페이지 첫 번째 줄 네 번째 단어는 "바구니(trugs)"로 읽어야 한다는 거요. "turgs"라는 단어는 없어. 기록차 말해주지만.

《온수 음악》이 곧 도착했으면 좋겠군. 인쇄소와 제본소에서는 자기들 속도대로 맞춰서 하는 경향이 있다는 생각이 든단 말이지. 지붕에서 물이 줄줄 새는데 수리업자를 불러서 고치게 하는 거나 비슷하지 않을까 싶군.

추신. 소설과 단편, 시 사이를 펄쩍펄쩍 뛰어다니면서 일할 것 같소. 어째서 더 많은 사람들이 이렇게 하지 않을까 모르겠다니까. 여자 셋과 사귀는 것과 똑같거든. 한 여자가 신물 나게 굴면, 다른 여자를 만나보는 거지.

IO-3-83

Hello John:

    enclosed new poems....

    Also, mimeo poetry booklet with some of my poems and a nice review of HAM ON RYE.   The thing is, in case I mailed you these poems, see first page in mag. 4th word first line should read "trugs".   There isn't such a word as "turgs".   For the record.

    I hope HOT WATER MUSIC arrives soon. I get the idea that printer's and binders tend to set their own pace. Probably akin to trying to get a roofer to come by and fix a leaky roof.

       all right,
       your boy,

P.S.- I WILL BE JUMPING BETWEEN THE NOVEL, THE SHORT STORY AND THE POEM, AND I DON'T KNOW WHY MORE DON'T DO THIS. IT'S LIKE HAVING 3 WOMEN — WHEN ONE GOES SOUR YOU TRY ONE OF THE OTHERS. (HI, BABY!) HE GOT A HAREM!

1984

〔윌리엄 패커드에게〕
1984년 5월 19일

뭐, 물어보니까 하는 말인데…… 그렇지 않으면, 시 혹은
시의 결핍에 대해서 이야기한다는 건 그저 "신포도" 같은 거
요. 혐오에 대해서 옛날에 썼던 과일 사용 표현이지. 이건
약간 거지같은 첫 문장이긴 한데, 아직 와인 한 모금밖에 안
마셨으니까. 친애하는 F. N〔니체〕 영감은 사람들이 (옛날
에도) 시인에 대해서 물어보면 정곡을 찔렀지. "시인? 시인
들은 거짓말을 너무 많이 해." 이건 그들의 결점 중 '하나'일
뿐이오. 현대 시에 대해서 뭐가 옳고 뭐가 그른지를 알아내
려고 한다면, 또한 과거도 봐야만 하지. 학교 운동장의 남자
애들이 시를 읽고 싶어 하지 않고, 심지어 비웃으며 마치 계
집애들 놀이처럼 멸시한다면, 걔들은 완전히 틀린 거야. 물
론, 시간이 흐르며 의미가 변하니 과거의 작품을 흡수한다
는 건 좀 더 어려워지긴 했지만, 그렇다고 해서 애들이 멀리
하는 건 아니오. 시는 그저 옳지 않은 거요. 그건 가짜지. 그
건 중요하지 않아. 셰익스피어를 예로 들어보자고. 그를 읽
는 건 지겨워서 정신이 나갈 지경이지. 그는 이따금씩만 제

대로 쓰고, 반짝거리는 면을 시도해보다가 다시 돌아가서 다음 지점까지 힘들게 가. 사람들이 우리에게 먹이는 시인들은 불멸이기는 해도, 위험하지도 않고 재미있지도 않아. 우리는 그들을 뱉어버리고 좀 더 진지한 작업을 진행해야지. 코피나 터뜨리던 애들 싸움은 지나가잔 거요. 젊은이들 마음을 일찍 파고들지 못하고 늦게 들어가려 하면 엉망진창이 된다는 건 누구라도 알지. 애국자와 종교 신자가 되는 자들은 이 사실을 아주 잘 알아. 시는 결코 그렇게까지 인기가 있었던 적이 없고, 지금도 그렇지. 그래, 그래, 나도 안다고. 이백이나 초기 중국 시인들처럼 거대한 감정과 거대한 진실을 간결한 몇 줄 안에 압축해서 넣었던 이들도 있어. 물론 다른 예외도 있지. 인간 종족이란 몇 발짝도 제대로 못 뗄 만큼 그렇게 한심하진 않소. 하지만 엄청난 분량, 펄프, 잉크와 그 연결 모두 위험할 정도로 텅 비어 있어서, 마치 누가 우리에게 더러운 속임수를 쓰는 것 같네. 설상가상, 사서들은 웃음거리일 뿐이지.

그래서 현대인들은 과거에서 빌려 오고 실수를 확장하오. 누군가는 시는 여러 사람을 위한 것이 아니라, 몇몇 사람을 위한 것일 뿐이라고 하지. 그건 대부분의 세계 정부도 마찬가지요. 부나 소위 품격 있는 숙녀들도 마찬가지고. 주문 제작 변기도 마찬가지지.

시를 가장 잘 공부하는 법은 읽은 후에 잊어버리는 거요. 시가 이해될 수 없다는 게 딱히 특별한 장점이라고 생각하진 않으니까. 대부분의 시인들은 보호받는 삶에서 글을 쓰니까, 그들이 쓰는 소재는 한정적이지. 나는 시인과 말을 섞느니 차라리 환경미화원이나 배관공, 튀김 요리사와 얘길 하겠소. 그들은 살아 있다는 것에 내재된 보통의 문제와 보통의 기쁨에 대해 훨씬 더 많이 알지.

시도 오락이 될 수 있소. 놀랄 만큼 명료하게 쓸 수도 있지. 나는 왜 굳이 이와 정반대가 되어야 하는지 이유를 모르겠으나, 현실이 그렇더군. 시는 창문을 내려놓은 갑갑한 방에 앉아 있는 거나 같소. 공기나 빛을 들여보낼 만한 일이 별로 일어나지 않지. 그 분야는 그를 행하는 부류 중 최악만 끌어대는 것 같지. "시인"이라고 자칭하고 다니기가 너무 쉬워 보인다니까. 일단 자신의 입장을 정하면 할 수 있는 일이 별로 없어. 그게 바로 작품이 형편없고 힘없이 쓰이는 이유지. 어쩌면 정력이 넘치는 창작자들은 음악이나 산문, 회화나 조각으로 빠져버리기 때문인가? 적어도 이따금 그런 분야에서는 누군가 진부한 벽을 돌파하거든.

나는 시인들과는 거리를 두고 있소. 빈민가의 내 방에 있으면, 이렇게 하기가 좀 더 힘들어. 그들은 나를 찾아내면 앉아서 소문을 떠들고 내 술을 마시지. 이런 시인들 중 몇 명은 무척 유명했어. 하지만 행운이 내린 다른 시인에 대한 원한, 트집, 시기심은 믿을 수가 없을 정도였지. 여기 활기와 지혜와 탐험의 단어들을 쓸 거라고 생각되는 사람들이 있는데, 그들은 그저 병든 얼간이들이었소. 심지어 술도 제대로 못 마셨어. 침이 입 가장자리로 줄줄 흘러내리고 셔츠에 침을 튀기고 몇 잔만 마셔도 헤롱헤롱하고, 토하고 떠들어댔지. 주위에 없는 사람들은 모두 흥을 보았고, 그 사람들이 다른 데 가면 내 차례가 올 게 너무 뻔하다는 생각이 들었지. 그렇다고 해서 위협을 받진 않았어. 문제가 되었던 건 그 사람들이 떠난 후였지. 그들의 싸구려 활기가 양탄자 아래와 창문 블라인드 위, 사방에 내려앉아서 하루나 이틀이 지난 후에야 다시 제대로 된 기분이 들더라니까. 내 말은, 그러니까 이런 거요.

"그 친구는 이탈리아 유대인 개새끼고, 그 마누라는 정신병원에 있어."

"아무개는 너무 싸구려라 차를 타고 내리막길을 갈 때는 엔진을 끄고 기어를 중립에 놓더라니까."

"누구는 바지를 내리고 나한테 자기 똥구멍에 넣어달라고 빌더라. 그러면서 아무한테도 말하지 말라는 거 있지."

"내가 흑인 동성애자였으면, 유명해졌을 텐데. 이런 식으로는 기회가 없어."

"잡지 하나 시작하자. 너 돈 좀 있냐?"

그런 후에는 순회 낭독회가 있지. 집세 때문에 그걸 한다면 괜찮아. 하지만 너무 많은 사람들이 그저 허영 때문에 그걸 하지. 그자들은 공짜로 낭독을 하고, 많은 이들이 그렇지. 내가 무대에 서고 싶었다면, 차라리 배우가 됐을 거요. 우리 집에 들러서 내 술을 빨아대는 자들 몇몇에게 대중 앞

에서 시를 낭독하는 것을 내가 얼마나 혐오하는지 말하곤
하지. 거기선 자기애의 구린내가 난다고. 나는 그치들에게
말했지. 이런 멋쟁이 녀석들이 일어나서 그들의 맑은 운율
을 읊어대는 것을 보았소. 모두 너무 지루하고 지겹고, 청중
은 낭독자만큼이나 단조롭지. 그저 죽은 사람들이 죽은 밤
을 죽이는 거요.

"아, 아니야. 부코스키, 자네 생각은 '틀렸어'! 음유 시인
들은 대중을 즐겁게 하기 위해 거리로 내려갔었다고!"

"그들 실력이 형편없을 수도 있지 않겠어?"

"어이, 이봐! 대체 무슨 소리를 하는 거야? 마드리갈이라
고! 심장의 노래! 시인들도 마찬가지야. 시인이란 아무리
많아도 '충분'하지가 않아! 시인이 '더 많이' 필요해! 거리
에, 산 정상에, 사방에!"

나는 이 모든 것에 보상이 있다고 생각하오. 언젠가 남쪽
에서 낭독회를 한 후에 낭독회를 주선한 교수의 집에서 뒤
풀이를 했지. 내가 다른 사람의 술을 기분 전환 삼아 마시면
서 서 있는데, 그 교수가 다가오더군.

"어이, 부코스키, 어느 쪽이 좋아요?"

"무슨 말이오, 여자?"

"그래요, 남부식 접대, 알겠지만."

그 방에는 열다섯에서 스무 명 정도 되는 여자가 있었을
걸. 나는 주위를 둘러보고 내 저주 받은 영혼을 약간 구해주
지 않을까 하는 기분이 들어서 다리가 많이 보이는 짧은 빨

간 드레스를 입은 늙은 여자를 골랐지. 그 여자는 립스틱과 술로 떡칠을 했더군.

"저기 있는 모세 할머니로 하지." 나는 교수에게 말했어.

"뭐라고? 헛소리 아니고? 그럼, 당신 마음대로……"

어째서인지는 모르겠지만 말이 퍼진 모양이더라고. 그 할머니는 어떤 남자와 얘기하고 있었어. 나를 돌아보더니 쓱 미소를 짓고 손을 살짝 흔들더군. 나는 미소를 띠고 윙크를 했소. 그 빨간 드레스로 내 불알을 감을 수 있게 되겠지.

그때 키 큰 금발이 나타났소. 상아 같은 얼굴에, 틀로 떠낸 것 같은 외모, 진녹색의 눈, 옆구리, 신비, 젊음, 아, 그 모든 거였지. 그 여자가 내가 다가오더니 거대한 가슴을 헐떡이며 말하지 뭔가. "진심이에요? '저걸' 고르겠다는 게?"

"아, 그래요, 아가씨. 내 머리글자를 저 여자 엉덩짝에 새길 거요."

"바보!" 금발은 내게 침을 뱉더니 휙 돌아서 검은 머리의 젊은 학생에게 말을 걸었소. 상상으로 만들어낸 고독의 무게로 섬세하게 가는 목이 피곤하게 앞으로 휘어진 친구였지. 그 여자는 아마 그 동네에서 시인을 잘 따먹기로 제일가는 여자였거나, 아니면 고작 시인에게 사족을 못 쓰기로만 제일가는 여자 정도였겠지만, 내가 그 여자의 밤을 망쳐버린 거지. 가끔은 낭독회도 수지맞는 일이오. 고작 500달러에 바람 쐬는 정도라도……

이런 게 더 있소. 작은 여행 가방과 점점 늘어만 가는 시

뭉치를 들고 다니던 이 시기에 내 부류에 속하는 다른 이들을 만났었어. 이따금, 그들이 떠날 때 내가 도착하거나 그 반대거나 했지. 맙소사, 그들은 나만큼이나 지저분하고, 눈에 광기가 어린 데다가, 우울하게 보였어. 그래서 나는 그들에게 일말의 희망을 품었지. 우리는 그냥 시를 떨이로 쓰는 거야, 나는 생각했지. 이건 더러운 직업이고, 우리도 그 사실을 알지. 이들 중 몇 명은 약간 도박이나 비명 같으며 무엇을 향해 나아가려고 애쓰는 듯한 시를 쓰고 있었소. 우리는 온갖 역경을 겪으면서도 우리 똥을 팔고 있다는 느낌이 들었지. 공장과 세차장, 어쩌면 정신병원에서 벗어나기 위해. 나는 내 운이 약간 변하기 전에, 은행을 털 계획을 세우고 있었소. 그게 짧은 빨간 드레스 입은 늙은 여자한테 먹히는 것보다야 낫겠지…… 그렇지만 내가 하려는 말은, 이렇게 시작이 좋았던 몇몇 사람들은…… 말하자면, 《V 레터》의 초기 샤피로만큼이나 화사한 빛을 발했던 그들은 이제 주위를 둘러보면 남한테 먹혀 소화되고, 암시되고, 추행당하고, 헛소리를 듣고 있지. 그들은 학생을 가르치거나, 작가 지원 프로그램에 참여하는 시인이오. 옷차림도 깔끔해. 차분해. 하지만 그들의 글은 타이어 네 개 모두 펑크 났는데 트렁크엔 스페어타이어도 없고, 연료 탱크엔 기름도 없는 꼴이야. 그런데 그들이 시를 가르쳐. 어떻게 시를 쓰는지 가르치는 거네. 자기들이 쥐뿔 뭘 안다는 생각을 어디서 얻게 된 거지? 이게 내겐 미스터리지. 어떻게 그렇게 빠르게 현명해졌다가 빠르게 멍청해진 거지? 어디로 갔던 거지? 그리고 왜? 그리고 무엇을 위해서? 인내가 진실보다 더 중요해. 인내가 없이는 어떤 진실도 있을 수 없으니까. 그리고 진실은 진심이었다는 듯 끝까지 간다는 뜻이오. 그런 식으로, 죽음은 금방 닥쳐와 우리를 움켜쥐지.

뭐, 나는 벌써 말을 너무 많이 해버렸군. 우리 집에 와서 내 소파에 토해놓고 가던 시인들처럼 말하고 있어. 그리고 내 단어는 모든 다른 사람의 단어와 같이, 그저 단어일 뿐이야. 그냥 내가 새 고양이를 들였다는 사실을 알려주고 싶었소. 수컷. 이름이 필요한데, 내 말은 고양이 이름이라는 거지. 그리고 이제까지 좋은 이름이 있지 않았나. 그런 생각 안 하나? 제퍼스처럼. E. E. 커밍스. 오든. 스티븐 스펜더. 카툴루스. 이백. 비용. 네루다. 블레이크. 콘래드 에이컨. 그리고 에즈라도 있었지. 로르카, 밀레이. 나도 모르겠군.

아, 젠장. 그 고양이 새끼, 이름을 "애기 얼굴 넬슨"이라고 지어버리고 집어치워버릴까 보다.

〔A. D. 위너스에게〕
1984년 6월 27일

〔……〕 내게 일어났던 최고의 좋은 일 중 하나는 내가 작가로서 오랫동안 성공적이지 못해서, 쉰 살이 될 때까지 생

계를 위해 일해야만 했다는 거요. 그 덕에 다른 작가들과, 응접실 게임, 남 흉보기, 트집으로부터 거리를 둘 수 있었지. 그리고 이제까지 운이 있었으니 여전히 그들에게 나는 없는 사람인 것처럼 할 작정이오.

그들보고 공격을 계속하라고 해. 나는 나의 일을 계속할 테니. 그건 불멸을 추구하거나 심지어 자잘한 유명세라도 얻고 싶어서 하는 일이 아니오. 내가 그렇게 하는 이유는 그래야만 하고, 그럴 것이기 때문이지. 나는 대부분 기분이 좋아요. 특히 이 기계 앞에 있으면. 그리고 단어가 점점 더 괜찮게 나오는 듯한 기분을 점점 더 많이 느끼게 된달까. 진실이든 아니든, 옳든 그르든, 나는 그와 함께 가지.

––––––––––

〔카를 바이스너에게〕
1984년 8월 2일

〔……〕 당신이 몇 년 동안 나와 스패로를 위해 해준 작업, 번역, 늘 우리에게 최고를 가져다주려 했던 노력은 내가 아는 중에서 가장 놀랄 만한 것이었소. 내게 일어난 일 중 가장 행운이었던 것 두 가지는 마틴이 나를 고른 것과 당신이 내 번역가와 대행인, 친구가 되어주기로 한 것이오. 그러고 보니, 내가 실질적으로 무명이었을 때 내 작품을 화려한 판본에 실어준 다정한 존 웹이 떠오르는군. 세상에는

마술과도 같은 사람이 많고, 당신은 확실히 그중 하나요.
[……]

여기, 음, 내가 무슨 일이 일어나는지도 거의 모르는 수
없이 많은 곳에서부터 번역본을 많이도 보내와서 받았소.
책장에 다 들어가지도 못해. 바닥 양탄자 위에 널려 있소.
침실에 책장을 하나 더 들여야겠어. 어쩌면 곧. 무척 이상
하군. 저 먼 나라에 사는 사람들이 앉아서 《여자들》, 《팩토
텀》, 《북쪽 없는 남쪽》, 《호밀빵 햄 샌드위치》 등등을 읽는
다는 생각을 하니…… 먼 곳에서부터 여자들에게 연애편지
를 받아. 호주에 사는 한 숙녀분은 내게 자기 집 열쇠를 보
냈소. 다른 사람들에게서는 긴 편지가 왔지. 그리고 여기,
미국에서는 열아홉 살부터 스물한 살 되는 여자애들이 나
를 보러 오겠다는 제안을 받아. 나는 그들에게 아무것도 할
게 없다고 말하지. 무엇도 공짜가 아니라고. 모든 것엔 대가
가 있지. 나는 그들에게 가서 자기들과 비슷한 또래의 애들
과 자라고 말해요. [……]

마틴은 나에게 《언제나 전쟁》이라는 그림 작업을 해보라
고 하고 있소. 나는 그 사람에게 그림이 나오는 곳은 글이
나오는 곳과 같은 데라서 차라리 글을 쓰는 편이 좋다는 것
을 애써 말했는데. 그 친구한테 이걸 깨우쳐줄 수가 없더라
고. 그래서 나는 술 취한 채로 앉아서 그림물감을 종이 위에
짜버리고 바닥에 놓는 바람에 고양이들이 밟고 다니고 그
러지. 걔들은 말릴 수가 없어.

1985

네덜란드의 네이메헌 도서관에서 퇴출된 책은 《발기, 사정, 전시와 일상의 광기에 대한 일반적 이야기》였다.

[한스 반 덴 브뢰크*에게]
1985년 1월 22일

내 책 중 한 권이 네이메헌 도서관에서 퇴출되었다는 소식을 알리는 편지를 보내주셔서 감사합니다. 이유는 흑인과 동성애자, 여성에 대한 차별을 담고 있다는 고발 때문이라고 써 있더군요. 또, 사디즘 때문에 사디즘이라고도 하셨지요.

내가 차별당할까 두려워하는 대상은 유머와 진실입니다.

내가 만약 흑인과 동성애자와 여성에 대해 나쁘게 쓴다면, 그건 내가 만났던 사람들이 그러했기 때문입니다. "나쁜 것"은 많이 있지요—나쁜 개, 나쁜 검열, "나쁜" 백인 남성도 있습니다. "나쁜" 백인 남성에 대해서 쓸 때만 사람들이 불평하지 않죠. 그렇다면 나는 "좋은" 흑인, "좋은" 동성

---

*네덜란드 정치인. 1982년부터 1993년까지는 외무부 장관을 지냈다.

애자, "좋은" 여자에 대해서 써야만 하는 것입니까?

　내 작품에서 작가로서 나는 그저 사진을 찍을 뿐입니다. 말로, 내가 본 것을 찍습니다. 내가 "사디즘"에 대해서 쓴다면, 그게 존재하기 때문이죠. 내가 발명해낸 것은 아닙니다. 그리고 뭔가 끔찍한 행위가 내 작품 속에서 일어난다면, 그런 일들이 내 인생에서 일어나기 때문입니다. 사악한 그런 일이 횡행한다고 해도 내가 악의 편은 아닙니다. 내 글에서 일어나는 일들에 대해 내가 항상 동의하는 것도 아니고, 순전히 그를 위해 진흙탕 속에 뒹굴지도 않습니다. 또한, 내 작품을 꾸짖는 사람들이 즐거움과 사랑, 희망을 함의하는 부분들을 지나치는 건 기이합니다. 실제로 그런 부분이 있는데요. 나의 하루, 나의 세월, 나의 인생은 상승과 하락, 빛과 어둠이 있었습니다. 내가 오로지, 지속적으로 "빛"에 대해서만 쓰고 다른 부분은 언급하지 않는다면, 예술가로서 나는 거짓말쟁이일 것입니다.

　검열은 자기 자신과 다른 사람에게 실재를 숨길 필요가 있는 자들의 도구입니다. 그들의 공포는 그저 현실인 것을 직면할 수 없는 무능력일 뿐이며 나는 그들에 대해 분노를 터뜨릴 수가 없습니다. 그저 이 소름 끼치는 슬픔을 느낄 뿐이지요. 이런 사람들은 어딘가에서, 우리 실존의 완전한 사실로부터 완전히 보호받으며 자랐던 겁니다. 그들은 여러 방식이 존재하는데도 딱 한 가지 방식만 보라는 가르침을 받았습니다.

나는 내 책이 사냥당하고 동네 도서관의 책장에서 끌어내려졌다고 해서 좌절하는 것이 아닙니다. 어떤 면에서는 그들의 무게 없는 깊이에서 이런 것들을 깨우는 무언가를 썼다는 사실에 영광스럽기도 합니다. 하지만 나는 상처를 받습니다. 보통 위대한 책이라는 이유로 누군가 다른 사람의 책이 검열을 받으면 그렇지요. 그런 책들은 무척 적고, 수세대가 지나면 이런 유의 책들은 종종 고전으로 전해지죠. 한때 충격적이고 부도덕한 책이라고 여겨지던 것들이 이제는 수많은 대학에서 필독 도서 목록에 오릅니다.

내 책이 그런 책이라고 말하는 건 아닙니다. 하지만 우리 시대에, 어떤 순간이든 대부분의 우리에게 마지막 순간이 될 수 있는 그런 때에 아직도 우리들 사이에 시시하고 심술궂은 사람들, 마녀 사냥꾼, 현실을 부정하는 자들이 있다는 것은 빌어먹게도 분통 터지고 구제불능일 만큼 슬픈 일이라는 말을 하는 겁니다. 그래도, 이런 것들도 우리에게 속해 있겠죠. 전체의 일부분이겠지요. 그러니 내가 그런 것들에 대해 쓰지 않았다면 이제는 해야 하는 겁니다. 아마도 여기서 해야 하겠지요. 그걸로 충분합니다.

우리가 함께 더 나아지기를 바랍니다.

───────────

〔A. D. 위넌스에게〕
1985년 2월 22일

〔……〕 쉰 살에 직장을 그만둔다고 하니 뭐라고 말해야 할지 모르겠군요. 나도 내 일을 그만두어야 했으니. 내 온몸이 아팠고 더는 팔을 들 수가 없었소. 누가 나를 건드리기만 해도, 그 손길이 온몸에 엄청난 고통을 쏘아 보내는 것 같았지. 나는 아주 끝장이 났었소. 그들은 내 몸과 마음을 수십 년 동안 두들겼소. 그런데도 동전 한 푼 없었지. 주변에 일어나는 일에서 마음을 자유롭게 해주느라 술로 씻어버릴 수밖에 없었소. 나는 빈민굴에서 더 잘 살 수 있다는 결론을 내렸지. 진심이오. 비틀거리는 끝에 다다른 거지. 직장에서 마지막 날, 내가 지나가는데, 한 남자가 이런 말을 날리더군. "저 늙은 영감, '저 나이'에 일을 그만두다니 배짱도 두둑하군." 나는 내가 그렇게 나이가 들었다고 느끼지 못했소. 한 해 한 해가 그저 더해져서 쓰레기처럼 흘러간 거지.

그래요, 난 두려움이 있었소. 작가로 성공하지 못할까 하는 두려움이 있었지. 돈이라는 면에서 그랬지. 집세, 아이 양육비. 음식은 문제가 되지 않았소. 나는 그냥 술을 마시고 기계 앞에 앉았지. 첫 소설(《우체국》)을 19일 밤 만에 썼소. 나는 맥주와 스카치위스키를 마시고 반바지를 입고 빈둥거렸지. 싸구려 시가를 피우고 라디오를 들었소. 섹스 잡지에 더러운 단편들을 기고했소. 그걸로 집세를 냈고, 또 부드러운 사람과 안전한 사람들이 생겼고 그들은 이렇게 말했어, 그 사람은 여자들을 싫어해. 그 첫해에 소득세가 환급되었다는 건 내가 어이없을 정도로 적은 돈을 벌었다는 뜻이었지만, 어쨌든 나는 존재하고 있었소. 시 낭독회 의뢰가 들어왔고, 나는 싫었지만 그건 좀 더 돈이 됐지. 술에 취해서 거친 안개 속을 헤매는 듯한 시절이었지만, 나는 운이 좀 좋았죠. 그래서 쓰고, 쓰고, 또 썼어요. 타자기를 쿵쿵 두드리는 게 좋았지. 매일이 싸움이었소. 그리고 좋은 집주인 부부를 만나서 운이 좋았고, 그들은 내가 미쳤다고 생각했소. 나는 이틀 밤에 한 번씩, 아래로 내려가서 그들과 함께 술을 마셨소. 그들 냉장고에는 아무것도 없고 이스트사이드 맥주병만 꽉꽉 들어차 있었지. 우리는 새벽 4시까지 그 병을 하나씩 마셨고, 20년대, 30년대 노래를 불렀소. "당신은 미친 자야." 우리 집주인 여자는 계속 말했지. "우체국의 그 좋은 일자리를 그만두다니." "그리고 당신은 이제 저 미친 여자와 같이 어울리고 있어. 저 여자가 미친 거 알지?" 집주인 남자는 말하곤 했소.

또, 일주일에 한 번씩 〈더러운 늙은이의 편지〉라는 칼럼을 써서 10달러씩 받았고. 그리고 진심으로 하는 말인데, 가끔 10달러도 꽤 큰돈으로 보이거든.

모르겠네, A. D. 내가 어떻게 성공했는지 잘 모르겠어. 술이 언제나 도움이 되었지. 지금도 그래요. 그리고 솔직히, 나는 글쓰기를 좋아했소! 타자기의 소리. 이따금은 내가 원하는 건 타자기의 그 소리였던 것뿐이라는 생각도 해. 그리고 기계 옆에 놓여 있던 술, 맥주와 스카치위스키뿐. 그리고 술 취해서 시가 꽁초, 옛날 것들을 찾아서 불을 붙이다가 코를 그슬리곤 했지. 내가 작가가 되고 싶어 **노력했다**는 말은 딱히 들어맞지 않지. 그보다는 기분이 좋아하는 일을 했다는 게 더 맞는 말일 거요.

행운이 차츰 상승했고 나는 계속 글을 썼어. 여자들은 더 어려지고, 더 많이 졸라댔지. 그리고 어떤 작가들이 나를 싫어하기 시작했소. 지금도 그러지, 오로지 더 싫어할 뿐. 그건 중요하지 않소. 중요한 건 내가 우체국 의자에 앉아서 죽지 않았다는 거요. 안정? 뭐에 대한 안정이지?

〔존 마틴에게〕
1985년 6월

당신은 그럭저럭 먹고살았고, 대부분 원하는 걸 출간해 왔소. 어쩌면 처음, 당신이 "특권"을 가리키려 하는 "문학적" 목소리들에 더 귀를 기울일 때는 별로 그렇지 않았을지도 모르지만, 당신은 점점 더 도박사가 되었소. 도박은 하지만, 여전히 이기는 사람. 스타일과 지식, 본능을 써서. 팔리는 작품이 반드시 좋은 작품은 아니지만, 팔리지 않는 작품은 이해받지 못한 예술 형태라기보다 정말로 나쁜 작품일 수도 있는 거지. 각양각색의 이런 혼합물들이 있소. 좋은 쇼를 굴리려면 소와 소똥을 구분할 수 있는 눈이 필요하지. 느슨하고 안일한 소망들은 물론, 제대로 싸워서 얻으려 하지 않고 그냥 떨어지기만 바라는 사람들의 꿈을 주저앉히는 에너지를 가지고 당신의 일을 하지.

사람들은 자기가 해내지 못한 일들을 해냈다고 당신을 깎아내리지. 그들의 시기심은 가련한 연약함에서 나오는 거요. 사람들이 자기 자신의 막대한 게으름과 클라리넷 같은 근성 때문에 닥친 불행에 대해 불평할 동안, 당신은 그냥 앞으로 나아가고, 계속하지.

당신은 발행인이고, 편집자고, 대본 검토자고, 요금 징수인이고, 홍보업자고, 그 외 뭐가 뭔지 모를 일들을 다 하고 있지. 그러면서도 소위 위대한 작가들이 온갖 사소한 적대감에 대해 전화로 칭얼대고 꿍얼대는 소리도 다 들어줘야 해. '그들'이 떠드는 연약하고 하찮은 괴로움은 부드럽고 살아 있는 인간이라면 다 겪어야 할 괴로움이지만, 자기는 아주 예민하고 선택된 사람, 소위 신이 내린 열 배의 천재라서 그중 특별히 기습을 받았다고 하지.

당신은 망할 일을 하고, 그걸 잘, 무척 잘하고 있어. 하지만 당신 마음엔 걸리지 않을지 몰라도, 내 마음에 걸리는 건 당신이 하는 만큼, 해온 만큼, 앞으로도 가차 없이 힘 있게 계속해갈 만큼 인정을 받지 못한다는 생각이야. 내가 감히 말하는데, 당신은 거의 30년 동안 미국의 출판 역사에서 누구도 뛰어넘지 못할 만큼 훌륭한 문학 작품들을 출판해왔어. 그런데, 당신에 대해선 무슨 말을 한 거나 있나? 당신이 그게 필요하다는 게 아니라, 내가 당신을 위해 필요하오. 나는 무명으로 넘어가버리지 않는 챔피언 쪽이 좋아.

당신의 문제는 일을 하느라고 시간이 없어서 칵테일파티에도 가지 못하고, 지루하고 치명적인 유명세를 나누는 무리 속으로 끌어올려줄 언론이나 대학 인사들에게 알랑방귀를 뀌지도 못한다는 거요.

걱정 마요. 폭탄은 금방 터질 테니, 그렇지 않아도 당신의 성취에 대한 기록이 거기 남을 거 아니오. 블랙스패로라는 이름으로. 이 바보 같고 멋진 개자식.

────────

부코스키가 아래에서 언급하는 책은 존 판테의 《로스앤젤레스로 가는 길》과 《젊음의 와인》으로 둘 다 작가 사후인 1985년에 블랙스패로 출판사에서 출간되었다.

[조이스 판테에게]
1985년 12월 18일

문의하신 존의 책에 대해서는 죄송합니다. 몇 날 며칠 밤을 새우며 어떻게 대답을 드릴까 궁리했지만, 이런 식으로밖에 말씀드릴 수가 없군요. 저는 그 책이나 그 뒤에 잇따라 나온 책을 좋아하지 않았습니다.

아시겠지만, 문체를 통해 악의를 보이는 방식이 있고, 신랄함을 유머와 연결해서 마음껏 부리는 방식이 있습니다만, 이 책 둘 다 읽었을 때는 기분이 나빠졌을 뿐입니다. 난도질에 용기가 필요하다면 난도질해도 괜찮습니다만, 그저 난도질을 위한 난도질이라면, 글쎄요, 그건 우리 모두가 살면서 매일 하는 일 아닙니까. 우리가 오고 가고 기다리는 고속도로와 뒷골목에서 일어나는 일들이죠.

존은 셀린과 도스토옙스키, 셔우드 앤더슨과 더불어 제게 가장 중요한 영향을 준 작가입니다. 그리고 우리 시대의 작가 중에서는 감정과 우아함이 가장 많이 넘쳐나는 책을 쓰셨지요. 그렇지만 저는 이 후기작이나 초기작은 출간하지 않는 편이 더 나았을 거라고 느꼈습니다. 물론 제 느낌이 틀렸을 수도 있죠. 저는 자주 틀리니까요.

제 영웅을(이런 표현 용서해주십시오) 그분의 인생 막바지에, 가장 고통스러운 상태에 있을 때 만날 수 있었던 것은 제게는 무척 슬프고도 무척 대단한 일이었습니다. 그리고 제가 존과 나눈 몇 마디가 그 끔찍하기 그지없는 지옥 한가운데에서 그분을 도와주었기를 바랍니다.

무엇보다, 저는 항상 《먼지에게 물어라》를 읽었던 것을 기억할 겁니다. 저는 아직도 그 소설이 시대를 막론하고 가장 훌륭한 작품, 무슨 가치가 있든 간에 제 삶을 구원해준 소설이라고 생각합니다.

모든 시대에서 게임의 일인자가 될 수 있는 사람은 없습니다. 가까이 갈 수 있는 사람조차 거의 없죠. 하지만 존은 해냈습니다, 그것도 여러 번이었죠. 부인께서는 자신의 신랄함을 극복한 무척 신랄한 남자랑 사셨죠. 그리고 그의 사랑이 마침내는 모든 행을 울리고 채우고 떠밀어 이렇게 기억할 만한 기적을 일으켰습니다.

그래, 아니라고는 말해도
그래, 아니라고 말했기에
그렇게 말한 거지
그래 그래 그래

그러고는 계속 사랑을 말했습니다. 심지어 그때 그런 상황에서 만났을 때도요.
또 다른 존 판테는 없을 것입니다……
그는 지옥에서, 심장이 있는 불도그였어요.

1986

[커트 니모*에게]
1986년 3월 3일

마틴이 악몽 같은 규모로 당신을 짓누르고 있다니 안됐소. 그의 마구간에서는 내가 일등 말이었는데, 다른 사람이 몇몇 흩어진 시를 들고 다른 데로 새려 하다니 안달복달하다 못해 미칠 지경인 거요. 《타란툴라[처럼 가차 없이]》는 아름답게 만들어졌고, 시들도 괜찮은 거 같소. 특히 그중 두어 편은 심지어 특출하지. 솔직히, 당신이 그렇게 해줘서 기쁘군……

마틴은 내 시 수천 편을 가지고 있지, 수천 편. 20년이나 그에게 작품을 보내며 구축한 결과물이오. 그는 아무런 문제 없이 내 시집 5권, 6권, 7권을 냈고, 그 시들은 모두 수준이 높았소. 난 그저 엄청나게 많은 작품을 쓴 거지.

마틴은 사람들이 더 간절히 원하고 굶주리게 하려고 내 다음 책을 고의로 붙들어놓고 있소. 그는 파커 대령이 E. 프레슬리를 다루었던 방식 얘기를 하던데. 그는 사람들이 원

*편집자이자 작가. 1970년대부터 반전주의자로 활동하며, 예술과 정치 문제 관련 글을 썼다.

하게 하려고 프레슬리 영화를 붙들어놓았다고 말한 적 있지. 망할, 프레슬리 영화는 다 멍청이 같지. 그걸 붙들어놓는다고 부르고 싶지도 않소.

마틴과 나는 같이 시작했다고 할 수 있기 때문에, 그 사람에게 어떤 신의 같은 게 있소. 반면, 그 사람은 내가 없었다면 지금 게임에 끼지도 못했겠지.

나는 이렇게 서로 할퀴고 뜯는 게임에 뛰어들긴 싫소······ 마틴하고는. 내가 원하는 건 술이나 마시고 타자나 치는 거요.

그가 당신에게 보내는 편지 사본 하나를 내게 보냈소. 그러니까 뭐 하러 전화 통화를 해? 당신에게······

마틴은 이 망할 사업 모두에 과하게 집착하는 것 같아.

내 관점으로 봐서는 당신은 그저 그 시들을 좋아해서 출판하는 것 같아 보이는데. 그런 다음 책을 구독자들에게 준다고······ 내 듣기엔 당신이 마틴의 제국을 무너뜨리려고 하는 것 같진 않았소!

———————

[존 마틴에게]
1986년 3월 5일

이 일은 지옥이야.

내가 점차 깨닫는 것은 블랙스패로는 자기들이 하고 싶은 것만 출판할 수 있다는 거지.

당신에게 남아 있는 건 여전히 당신 재고 목록에 있지 않나.

그건 마치 괴물 원숭이를 우리에 가둬놓고 당신 지시 따라 전시하는 거나 같지.

내 에너지는 단순히 이득을 얻으려는 당신 동기 때문에 훼손되었어.

내 독자들이 좀 더 맛보고 싶어서 열광하는데, 나를 붙들어놓기만 하고.

당신에 대한 내 신의는 공정하고 평등한 문제로 시작했어.

내가 원하는 건 이 쓰레기를 계속 치는 거야. 그런데 당신은 사람들에게 내 에너지의 6분의 1만 보여주려 하지.

이건 살인이야. 당신이 날 죽이고 있다고.

어떤 시인도 자기 전성기에 당신이 나를 제한하는 것만큼 제한받진 않아.

———————

〔윌리엄 패커드에게〕
1986년 3월 37일

《NYQ》 29호를 막 받아서, 당신이 출판한 여러 치나스키 시를 확인했지! 당신은 한 사람에게 E. E. 커밍스나, 거의 약간은 에즈라 파운드, 이백이 된 듯한 기분을 줄 수 있는 사람이야. 그래서 나는 오늘 밤에는 와인을 빨면서 무척 좋은 기분을 느끼고 있지. 나는 단어들이 종이를 물어뜯게 쓰는 게 좋소. 헤밍웨이 같은 방식이 아니라, 얼음 속을 긁은 자국에 좀 더 가깝달까. 그리고 킬킬대는 웃음을 자아내는 것도 좋지.

당신 도박이 고맙소. 사람들이 여러 면에서 나를 "비(非)시적"이라고 여기는 것 나도 잘 알아. 물론, 그게 나는 펄쩍 뛸 만큼 흐뭇하고.

그러니, 아…… 음…… 나는…… 좀 더 시를 동봉하겠소. 물론 지금도 재고가 넘친다는 건 알아. 《NYQ》가 아직 도착하지 않았더라면, 다른 데 어디로 쐈겠지만 지금 이렇게 고양된 환희에 빠져서 자네에게 보냈네. 이거 팔려고 하는 것 아니오…… 모두 반환된다고 하면, 그렇게 많은 사람들에게 그렇게 많은 공간이 있는 것뿐이지. 그러면 나는 다른 데로 옮겨서 보내겠어……

내 운이 좋아지기까지도 몇십 년 걸렸고, 그게 최고였던 것 같다는 생각이 들어—거지같은 직업, 드센 여자들. 반면에 여러 작가들을 읽었지만 그들에게 별로 얻은 건 없었지. 다른 사람의 돈에 묶인 노예이고 하인일 때는 대부분의 글에는 남을 기쁘게 해줄 수 없는 면이 있소. 물론, 청춘에는 자기를 실제보다 훨씬 더 나은 작가라고 생각하게 되는 점이 있고. 최근에 나는 사로얀과 헤밍웨이에 대해 너무 많이 썼고, 셔우드 앤더슨에 대해서도 약간 썼지. 그러다 사로얀이 환경에 따라 바뀌지 못한다는 이유로 그를 싫어하게 됐고, 빌어먹을 유머 하나 없다는 이유로 헤밍웨이를 싫어하기 시작했소. 그래서 그들은 내게서 말라버렸지. 셔우드 앤더슨은, 뭐, 그의 많은 부분은 아직도 남아 있소. 이백도 그를 좋아했을 거요.

어쨌든 타자를 칠 수 없었을 땐, 나는 점점 더 술을 많이 마시고 여자를 만났소. 그건 마치 대체 형식의 글쓰기 같았고, 나를 거의 죽일 뻔했지만, 내가 죽을 준비가 되었을 때는 그런 일은 일어나지 않았지. 내가 다른 종류의 글쓰기를 그만두기는 했어도, 나는 자기도 모르게 대학의 문학 전공 박사 과정 학생이 덤벼들지는 않을 만한 이상하고 거친 자료들을 모으고 있었던 거요. 알겠지만, 가끔 악의 없는 사람들이 내게 이런 말을 하지. "모든 이들이 고통을 겪어요." 나는 항상 그들에게 이렇게 말해. "가난한 사람처럼 고통 받는 사람은 없소." 그런 후엔 그들을 쫓아버리지.

글쓰기는 우리가 몇 년 거쳐 하루하루 살다 보니 결국엔 되는 결과물일 뿐이오. 그건 망할 자아의 지문이고 사실이 그런 거지. 그리고 과거에 쓰였던 모든 건 아무것도 아니야. 되는 건…… 오로지 다음 줄뿐이지. 그리고 다음 줄을 생각해낼 수 없다는 건 늙었다는 뜻이 아니오. 죽었다는 뜻이지. 죽어도 괜찮소. 그렇게 되는 거니까. 하지만 나는 우리 모두가 그렇듯이 유예를 갈망하지. 종이를 한 장 더 이 기계에 끼우고, 이 뜨거운 책상 램프 아래에, 와인 속에 처박혀서 이 담배꽁초에 다시 불붙이고 있소. 아래층에서는 내 불쌍한 아내가 이 소리를 듣고 내가 미쳤는지, 아니면 그냥 술에 취한 건지 뭔지 궁금하겠지. 아내에게 내 작품을 보여준 적은 없소, 얘기한 적도 없고. 운이 지속되어서 책이 나오면, 침대에 가서 읽고, 아무 말도 하지 않고 아내에게 건네주지. 아내도 그걸 읽고, 별말을 하지 않소. 이것이 신들도 용납할 방식이지. 이것이 모든 필멸의 인간과 도덕적 고려를 넘어선 삶이오. 바로 이거지. 이런 식으로 고정되었소. 그래서 내 해골이 관 바닥에 쉬고 있을 때, 내게 관이나 주어지려나 모르지만, 이 기계 앞에 앉아 있는 근사한 밤에서 무엇 하나뺄 수는 없을걸.

[카를 바이스너에게]
1986년 8월 22일

[……] 15분 만에 술이 거의 가득 차 있던 병 하나를 꿀꺽 해치웠소. 차갑게 식힌 화이트 와인이었지. 그렇게 마실 수밖에 없었던 건, 너무 빨리 미지근해지니까. 새 책《이따금 너는 너무 외로워지고 그건 그저 그럴 만하지》와 비슷하다고나 할까. 불멸의 작품은 아니나 좀 웃기기는 하잖소, 아마도? 바벳이 언젠가 들렀을 때, 시로 가득한 이 마분지 상자들을 보았지.

"맙소사, 이걸 다 쓰셨어요?" 그가 물어보더군.

"올해에만." 나는 말했지.

"마틴이 최고의 작품만 고르는 겁니까?"

"그러길 바라봅시다……"

뭐, 대부분의 시인들은 자기 시를 직접 고르지. 나는, 좀 게을러서. 또, 내가 시를 고르는 일을 하는 시간에 '좀 더' 쓸 수 있지 않겠소. 마틴의 위대한 비밀 중 하나는 그가 이 수천 편의 시를 덮어놓고 있다는 거요. 그가 이거 모두를 출판해주진 않을 거야. 그렇게 오래 살 리도 없고. 나는 아마도 약간 미쳤는진 모르지만, 내가 쓰기가 싫을 땐 글 쓸 마음이 든 적이 없거든. 마틴으로 말하자면, 그가 좀 더 거친 시들을 출판해주길 바랄 뿐이오. 나는 그가 나를 약간 너무 형식적으로 만들어버리지 않았나 하는 감이 있소.

나는 다시 망할 단편 쓰기로 돌아가야 하오. 그거 위대한 형식이지, 당신은 좀 더 놀 수 있을 거고. 그냥 그런 거요. 나는 기분이 좋을 때만 단편을 쓰는데 요새는 기분이 썹할 좋지 않아서 그리하여 계속 시, 시, 시만…… 이런 배출구가 없었다면 나는 아마 자살했거나 가장 가까운 정신병원에서 알약을 삼키고 있었겠지.

1988

[카를 바이스너에게]
1988년 7월 6일

[……] 시가 소설이 나오는 걸 가로막고 있소—피부암
외에 다른 것들은 울부짖고. 가끔은 오로지 술병과 시만이
어떤 상황에, 혹은 일주일간의 상황들에 들어맞을 거요. 아
니면 몇 주간이라고 해야 하나.

소설〔《할리우드》〕은 여전히 173페이지에 머물러 있고,
집게판에 끼워져 있는 페이지는 없고. 글은 괜찮은 것 같은
데, 만약 그 책이 나오면 좀 더 말썽이 생길지도 모르겠어.
하지만 여기 우리 법정은 꽉 막혀 있어서, 가끔은 사건이 올
라가기도 전에 5년, 6년씩 걸리고 그동안 반대 의견 서류가
날리고, 서류들과 변호사들은 점차 불어나고 부자가 되겠
지만 의뢰인들은 미쳐버리지.

《가고일》,* 그래, 오래전부터 나돌기 시작했는데 거기 실
리는 작품은 약간 매끈하고 도박성과 용기가 부족하지. 하
지만 제이 디〔도허티〕가 말하기로는 당신이 꽤 으르렁거리

---

*1976년 창간된 문예지. 《가고일》 35호에 부코스키 작품의 번역자로 카를
바이스너 인터뷰가 실렸다.

는 인터뷰를 했다고 해서, 만하임 출신의 칼 같은 카를이 뭘 내놓았을까 기대가 되는군. 나는 항상 존재에 대한 당신의 관점을 좋아했거든.

《하숙집 [마드리갈]》, 그래. 하지만 난 아직도 내가 지금 하는 작업을 좋아해. 뼈까지 와 닿는 명확성이 있지. 내 생각은 그래. 내가 타자기 리본을 가지고 난리를 피우는 한, 이것과 연결되어 있어야 할 거야.

[카를 바이스너에게]
1988년 11월 6일

[……] 그래, 《할리우드》를 끝냈소. 괜찮은 것 같은데. 그 안에는 요절복통할 부분이 몇 있지. 사실, 내가 이제껏 써온 어떤 작품만큼이나 마음에 들어. 하지만 작가란, 물론, 자기 자신의 작품에 대해서는 나쁜 심판이지. 하지만 이 작품을 쓰는 건 내게 일종의 강장제, 묘약이 되었소. 그래, 여러 가지 일들이 나를 야금야금 먹고, 물어뜯고, 소리를 지르고 있을 때 타자기와 종이는 출구가 되었지. 똥투성이 연못에서 말끔히 빠져나와 공기가 잘 통하고 바람이 잘 드는 곳으로 빠져나간 기분. 하지만 내가 써낸 건 공포 소설이야. 가끔, 아무런 기회도 없어 보일 때, 모든 것이 잘 들어맞는 듯 보이지.

나는 행복한 마음 상태일 때 글을 쓰는 쪽을 더 좋아하고, 드물지만 운 좋은 때가 오면 그렇게 할 수 있지. 나는 예술의 추진력으로써 고통을 믿진 않아. 고통은 너무 자주 와. 그게 없어도 숨은 쉴 수 있잖소. 그럴 수 있게 해준다면 말이지만.

버로스로 말하자면, 난 그 친구와는 별로 운이 없었소. 당신 보기에 그 사람의 빛이 점차 침침해졌다니 안타깝구먼. 그 무리 모두. 긴즈버그, 코르소, 버로스 등등…… 나한테는 벌써 오래전에 침침해졌지. 오직 유명해지려고 글을 쓰면, 자기 시간을 쓰레기처럼 낭비하며 보내버리는 거요. 나는 규칙을 만들고 싶진 않지만, 만든다면 딱 하나가 있지: 잘 쓰는 작가들은 미치지 않으려고 써야만 하는 이들뿐이다.

1990

휴스는 1990년부터 1991년까지 《시카모어 리뷰》에 부코스키
시 네 편을 싣는다.

〔헨리 휴스에게〕
1990년 9월 13일

당신 마음에 든 시가 두어 편 있으니 기쁘군.

나는 이제 일흔 살이지만, 레드 와인이 흐르고 타자기가
작동하는 한 괜찮소. 내가 집세를 벌려고 남성 잡지에 더러
운 이야기를 쓰던 때는 꽤 괜찮은 쇼였소. 그리고 지금 하찮
은 유명세와 하찮은 푼돈의 위험에 대항해서 글을 쓰는 지
금도 꽤 괜찮은 쇼지. 그리고 **멈춤** 표지판을 들고 그 위로
다가오는 발걸음. 가끔 나는 삶과 벌이는 이 시합을 즐겼소.
다른 한편으로는 후회 없이 떠나겠지.

이따금, 나는 글쓰기를 질병이라고 불렀소. 그렇다면, 그
질병에 걸려서 기쁘군. 나는 방에 들어와서 이 타자기를 볼
때마다 뭔가, 어딘가, 어떤 이상한 신이나 전혀 이름을 붙일
수 없는 무언가가 계속 이어지고 이어지고 이어졌던 순전
하고 허튼 행운의 손길로 나를 건드리는 듯한 느낌을 받았

지. 아, 그래요.

9-13-90

Hello Henry Hughes:

I'm glad I got a couple past you.

I'm 70 now but as long as the red wine flows and the typewriter goes, it's all right. It was a good show for me when I was writing dirty stories for the men's mags to get the rent and it's still a good show for me as I write against the hazards of a little fame and a little money--and those approaching footsteps on that thing with the STOP sign. At times I've enjoyed this contest with life. On the other hand, I'll leave it without regrets.

Sometimes I've called writing a disease. If so, I'm glad that it caught me. I've never walked into this room and looked at this typewriter without feeling that something somewhere, some strange gods or something utterly unnamable has touched me with a blithering, blathering and wonderous luck that holds and holds and holds. Oh yes.

[《콜로라도 노스 리뷰》의 편집자들에게]
1990년 9월 15일

[……] 당신들이 대학에 재직하는 치들치고는 꽤 인간적
으로 말한다는 것을 알았소. 적어도 편지상으로는 그렇군
요. 하지만 지난 2년 동안 몇몇 대학 출판물들이 자신들이
널리 전파하려는 사상이라는 면에서 도박과 다양성에 좀
더 개방적이라는 것을 깨달았어요. 내 말은 그들이 적어도
19세기에서 기어 올라와 적어도 21세기식 접근법을 보여주
려고 한다는 거요. 실로 아름다운 징조지.

그래요, 당신들이 글쓰기와 작가라고 할 때 무엇을 의미
하는지 알아요. 우리는 목표물을 잃어버린 것 같겠지. 작가
들은 작가로 알려지려고 글을 쓰는 것처럼 보이고. 그들은
무언가 그들을 가장자리로 몰고 나가기 때문에 글을 쓰는
게 아니오. 파운드와 T. S. 엘리엇, E. E. 커밍스, 제퍼스, 오
든, 스펜더가 있었던 시절을 돌아볼까. 그들의 작품은 종이
틈을 갈랐고 불을 붙였지. 시는 사건이고 폭발이었어. 흥분
이 고조되었지. 이제, 수십 년 동안 이런 소강상태가 계속되
는 것처럼 보이오. 거의 '연습된' 소강상태라고 할 수 있소.
마치 지루함이 천재성을 지칭하기라도 한다는 듯. 새로운
재능이 온다고 해도, 그건 오직 번쩍하는 한 순간뿐, 시 몇
편, 얇은 책 한 권 내고 그 남자, 그 여자는 모래 밑으로 가

라앉아 조용한 무 속으로 삼켜지지. 내구성 없는 재능은 빌어먹을 범죄요. 그들이 부드러운 덫에 걸린다는 뜻이오. 그들이 칭찬을 믿었다는 뜻이고. 그들이 금방 안주해버렸다는 뜻이지. 작가는 책 몇 권 썼다고 작가가 아니오. 작가는 문학을 가르친다고 작가가 아니라고. 작가란 지금, 오늘 밤, 지금 이 순간 쓸 수 있을 때만 작가요. 우리에겐 타자를 치는 전직 작가들이 너무 많아. 책들이 내 손에서 바닥으로 떨어지지. 이건 완전히 쓰레기들이야. 우리는 거의 반 세기를 이 구린내 나는 바람에 날려버리고 만 것 같소.

그래, 고전 작곡가들이 있지. 나는 항상 음악을 틀어놓고 좋은 레드 와인 한 병을 마시면서 글을 써요. 그리고 '망갈로르 가네샤' 비디*를 피우지. 말려 올라가는 연기, 타자기를 탁탁 두드리는 소리, 음악. 죽음의 얼굴에 침을 뱉으며 동시에 그를 축하하는 방법으로는 꽤 멋지지 않소. 그래요.

───────────

〔케빈 링**에게〕
1990년 9월 16일

〔……〕 당신이 시라고 할 때 무엇을 의미하는지 알지. 그 진부한 가식이 수십 년 동안이나 내 마음에 거슬렸어. 우리

---

*손으로 말아 실로 묶은 인도의 담배. 주로 서민층이 피우며 독하다.
**비트 계열의 잡지 《비트 신(Scene)》의 편집자.

시대의 시뿐 아니라, 수 세기 동안의 시, 소위 가장 훌륭한 작품들도. 모든 사람들이 몸치장을 하고, 화장을 하고, 너무 낮은 불꽃을 피우거나 아무것도 태우지 못하고, 예쁘게 꾸미고, 섬세하게 꾸미는 것만 같았지. 〔……〕 산문은 바로 뒤까지 바짝 왔소. 나는 내가 위대한 작가라는 말을 넌지시 하려는 건 아니지만, 독자로서 나는 이 업계의 뻔한 속임수, 배울 가치가 없는 속임수에 사기를 당하고 돼지고기 기름칠 범벅을 당하고, 오줌 세례까지 받은 기분이오.

아 그래, 에드워드 엘가 경을 알지. 그는 여왕과 나라를 위해 곡을 쓰고도 여전히 마법을 읊을 수 있었소. 또 에릭 코츠도 있지. 여기서는 영국 사람들을 얘기하는 거요. 시대를 거쳐서 전해 내려온 위대한 클래식 작곡가들이 많아. 나는 몇 시간 동안이나 그런 음악을 듣고, 그게 내 마약이오. 그건 가련하게 피폐한 내 뇌 속 변태적 생각들을 매끄럽게 다듬어요. 시인들이나 산문 작가들과는 달리, 클래식 작곡가들은 무척 정직하고, 참을성 있게 버티며, 독창성과 열정으로 가득 차 있지. 그들 음악은 아무리 들어도 지겹지 않고, 목록은 끝도 없소. 너무나 많은 사람들이 자기 작품을 위해 삶을 바치다시피 했지. 궁극의 도박이오. 나는 몇 시간 동안이나 클래식 음악을 듣지. 주로 라디오에서. 그렇게 오랜 세월이 지난 후에도 이전에 한 번도 내보낸 적 없는 새롭고 충격적인 음악을 종종 듣게 된다오.

이런 곡 중 하나를 듣는 대단한 밤들이 있소. 나는 기준과 그 기준의 배치를 알지만, 아무리 좋아도, 어쨌든 곧 나올 음을 외우고 있으면, 좀 더 멀리 가지. 내 글쓰기는 그 방식에서는 간단해도 언제나 음악의 안내를 받소. 내가 글을 쓸 때 언제나 음악을 들으니까. 물론 친애하는 오래된 와인도 있고.

<hr />

[윌리엄 패커드에게]
1990년 12월 23일

[……] 모든 일이 술술 잘 풀리면, 그건 우리가 글쓰기를 선택해서가 아니라, 글쓰기가 우리를 선택해서요. 그건 우리가 글에 미칠 때, 그게 귀에, 콧구멍에, 손톱 밑에 박힐 때지. 그건 그 외에는 다른 희망이 없을 때야.

언젠가 애틀랜타에서 판잣집에서 쫄쫄 굶으며 얼어 죽기 직전인 때가 있었지. 바닥에는 신문밖에 없었어. 그래서 나는 몽당연필을 찾아서 이 신문의 가장자리, 하얀 여백에 글을 썼지. 아무도 보지 않을 것을 알면서. 그건 암 같은 광기였어. 그건 일도 아니고 계획한 것도 아니며, 사조의 일부도 아니었지. 그냥 그런 것이었어. 그게 다지.

그러면 어째서 우리는 실패하는 거지? 그건 시대, 시대에 관한 무엇, 우리 시대 때문이오. 반 세기 동안 아무것도 없었거든. 진정한 돌파구도, 새로움도, 타는 듯이 맹렬한 에너지도, 도박도 없었지.

뭐? 누구? 로웰?* 그 메뚜기? 나한테 시시껄렁한 노래 같은 거 불러주지 마쇼.

우리는 할 수 있는 일을 하고, 하지 않을 때도 멋지게 해야지.

비난을 받고, 갇히고. 우리는 그를 향해 '포즈'를 취해.

우리는 너무 열심히 일해. 너무 열심히 노력하고.

애쓰지 마. 일하지도 마. 그건 그냥 거기 있어. 우리를 바로 쳐다보고 있지. 닫힌 자궁에서 나오고 싶어 좀이 쑤셔 발길질을 하고 있어.

'방향'이 너무 많소. 모두 공짜래, 우리는 이래라저래라 말을 들을 필요 없소.

수업? 수업은 개나 줘.

시를 쓴다는 건 고기를 두들기거나 맥주 한 병을 마시는 것만큼이나 쉽소. 봐요. 여기 하나 있지.

〈유동〉

어머니는 너구리를 보았어,

아내가 내게 얘기했지.

아, 나는 말했어.

*미국 시인 로버트 로웰을 가리킨다.

그리고 그것이
바로
오늘 밤
사물의 형태야.

1991

나는 아마도 너무 많은 글을 쓰고 있는 거겠지. 내겐 그건
어쩔 수 없어. 나는 그에 묶여 있으니까.

내 뇌의 한가운데에서 나는 아직도 애틀랜타 시절을 기억
해. 여러 번 반복한 것 같지만, 내가 굶주리고 정신이 나간
때였지. 하지만 집주인이 흙바닥에 깔개 대신 깔아놓은 신
문지의 하얀 가장자리에 몽당연필로 글을 썼을 땐 정신이
아직 남아 있었을지도 모르지. 미쳤다고? 물론, 하지만 좋
게 미친 거지. 그렇게 생각하고 싶어. 잊을 수 없을 거야, 절
대. 나는 세상 그 누구보다도 가장 훌륭한 대학의 문학 수업
을 받았지. 나는 세상 모든 것의 천장을 뚫고 나갈 거네. 그
냥 그렇게 하러.

〔존 마틴에게〕
1991년 3월 23일 오후 11시 36분

내가 초짜 작가였을 때의 이런 감정이 계속 들어. 오래된 흥분과 경이…… 그건 위대한 광기야. 너무 많은 작가들이 한동안 게임에 끼어들어 있어놓고도 그 후에도 너무 많이 훈련받고 너무 많이 몸을 도사리지. 그들은 실수할까 두려워해. 주사위를 던지면 가끔 1의 눈만 두 개 나올 때도 있어. 나는 느슨하게 거칠게 해나가는 걸 좋아하지. 좋고 빡빡한 시도 가끔 있긴 하지만, 그건 다른 걸 하고 있을 때 따라와. 내가 쓰레기도 썼다는 건 알지만, 그걸 흘려보내고 북을 두드리면 그 안에는 군침 도는 자유가 있지.

나는 충만하고 성숙하고 탐욕스러우며 재미있는 시간을 보내고 있어. 이제까지는 신들이 내게 이런 찬양을 허락해주었지. 정말 이상하지. 하지만 난 받아들이겠네.

———————

〔존 마틴에게〕
1991년 4월 13일 오전 12시 20분

실수로 이 녹색 종이를 샀는데, 꽤 괜찮은데.

피델 카스트로를 위해 책 두 권에 서명해서 보내줬어. 물론 나는 특별한 정치 철학이 없지. 하지만 그도 블랙스패로 책을 읽을 때가 되지 않았나?

[패트릭 포이*에게]
1991년 4월 15일 오후 8시 34분

시와 사진 고맙소, 둘 다 좋은데. 아니, 난 테니스광은 아니지만 패배를 연구하오. 거기서 몇 번 강습을 받았었소.

같이 보내준 좋은 읽을거리에 대해 말할 작정이었는데. 이 세기의 역사 속 근친교배된 우매함에 대항해서 싸우는 당신의 전쟁은 고귀하고 외로운 것이오. 당신이 모든 역경에도 끈질기게 버티는 모습에 감탄했소. 당신의 관점은 정곡을 찔렀다고 믿소. 하지만 과거의 선전에 매몰된 모든 정신들은 모든 과거를 망각하고 치명적인 거짓말을 받아들이지. 그들은 돌아갈 수도 없고, 대규모의 오류를 되돌릴 수도 없소. 그건 과하게 칭송받는 우리의 지도자들, 우리의 역사적 영웅들이 사기꾼과 가짜로 밝혀졌기 때문이지. 그리고 소위 대의명분을 위해 잃어버린 수백만의 목숨을 생각해보시오. 이러한 생명들은 완전히 헛되이 버려졌다는 것을 인정했어야만 했소. 올바른 이유 때문이 아니라, 모든 잘못된 이유 때문이지. 이 괴물 같은 게임은 이제 너무 많이 가버려서 바로잡을 수가 없어요. 이건 남자들과 어머니들, 거의 모든 사람들을 분노와 광기로 몰아넣고 있소. 하지만 무엇보

---

*에세이스트, 단편 작가, 영문학, 유럽 역사, 미국 외교 역사의 전문가. 그의 책 《공인되지 않은 세계 상황 보고서》에 부코스키가 추천사를 썼다.

다도 가장 공포스러운 것은 그 게임이 계속된다는 것이지. 같은 형식일 뿐 아니라, 똑같은 탐욕과 공포를 통해, 그리고 갈고닦은 훈련을 통해 좀 더 영혼 없는 방식으로 진행되는 게임이. 이런 훈련들이 얼마나 잘되었는지 더 큰 거짓말쟁이일수록, 더 많은 믿음을 얻죠.

우리들 중 이를 깨닫는 몇 안 되는 사람이 할 수 있는 일이라고는 거의 모든 인류의 감수성을 지워버리는 이런 도살에 대항해서 우리 자신의 정신을 지키는 것뿐이오.

―――――――――

〔존 마틴에게〕
1991년 7월 12일 오후 9시 39분

헨리 밀러가 유명해진 후에 쓰다가 만 부분을 읽었어. 그렇다는 건 아마도 그는 유명해지기 위해 글을 썼다는 것이겠지. 나는 이걸 이해하지 못하겠어. 종이 위에 가로로 형태를 갖추는 글자의 줄보다 더 마술적이고 아름다운 건 없는데. 거기 모든 게 있지. 항상 모든 게 있었어. 그 행위보다 더 큰 보상은 없어. 그 후에 오는 건 그저 부차적일 뿐이야. 나는 글쓰기를 그만두는 작가를 이해할 수 없네. 그건 심장을 파내어 변기에 넣고 똥과 함께 내려버리는 거나 똑같지. 나는 망할 마지막 숨이 넘어갈 때까지, 누가 그 글을 좋다고 생각하든 아니든 글을 쓸걸. 시작으로서의 끝. 나는 이렇게 될 운명이었지. 그렇게 단순하고 심오한 일이야. 자, 그럼 이에 대한 글은 그만 써야겠군. 그래야 다른 것에 대해 쓸 수 있을 테니.

1992

〔존 마틴에게〕
1992년 1월 19일 오전 12시 16분

짧은 일기를 동봉했네.

판매 실적에 대한 설명 고마워. 정말로 놀랍군. 열여덟 권의 책이 아직도 절판되지 않았고, 계속 팔리고 있다니. 내겐 이상한 일이고, 모든 책이 자랑스러워. 그들이 아직도 발길질하며 살아 있다는 사실이. 그리고 옛날 책들엔 뭔가가 있어. 시간이 지나면서 자기 나름의 길이 있는 듯 풍미를 더해 가는 것 같단 말이지(내 말은, 실제 책 제목이 그렇다는 거야). 뭐, 근사한 일이지. 조용한 기적 중 하나야.

그리고 가장 좋은 건, 우리가 아직도 작업을 하고 있다는 거고. 당신이 이 일을 그만두면, 나는 뭘 해야 할지 모르겠군. 우리는 완전히 신뢰와 조화 속에서 일해왔고, 무엇 하나 말싸움 한 번 벌였던 기억이 없어.

고마워, 올드보이, 정말 아름다웠어.

[윌리엄 패커드에게]
1992년 3월 30일 오후 8시 24분

　[……] 동봉해준 원고 고맙소. 당신의 시 〈유혹자〉 좋던데. 어떻게 해야 제대로 되는지, 제대로 되지 않는지 아는 사람이군. 또, 강의 계획서도 같이 넣어주어서 고맙소. 내가 파운드, 로르카, 윌리엄스, 오든과 같은 선상에 서다니 영광인데.《흉내지빠귀가 내게 행운을 빌어주지》라니. 그리고 파운드 얘기가 나왔으니 말인데, 몇 년 전 나는 어떤 여자와 동거했었소. 내 수입은 형편없었고, 그렇게 항상 술을 마시면서 우리가 어떻게 살았는지, 지금 생각하면 참으로 놀랍다니까. 하지만 그땐 그런 생각을 별로 하지 않았지. 어쨌든, 술을 마시지 않는 몇 안 되는 순간 동안, 나는 보통 도서관에 갔다가 돌아왔지. 한번은 문을 열고 손에 무거운 책을 들고 서 있는데, 그 여자가 침대에서 고개를 들고 말하더군. "그 빌어먹을《캔토스》또 빌려 왔어?" "그래." 나는 그 여자에게 말했지. "항상 섹스만 할 순 없잖아."

　　문예지《온더버스》의 편집자인 잭 그레이프스는 〈찰스 부코스키 앨범〉이라는 코너를 만들고 부코스키의 시 다수와 일기 항목을 싣는다. 그레이프스는 또한 부코스키의 시를 비평하기도 했다.

[잭 그레이프스에게]
1992년 10월 22일 오후 12시 10분

친절한 편지와 내 시집 《그것은 두 손으로……》에 대한 비평문을 보여줘서 고맙소. 또, 앨범에 대해서 알려줘서 고맙고. 32페이지라니, 꽤 대단한 분량이로군.

알겠지만, 《그것은 두 손으로……》는 당시에 대한 것이고, 이상한 시기였지. 그리고 나는 그때 청춘도 아니었소. 그리고 지금은, 72년이나 달려왔다니. 공장이나 형편없는 동거 생활을 극복하려 노력한 거나 마찬가지지. 나는 글쓰기가 아직도 그 자리에 있다는 느낌이 들어요. 단어가 종이를 씹어 먹는 것을 느낄 수 있고. 글은 이전이나 다름없이 필수적이지. […] 글쓰기는 나를 정신병원에서, 살인과 자살에서 구해냈소. 나는 여전히 그게 필요하오. 지금. 내일. 마지막 숨을 거둘 때까지.

지금은 숙취가 더 심해졌지만, 나는 여전히 침대에서 나와서 차에 올라타고 경마장에 가지. 나는 내 식대로 돈을 걸어요. 다른 경마꾼들은 나를 절대 방해하지 않소. "저 친구는 누구와도 말을 안 해."

그런 날 밤이면, 가끔 컴퓨터에서 뭐가 나오지. 나오지 않을 때는 억지로 캐내지 않소. 단어가 스스로 튀어나오지 않으면, 잊어버려야지. 가끔은 아무것도 웅웅대지 않으니 컴퓨터에 가까이 가지도 않소. 내가 죽었는지, 쉬고 있는지는 오로지 시간만이 말해주겠지. 하지만 나는 모니터에 다음 줄이 나타날 때까지는 죽은 거지. 그건 신성한 일이 아니라, 전적으로 필수적인 거요. 그래, 그래요. 그동안 나는 가능한 한 인간으로 있으려고 하오. 내 아내에게 말하고, 내 고양이들을 쓰다듬어주고, 할 수 있으면 앉아서 텔레비전을 보고, 신문을 첫 면부터 마지막 면까지 쭉 읽거나 그저 일찍 잠을 자지. 일흔두 살이 된다는 건 또 다른 모험이오. 내가 아흔두 살이 되었을 때 이걸 돌아보고 웃겠지. 아니, 난 충분히 멀리 왔어. 같은 영화처럼 이젠 너무 과해. 다만 우리 모두에겐 점차 추해지지. 내가 지금 여기까지 올 거라고도 생각해본 적 없었으니, 가게 될 때는 준비가 되어 있겠지.

1993

*40년 동안 《포에트리》에 실리려고 노력했으나 계속 성공하지
못하다가 부코스키는 마침내 사망 직전에 세 편의 시를 발표
하게 되었다.*

〔조지프 패리시에게〕
1993년 2월 1일 오후 10시 31분

나는 아주 젊은 청년이었을 때 엘에이 공립도서관 근처에
앉아 《포에트리: 운문 잡지》를 읽던 것을 기억하오. 이제,
마침내 나도 당신들에게 합류하게 됐군요. 이건 우리 둘 모
두에게 남겨진 문제라고 생각했소. 어쨌든 내 시 두어 편이
당신 마음에 들었다니 기쁘군요. 〔……〕

고맙소, 새해가 나를 정답게 대접해주는군. 내 말은, 내게
단어들은 형태를 갖추고 응고되고 돌아가고 날아오고 있다
는 거요. 나이 들어갈수록, 이 마법적 광기가 더 많이 나를
덮치는 것 같소. 무척 이상하지, 하지만 난 받아들이겠소.

후기

    부코스키가 글쓰기에 관해 언급한 편지 중 가장 통찰력 넘치는 것을 찾아내려 노력하며 미출간 편지들을 2천 페이지 정도 훑는 동안, 이전에는 보이지 않았던 온갖 종류의 보석과 마주치게 되었다. 헨리 밀러, 휘트 버넷, 커레스 크로스비, 로런스 펄링게티, 그리고 그의 문학의 신이었던 존 판테에게 보내는 미발견 편지들, 부코스키 책 중 가장 인기 있었던 《발기, 사정, 전시와 일상의 광기에 대한 일반적 이야기》를 위해 썼으나 잊혀졌던 생생한 광고 문구, 부코스키가 네덜란드어로 번역되는 첫 책 《술 취한 기적과 다른 봉헌》을 위해 썼던 서문의 영어 번역문, 《페이퍼 토일렛 리뷰》라는 문예지의 미완성 패러디 등이다. 또한 부코스키의 어조가 충격적일 정도로 장식적이고 부자연스러웠던 초기의 편지들이 숨 막힐 정도로 기발한 삽화와 함께 여기 처음으로 대중에게 공개되었다. 이런 희귀한 작품들에 부코스키가 썼던 가장 정열 넘치는 편지를 더해서 이 서간문 모음은 그의 어떤 작품집만큼이나 독자들의 눈을 쉽게 끌어당긴다. 실로, 이 책은 부코스키의 최고 작품집이다. 생생한 날것에, 위트가 넘치고, 깊은 감동을 주며, 선(善)을 전달하는 데 일말의 타협이 없다.

　대부분, 이 편지들에는 즉시성이 뚜렷이 드러난다. 일에 대한 얘기를 시시콜콜 늘어놓을 시간이 없었던 부코스키는 편지 하나하나에 자기 자신을 솔직히 쏟아놓으며 매일의 일상을 순수한 흥분을 담아 이야기한다. 마치 부코스키가 편지 형태로 시를 쓰는 것과 유사하다고 할 수 있겠다. 그는 반복적으로 이 편지들이 시만큼이나 중요하다고 주장한다. 유사하게, 어떤 편지들은 마치 그가 실로 전개가 좋은 단편을 써 내려가고 있는 듯 소설처럼 읽힌다. 시, 소설, 그리고 서간문은 부코스키에게는 모두 예술이라는 같은 범주에 포함되었다. 그는 처음으로 사람들에게 말을 걸 때도 똑같이 강렬하다. 에드워드 반 엘스틴과 잭 콘로이에게 보내는 편지는 그가 오랜 시간에 걸쳐 연을 맺었던 친구, 편집자들, 시인에게 보내는 편지와 똑같이 진정으로 부코스키적이다. 부코스키에게 차이란 없었다. 편지는 그가 쓰는 대상이 누구이건 간에, 자기 자신이 누구인지를 표현하는 수단이었다.

　자발성 또한 부코스키의 편지에 역력히 드러난다. 처음

떠오른 생각이 가장 좋은 생각이라고, 그는 대부분의 편지에서 말하는 듯하다. 그의 목소리는 친구들이나 적에게 쓸 때나 똑같이 일인칭의 뿌듯함을 가득 품고 울려 퍼진다. 모든 가식을 벗겨낸 그의 편지 쓰기는 당시의 부코스키의 기분을 선명하게 찍은 스냅 사진이 된다. 창작에 대해서는 어떤 제약도 없어야 한다는 접근법이, 미국 문학계의 지세를 논하든, 딸에 대해 부드러운 면모를 보이든, 현대 작가들에게 사악한 공격을 가하는 내용이든 간에 서신에서 명확히 드러난다. 모든 편지 속에서 그는 똑같은 태도를 유지한다.

물론 눈에 띄는 예외들도 있다. 휘트 버넷과 커레스 크로스비, 헨리 밀러, 존 판테에게 보내는 편지에서 부코스키는 그들의 심기를 건드리고 싶지 않은 듯 약간 부자연스럽고 심지어 수줍어하는 듯 보인다. 비슷하게, 1960년대 후반에 쓴 편지에서는 문체는 좀 더 정교하고, 신중하면서도 비웃는 듯 컬트적이면서, 유머의 효과를 자아내기 위해 그가 "사전 단어"라고 부르던 어휘를 불러내고 있다. 이와 같은 변화가 그의 시에서도 나타난다. 초기의 시들은 난해하고 장식적이나, 반면 후기 시는 그가 1980년대 후반에 썼던 시들에 대해 말한 대로 "뼛속까지 닿도록 명확"하다. 서신의 어조도 1960년대 초에 이런 방향으로 변화한다. 이때는 특히 그가 존 웹과 윌리엄 코링턴과 서신을 시작하던 때였다. 초기의 책략은 단도직입적인 산문으로 대체되었다. 이 시점의 부코스키는 대부분의 독자들이 익숙한 "부코스키"처럼 들리기 시작한다.

초기와 후기의 부코스키 모두에게 글쓰기란 아무도 치료할 수 없는 유쾌한 질병과 유사했고, 이 편지들은 부코스키가 글쓰기의 즐거움을 얼마나 소중히 생각했는지를 보여준다. 글쓰기는 그를 폭풍 치는 날씨에 미지의 곳으로 이끄는 험한 강물처럼 무슨 일이 있든 그가 멈출 수도 없고 그러고 싶지도 않았던 자연의 힘이었다. 부코스키는 작가의 벽을 거의 경험하지 않았고, 지치는 줄도 모르고 50년 동안 거의 매일같이 글을 썼다. 그는 1987년 인터뷰에서 글을 써야겠다는 그의 충동에 대해 그림처럼 생생히 묘사했다. "일주일 동안 글을 쓰지 않으면 몸이 아픕니다. 걸을 수도 없고 어지럽죠. 침대에 누워서 토해요. 아침에 일어나면 켁켁거립니다. 나는 타자를 쳐야 해요. 누가 내 손을 잘라버리면, 나는 발로 타자를 칠 겁니다." 생산력이 높으면서도 훈련된 천성은 진정으로 그가 행복을 느끼는 것이 무언지를 잘 보여준다. "그 행위보다 더 큰 보상은 없어요. 그 후에 오는 건 그저 부차적일 뿐이오." 그는 90년대 초에 이렇게 털어놓았다. 그에 더해 부코스키는 항상 그의 작품에서 강한 오락적 요소를 옹호했으며, 그리하여 그 결과물은 우리가 얻을 수 있는 최대로 고전적이다. 바로 호라티우스가 몇 세기 전에 제안한 대로 "둘체 에 유틸레(감미롭고도 유용한 문학)"로서의 글쓰기이다.

작은 로스앤젤레스 아파트에 틀어박혀서, 부코스키는 바

깥 세계로부터 고립되어 살았다. 그가 현실 시사에 전혀 관심이 없어서 1960년대를 놓쳤다는 비난을 받았을 때, 그는 냉소적으로 대답했다. "젠장, 그래요, 나는 우체국에서 [일하고] 있었거든." 빅서에 사는 그의 우상 로빈슨 제퍼스처럼 부코스키도 완벽한 고독 속에서 열정적으로 창작했다. 표도르 도스토옙스키의 지하 생활자처럼 그는 익명의 작업실에서 소이탄을 발사하며, 독자들과 편집자들의 말문을 막히게 했다. 기존 체제와의 접촉을 피하려는 필사적인 시도 속에서 부코스키는 세월을 넘는 그의 미사일을 답답한 문학계로 쏴 보내며 뒤흔들었다. 그의 작품이 영원히 지속되고 기억에 남는 것은 바로 이 탈시간성 때문이었다.

독일에서 태어난 부코스키는 로스앤젤레스로 이주해, 사랑과 애정이 결핍된 가족 안에서 자랐다. 이런 가정 환경이 그의 바위처럼 단단하고 개인주의적이며, 거의 니체주의에 가까운 세계관을 형성했다. 아이 때 대공황을 겪었고 대부분의 신인 작가보다는 나이가 많았기에, 1960년대의 반문화나 사랑과 평화를 부르짖는 얄팍한 반전 이데올로기 같은 유행들은 그의 경멸만 샀을 뿐이었다. 부코스키가 가장 경멸했던 건 비트 시인들처럼 집단주의와 자만심을 보였던 인기 집단들이었다. 조명을 받는 것이 실제 작품을 만들어 내는 것보다 더 중요하다고 믿는 듯 보이는 이들이었다. 부코스키는 그런 야단법석에서 벗어나 은둔하며 글쓰기에만 전념했다. 타자기는 그가 너무 사랑했던 곳, 정상과 광기 사이 어디라고 꼭 집어서 말할 수 없는 지점으로 그를 데려갔다. 글쓰기는 광기를 더 다가오지 못하게 멀리할 수 있는 길로는 그가 유일하게 아는 방법이었다.

천성적으로 외로운 늑대였던 부코스키는 사르트르의 말을 즐겨 인용했다. "타인은 지옥이다." 그래도 그는 문학적으로 영향을 준 이들을 부인하려 하지 않았다. 알코올과 클래식 음악만큼이나 확실히 그의 글쓰기에 영향을 준 것은, 그가 우러러보았고 여러 편지에서 열렬히 감사를 표시했던 예술가들이었다. 또한 소규모 잡지 편집자들, 특히 존 웹, 마빈 말론을 포함, 그와 "마술적 여행"을 함께했던 존 마틴에게도 고마워했다. 동시에 그는 반복적으로 셰익스피어와 포크너를 포함해서 높이 평가받는 작가들을 깎아내린다. 동시대 작가들도 빠져나갈 수 없었다. 캐럴 베르지, 로널드 실리먼, 헨리 밀러(그의 "스타트렉 같은 횡설수설"), 그리고 로버트 크릴리는 가장 혹독하게 공격받는다. 그러나 부코스키는 그의 성격에 어울리지 않게 1970년대 초 크릴리에 대한 의견을 바꾸며 자신의 비판이 근거 없었다는 것을 인정했다. 부코스키가 몇 번 말했듯이 그는 자기가 잘 쓰기 때문이 아니라 다른 작가들이 너무 형편없기 때문에 글을 쓰기 시작했다.

어떤 기준으로도 학식 있는 사람이라고 할 수 없었던 부코스키는 실은 일 년 반 정도 시티칼리지를 다녔으며, 청년 시절 로스앤젤레스 공립도서관에서 수많은 책을 읽었던 것

을 자랑스러워했다. 그는 꾸준히 여러 유명한 작가들의 이름을 잘못 쓰기는 했지만, 이 경박한 술주정뱅이에 호색한으로 악명 높았던 사람은 오랫동안 잊혀졌던 중세 시가, 니체의 여러 경구는 물론, 셰익스피어와 휘트먼, 다른 문학적 거인의 시에서 여러 행을 거의 원문 그대로 인용하기도 한다. 미국 문학계의 무지하고 더러운 늙은이치고는 대단한 일이다.

그뿐 아니라, 부코스키는 문법에 대해서 꼼꼼했다. 1959년 4월 2일, 앤서니 리닉에게 보내는 편지에서 부코스키는 "우리가 공정할 수 있게 가만두라"와 "우리가 공정할 수 있도록 하라" 사이에서 갈등하면서 문법 규칙에 대해 유쾌하게 일격을 날린다. 더욱이 문예지의 편집자들이 종종 오타와 함께 그의 시를 실을 때면, 그는 좌우 가리지 않고 욕설을 내뱉는 성난 늙은이가 된다. 생산력이 너무 높은 탓에 퇴고할 시간이 거의 없었던 작가치고 부코스키는—그럴 만하지만—오타에 무척이나 까다로웠다. 하지만 기록적으로 짧은 시간에 그의 작품을 출간해준 등사판 소규모 잡지에서는 흔한 일이었다.

글쓰기와 직접적으로 관련이 없는 일들, 가령 원고를 전 세계 수백 군데의 문예지에 투고하는 일 등은 부코스키에게는 시간 낭비처럼 여겨졌고 그는 오랜 시간 동안 그를 담당해왔던 편집자 존 마틴에게 그렇게 말했다. 그는 또한 마틴이 그의 블랙스패로 출판사를 위해 구상했던 특별판에 실을 삽화 수십 점을 그리는 일이 그의 에너지를 불필요하게 빼앗아 간다고 믿었다. 이따금 부코스키는 폭발하기도 했다. 마틴이 그를 마치 "백치"처럼 다룬다고 믿었을 때 그는 편집자의 요구에 조소하듯 "네, 아버지"라고 대답한다. 흥미롭게도 앤 월드먼과 앨런 긴즈버그 둘 다 부코스키를 1970년대 후반에 나로파 인스티튜트에서 강의해달라고 초청했으나 그는 거절한다. 부코스키에게 가장 중요한 건 다음 줄을 쓰는 것이었고, 투고, 그림, 강의 등의 일들은 집중력을 흐리는 잡다한 일일 뿐이었다. 글쓰기가 그의 정신적 지주라고, 그는 몇 번이고 반복해서 주장한다.

이 책 첫머리에, 젊고 무명인 부코스키는 할리 버넷에게 《스토리》지에서 일거리 하나만 달라고 부탁한다. 그리고 맨 끝, 그가 죽기 일 년 전쯤, 소규모 잡지 작가로는 믿을 수 없을 만큼 유명해졌을 때도 부코스키는 수십 년 동안 꾸준히 거절당해온 《포에트리》지에서 마침내 그의 작품을 싣기로 한 데 대해 편집자 조지프 패리시에게 솔직한 감사를 표한다. 이런 편지들은 부코스키가 정말 꾸준히 노력해왔고, 그 어떤 장애도 성공과 인정에 대한 그의 굶주림을 막을 수 없으며, 그의 글쓰기 병은 치료될 수도 없고 치료할 수도 없다는 사실을 보여준다. 아주 젊은 예술가로서 그는 꼼꼼하게 그런 문학적 특질들을 키워왔으며 마침내 "부코스키" 인격이 되어 작품 속에 행복하게 스며들 수 있었다. 이 편지들을 읽노라면 문학계의 상징이 되고 말았던 그의 평생의 역정을 통찰력 있게 엿볼 수 있다.

그리하여 이제 날것의 광휘를 고스란히 간직한 이 편지들을 독자 여러분에게 드린다.

2014년 8월
스페인 테네리페에서
아벨 드브리토

감사의 말

엮은이와 발행인은 아래 기관을 포함, 여기 실린 편지의 원 소유주들에게 감사의 말을 전한다.

애리조나 대학, 특별 수집물 센터

브라운 대학, 프로비던스, 존 헤이 도서관

캘리포니아 대학, 밴크로프트 도서관

캘리포니아 대학, 로스앤젤레스, 특별 수집물 보관소

캘리포니아 대학, 샌타바버라, 특별 수집물 보관소

캘리포니아 주립대학, 풀러튼, 폴락 도서관

센터너리 대학, 시레브포트, 루이지애나, 새무얼 피터스 연구 도서관

컬럼비아 대학, 희귀본 도서관

헌팅턴 도서관, 산마리노, 캘리포니아

인디애나 대학, 릴리 도서관

뉴욕 주립대학, 버펄로, 시/희귀본 수집물 보관소
프린스턴 대학, 뉴저지, 희귀본 특별 수집물 보관소
서던캘리포니아 대학, 희귀본 수집물 보관소
서던일리노이 대학, 카번데일, 모리스 도서관

또한 몇몇 편지들이 처음 발표되었던 다음 잡지에도 감사
드린다.
《콜로라도 노스 리뷰》, 《이벤트》, 《인터미션》, 《뉴욕 쿼털
리》, 《스모크 시그널스》

마지막으로 언급하지만 역시 중요한 분들, 마이클 안드
레, 게라르트 벨라르트, 앤서니 리닉, 크리스타 말론, 그리
고 A. D. 위넌께도 편지 사본을 제공해준 데 대해 감사의
뜻을 전한다.

옮긴이 박현주

고려대학교 영어영문학과 및 동 대학원을 졸업하고, 일리노이 주립대학교에서 언어학을 공부했다. 현재 전문 번역가 및 칼럼니스트로 활동 중이다. 옮긴 책으로는 찰스 부코스키의 《우체국》《여자들》《호밀빵 햄 샌드위치》, 제드 러벤펠드의 《살인의 해석》《죽음본능》, 페터 회의 《스밀라의 눈에 대한 감각》《경계에 선 아이들》, 트루먼 커포티 선집(전 5권)과 레이먼드 챈들러 선집(전 6권) 등이 있으며, 지은 책으로는 에세이집 《로맨스 약국》이 있다.

글쓰기에 대하여

2016년 7월 15일 초판 1쇄 발행
2019년 3월 15일 초판 2쇄 발행

지은이 | 찰스 부코스키
옮긴이 | 박현주
발행인 | 이원주
책임편집 | 황경하
책임마케팅 | 정재영

발행처 | (주)시공사
출판등록 | 1989년 5월 10일(제3-248호)

주소 | 서울특별시 서초구 사임당로 82(우편번호 06641)
전화 | 편집 (02)2046-2817 · 마케팅 (02)2046-2883
팩스 | 편집 · 마케팅 (02)585-1755
홈페이지 | www.sigongsa.com

ISBN 978-89-527-8242-7(04840)
　　　 978-89-527-8240-3(set)